职业教育"十一五"规划教材

信息产品营销

主　编　罗绍明

副主编　龙子午　罗明丽　陈晓群

主　审　李子华

机械工业出版社

本书按照模块化和分栏式的方式进行编写，主要分为两大部分：基础知识部分，依据信息产品营销的一般程序，系统地介绍了信息产品营销管理过程中各环节所涉及的信息产品营销的基础理论与方法；技能训练部分，主要用来指导与实施信息产品营销策划技能训练，具体包括信息产品说明书写作、信息产品市场调查、信息产品 SWOT 分析、信息产品广告语创作、信息产品营销计划写作、信息产品品牌标识设计、信息产品投标书写作、信息产品销售代理协议书写作、信息产品促销方案策划、信息产品三包协议书写作等 10 个部分。

本书可作为职业学校计算机应用与软件技术及市场营销等相关专业的教学用书，也可作为参加信息产品营销员考证的职业培训教材，还可作为信息技术企业的营销人员及对信息产品营销有兴趣的读者自学、参考及技能训练的用书。

图书在版编目（CIP）数据

信息产品营销/罗绍明主编. —北京：机械工业出版社，2009.9
职业教育"十一五"规划教材
ISBN 978-7-111-28023-1

Ⅰ.信… Ⅱ.罗… Ⅲ.信息工业—工业产品—市场营销学—职业教育—教材 Ⅳ.F724.74

中国版本图书馆 CIP 数据核字（2009）第 142809 号

机械工业出版社（北京市百万庄大街 22 号 邮政编码 100037）
策划编辑：徐永杰　　　责任编辑：张祖凤　高　峰
封面设计：马精明　　　责任印制：洪汉军
北京瑞德印刷有限公司印刷（三河市胜利装订厂装订）
2009 年 10 月第 1 版第 1 次印刷
184mm×260mm・13.75 印张・293 千字
0 001—3 000 册
标准书号：ISBN 978-7-111-28023-1
定价：23.00 元

凡购本书，如有缺页、倒页、脱页，由本社发行部调换
销售服务热线电话：（010）68326294
购书热线电话：（010）88379639　88379641　88379643
编辑热线：（010）88379196
本社服务热线：（010）68311609
本社服务邮箱：marketing@mail.machineinfo.gov.cn
投稿热线：（010）88379196
投稿邮箱：leory 123@sina.com
封面无防伪标均为盗版

前　　言

　　信息产品营销，又名信息技术产品营销或 IT 产品营销，是职业学校计算机应用与软件技术专业的必修课程。它是贯彻国家职业技能教育的要求，开展职业技能培养与技能教学改革的重点，是解决职业教育培养质量问题的关键。

　　本书根据职业教育培养目标的要求，按照《广东省中等职业技术学校计算机及应用专业教学指导方案》的要求进行编写的。该指导方案规定《信息产品营销》是计算机及应用专业各专门化方向（信息管理、系统维护、多媒体制作、软件技术等）的专业基础课，是计算机及应用专业的专业技能培养目标之一。同时，本书还紧贴信息产品营销员的考证大纲，既适合职业学校技能型人才培养的需求，又能满足学生适应信息技术企业市场营销的需要。

　　本书的主要特点表现为：

　　1）内容上力求体现"以就业为导向，以能力为本位，以服务为宗旨"的指导思想，突出职业教育的特色；突出"技能培养"的主题，以同一家计算机公司的营销操作流程为基础，针对该公司营销活动的每个运作环节设置训练背景材料，学生在仿真的信息产品营销情景中进行信息产品的营销操作，这既有利于学生清晰地了解信息技术企业市场营销的运作流程，又有利于学生掌握信息产品营销活动的分析方法，从而加深对信息产品营销理论知识的理解，提高信息产品营销的实操技能。在技能训练环节中，特别设计有清晰的指导性训练流程，以方便教师的课堂教学与学生训练，突出技能训练内容的可操作性和目的性。

　　2）结构上按照模块化和分栏式的方式进行编写，主要分为以下两大部分：

　　第一部分是基础知识部分。该部分依据信息产品营销的一般程序，系统地介绍了信息产品营销管理过程中各环节所涉及的信息产品营销的基础理论与方法，包括信息产品营销概述、信息产品市场调查、信息产品营销环境、信息产品定位决策、信息产品营销战略、信息产品策略、信息产品价格策略、信息产品渠道策略、信息产品促销策略、信息企业服务营销等内容。

　　第二部分是技能训练部分。各章节的训练均以同一家计算机公司的营销操作流程为基础，针对该公司营销活动的各个运作环节设置技能训练背景，要求学生根据技能训练背景材料进行营销活动方案的策划与设计，进而培养学生信息产品营销活动方案策划、设计、口头表达以及具体操作和实施的能力。该部分主要用来指导与实施信息产品营销策划技能训练，具体包括信息产品说明书写作、信息产品市场调查、信息产品 SWOT 分析、信息产品广告语创作、信息产品营销计划写作、信息产品品牌标识设计、信息产品投标书写作、信息产品销售代理协议书写作、信息产品促销方案策划、信息产品三包协议书写作等内容。

　　本书可作为职业学校计算机应用与软件技术及市场营销等相关专业的教学用书，也可作为参加信息产品营销员考证的职业培训教材，还可作为信息技术企业的营销人员及对信息产品营销有兴趣的读者自学、参考及技能训练用书。

本书由汕头市鮀滨职业技术学校李子华校长主审，汕头市鮀滨职业技术学校罗绍明高级讲师任主编，武汉工业学院经济与管理学院硕士研究生导师龙子午副教授、南昌大学教育经济与管理专业罗明丽、仲恺农业工程学院经济与管理学院陈晓群任副主编，方佳虹、郑嘉颖、郑绪佳、肖泽峰、黄妍薇、林翙鸿和伍佩芳等一线任课教师参编。

本书在编写出版的过程中，参阅了大量的文献与网站资料，在此对有关资料的编辑和著作者致以最诚挚的感谢！

由于编者水平有限，书中的缺点与不成熟之处在所难免，恳请读者批评指正并提出意见与建议。来信请寄：stluoming@163.com。

编　者

目 录

第一章 信息产品营销概述

目的要求

一、知识理解要求

1. 能叙述和列举信息与信息技术的含义和特征。
2. 能熟记和列举信息产品的含义和特征。
3. 能叙述和列举信息产品市场的含义和特征。
4. 能熟记和列举信息产品营销的概念和特征。
5. 能叙述和应用信息产品保龄球营销模式。
6. 能熟记和列举信息产品营销的意识与观念。

二、实训技能要求

1. 能综合运用本章知识剖析现实案例。
2. 能依据案例背景撰写信息产品说明书。
3. 能撰写信息产品说明书写作技能训练报告。

重点难点

1. 信息产品营销的特征。
2. 信息产品保龄球营销模式。
3. 信息产品营销的意识与观念。
4. 信息产品说明书的书写。

案例导引

　　同创集团的前身是南京创新电脑公司，1991 年成立时资本只有 300 万元。在短短的 5 年多时间里，同创集团就由一个名不见经传的地方小公司成长为在全国享有盛誉的集团公司；由单一的贸易型公司转变为科、工、贸一体化的大型产业集团；由仅仅代理国外品牌机的贸易企业转变为科研、生产、经销一条龙的生产制造企业。1995 年在国有品牌机产销排序列为第四、1996 年列第三、1997 年列第二的优秀国有品牌机生产制造企业。总资产由 1991 年的 300 万元递增到 1996 年的 6 亿元，增长了 200 倍。1996 年的销售收入达到 5.5 亿元，比 1992 年增长了近 16 倍，年平均递增速度为 200%。同创集团以惊人的发展速度创造了我国信息产业界一个真实的神话。同创集团所走的路，是一条民族信息产业跳跃式、大跨度、超常规的发展之路。

同创集团，在企业发展初期选择代理美国 IBM 电脑，经过 3 年时间的代理，建立了全国性的经销网。后来，当同创系列产品进入批量生产时，很快就替代 IBM 产品进入全国市场。为了扩大产业规模，同创集团与 Intel、IBM、Microsoft、DEC 和 LG 等著名厂商建立了密切的合作关系，使同创系列产品一直都能与世界上著名电脑厂家的产品和技术保持同步。

在电脑产业内，激烈的价格战实际上是企业实力和成本的竞争。在电脑的成本中，生产费用仅占 2%，因此，仅仅依靠提高效率来降低成本，收效甚微。而原材料的成本由于高度竞争，价格相差无几。但电脑的关键部件，如 CPU、内存和硬盘等，每个月的降价幅度约为 5%。所以，经营周期的长短，就成为成本差距的主要因素。每缩短一个月的经营周期，就可以增加 5%的利润。电脑产业的竞争，就演变为缩短经营周期能力的竞争。为此，同创集团建立了全新的管理体系，使降价最快部件的资金占用周期缩短到 15 天，利用信息联网，使遍布全国的采购、生产、储运和销售体系纳入集中的控制中心，进行统一的调度管理。通过对物流、资金流和信息流的管理，企业经营成本大幅度下降，平均成本比不少企业低 10%以上。

江苏省和南京市政府对同创集团的发展也给予了高度重视和全力支持，经过政府的协调和组织，通过资产重组，同创集团用很小的投入就形成了月产数万台高性能电脑的能力和 8 亿元的固定资产。1996 年，同创集团与东南大学、南京航空航天大学联合建立了同创多媒体研究所；1997 年，又与南京大学建立了紧密型的校企联合体——南京大学同创经济信息分院，这些均为企业的高速发展奠定了坚实的基础。

（资料来源：张德斌，关敏. 高新技术企业营销策略[M]. 北京：中国国际广播出版社，2002.）

基础知识

第一节　信息产品市场概述

一、信息的含义、类型与特征

（一）信息的含义

当今社会已进入日新月异的信息时代，信息已经广泛渗透到社会生活的各个领域。

在实际的生活与工作中，人们往往将数据和信息两个术语当作意义相同的词来用，如数据处理和信息处理等，但严格地说，数据和信息在概念上是有所区别的。

数据，是指用来反映客观事物的性质、属性以及相互关系的任何字符、数字和图形。数据是一种原始记录，没有经过加工的数据是粗糙的、杂乱的，但它是真实的、可靠的、有积累价值的。

信息，是客观事物的内容、形式和事物之间的联系及其发展变化的反映，是经过加工处理后变为对人们制定决策有价值的数据。例如：某日的气温，当它仅仅被记录下来时，它只能是数据，而当它经人们分析处理，或与以前一段时期的气温数据比较，而为人们制定当日或今后的行动方案服务时，这一气温数据就成为了信息。

（二）信息的类型

信息的外延特征就是信息的各种类型，是对信息概念的进一步形象化认识。信息按照不同的分类标准，可以划分为不同的类型。

1．按照信息的广义内涵，可分为自然信息和社会信息两大类

（1）自然信息　自然信息是指自然界客观存在的各种生物信息和非生命物质的物理信息。自然界中各种生物接受信息的目的在于适应环境的变化，以求生存。

（2）社会信息　社会信息是指人类在社会实践中，为生存、生产和社会发展而产生、处理和利用的各种信息。人类对各种社会信息的利用已不再是简单的适应，而是通过对各种信息的加工处理进行创造性的工作，以达到改造环境，使环境更适于人类的生存和发展的目的。

2．按照信息的层次性，可分为战略信息、战术信息和作业信息

（1）战略信息　战略信息是指组织进行战略决策所需要的信息，是有关组织实现其长期发展目标的总方针、重点部署和资源安排等方面的信息。

（2）战术信息　战术信息是指组织制定战术策略所需要的信息，是有关组织实现其战略目标的方式、途径和措施等方面的信息。

（3）作业信息　作业信息是指组织进行作业操作所需要的信息，是有关保障组织日常业务活动正常开展的人力、物力、财力安排等方面的信息。

3．按照信息的应用领域，可分为经济信息、管理信息、科技信息、政务信息和军事信息等

（1）经济信息　经济信息是指在生产、分配、流通、消费等经济活动过程中形成的各种信息，包括生产经营、商业贸易、金融投资、市场需求等信息。

（2）管理信息　管理信息是指各行业各个层次管理与决策活动所需要的信息，包括人事、工资、计划、财务、统计、社会和政治等多方面的内容和信息。

（3）科技信息　科技信息是指与科学技术有关的信息，包括各种科技理论、学说、发明、专利以及大量的科技文献资料。

（4）政务信息　政务信息是指政府机关活动产生的各种信息，包括各种方针政策、法律法规条例、政府决议、公报条约和社会状况等信息。

（5）军事信息　军事信息是指与军事活动有关的各种信息，包括国防与军队的现代化建设、军事战略战术研究、武器发展配制、部队管理及作战等信息。

4．按照信息的加工顺序，可分为一次信息、二次信息和三次信息

（1）一次信息　一次信息也称原始信息，是指客观事件的第一记录，即现实中所发生事件的原始记录。一次信息是大量的、零星的、分散的、无规则的，在存储、检索、传递和使用等方面都存在困难，需要对其进行加工处理成二次信息、三次信息。

（2）二次信息　二次信息是指对一次信息加工处理后得到的信息。这种信息已呈现出有序、有规则的特征，经过加工后的二次信息易于存储、检索、传递和使用，有较高的使用价值。典型的二次信息包括文摘期刊、文摘报刊、索引期刊和简报等。

（3）三次信息　三次信息是指通过对二次信息提供的线索对某一范围内的一次信息、二次信息进行分析、综合研究、核算加工所生成的信息，是人们深入研究的结晶。典型的三次信息包括综述、专题报告、词典和年鉴等。

5．按照信息的表现形式，可分为文本信息、数字信息、图片信息、声音信息和多媒体信息等

（1）文本信息　文本信息是指用文字形式表现的信息。文本信息是最主要的、应用最广的信息，文本信息可以反复阅读，不受时间、空间的限制，但是，文本信息具有一定的抽象性，即阅读时，需要将抽象的文字还原为相应的事物。

（2）数字信息　数字信息是指用数字形式表现的信息。信息数字化就是将许多复杂多变的信息转变为可以度量的数字、数据，再以这些数字、数据建立起适当的数字化模型，把它们转变为一系列二进制代码，引入到电脑内部，进行统一处理。

（3）图片信息　图片信息是指用图片形式表现的信息。图片信息一般比较直观，抽象程度较低，阅读容易，而且图片信息不受宏观和微观、时间和空间的限制，大到天体，小到细菌，上到原始社会，下到未来，这些内容都可用图片来表现。

（4）声音信息　声音信息是指用声音形式表现的信息。除了视觉以外，人类获得的大部分信息来源于所听到的声音，声音信息能有效地吸引注意力。声音信息主要有两方面的特性：瞬时性、顺序性。

（5）多媒体信息　多媒体信息是指使用文本、图片和声音等多种形式表现的信息。多媒体包括文本、图形、静态图像、声音、动画和视频剪辑等基本要素。多媒体不是各种信息媒体的简单复合，它是一种把文本、图形、图像、动画和声音等多种信息类型综合在一起，并通过电脑进行综合处理和控制，能支持完成一系列交互式操作的信息技术。

（三）信息的特征

1．客观性

信息是事物在现实世界中存在和变化的客观反映。因此，反映事物客观存在和变化的信息具有客观性。只有真实反映事物本来面貌的信息才具有使用价值，而虚假的信息不仅不具备使用价值，甚至会造成决策结果的失误。

2．价值性

信息具有使用价值，能够满足人们某些方面的需求，被人们用来为社会服务。信息是一种资源，它同能源、原材料并列为当今世界三大资源。随着社会的不断发展，信息资源对国家和民族的发展，对人们的工作和生活都至关重要，成为国民经济与社会发展的重要战略资源。对企业来说，信息与企业的人力、物力和财力一样，同为企业的重要资源，将为企业的发展发挥重要作用。

3．时效性

信息是有寿命的，是有时效的，有一个生命周期。它的使用价值与其所提供的时间成反比，即信息生成后，提供的时间越早，它的使用价值就越大；反之，提供的时间越迟，它的使用价值就越小。

4．层次性

信息的层次性，是与信息管理系统的层次相适应的，信息管理系统分为不同的层次，不同层次的管理部门对信息的需要也将表现为不同的层次。根据管理系统层次的不同，信息可分为战略层信息、战术层信息和执行（作业）层信息，各层次的信息对企业决策的重要程度是不同的。

5．可识别性

信息是可以识别的，信息借助于文字、图像、声音和动画等形式表现出来，为人们听、视、味、嗅和触觉所感知，为人们所认识和利用。不同的信息有不同的识别方法，信息识别可分为直接识别和间接识别，直接识别是指通过感官所进行的识别，间接识别是指通过各种测试手段进行的识别。

6．可分享性

信息在一定的时间和空间、程度与范围内，是可以分享的，不会为一个单位或个人永远占有。它与物质资源不同，具有无磨损性，不会消失，不会因交易、利用而失去或减少，相反，由于信息的传递、反馈和利用，信息的内容将不断丰富。

7．可存储性

信息可以通过一定的载体存储起来，如磁带和磁盘等。信息的可存储性使信息可以积累，以便今后使用，从而使信息被保留和继承。

8．可传输性

信息可以通过各种传输手段向外传输，如通信手段、网络手段等。信息传输的快慢直接影响信息的使用价值。随着信息技术的不断发展，信息传输速度也在飞速提高，从某种意义上来说，信息传输技术的发展决定了人类文明和社会发展的进程。

9．可转换性

信息可以从一种形态转换成另一种形态，如对客观事物的描述可以用语言、文字、图像和声音等形式来描述，也可以转换成电脑代码、广播、电视和电信信号等。

10．可再生性

信息是有寿命的。随着时间的延长，信息的使用价值逐渐减少甚至完全消失，但是信息在不同的时间、地点和目的下又会具有不同的意义，从而显示出新的使用价值。人们可以利用已失去原有价值的信息经过加工处理得到具有新的使用价值的信息，因此说，信息是一种可以不断再生的资源。

二、信息技术与信息产业

（一）信息技术的含义

信息技术（Information Technology，IT），是指主要用于管理和处理信息所采用的各种技术的总称。信息技术包括微电子技术、光电子技术、电脑技术、通信技术、辐射成像技术和高清晰度显示技术等。其中，电脑技术和通信技术是信息技术的两大支柱，起着核心作用。

根据信息产业部⊖发布的信息产业科技发展"十一五"规划和2020年中长期规划纲要的规定，在未来5～15年我国将重点发展的信息技术包括集成电路技术、软件技术、新型元器件技术、电子材料技术、网络与通信技术、电脑技术、存储技术、数字音视频技术、网络与信息安全技术、光电子技术、显示技术、测量仪器技术、电子专用设备制造技术、信息化应用技术和导航遥测遥控遥感技术等。

（二）信息产业的含义

信息产业，一般指以信息为资源，以信息技术为基础，进行信息资源的研究、开发和应用，以及对信息进行收集、生产、处理、传递、存储和经营活动，为经济发展及社会进步提供有效服务的综合性的生产和经营活动的行业。

我国对信息产业的分类没有统一模式，一般可认为包括七个方面：① 微电子产品的生产与销售；② 电脑终端设备及其配套的各种软件、硬件的开发、研究和销售；③ 各种信息材料产业；④ 信息服务业，包括信息数据、检索、查询和商务咨询；⑤ 通信业，包括电脑、卫星通信、电报、电话和邮政等；⑥ 与各种制造业有关的信息技术；⑦ 大众传播媒介的娱乐节目及图书情报等。

知识拓展 1-1

北美自由贸易区（美国、加拿大、墨西哥三国）于1997年联合制定了《北美产业分类体系》（简称NAICS），该产业分类体系首次将信息产业作为一个独立的产业部门规定下来。根据美国北美行业分类系统的最新定义，信息产业特指将信息转变为商品的行业，它不但包括软件、数据库、各种无线通信服务和在线信息服务，还包括了传统的报纸、书刊、电影和音像产品的出版，而电脑和通信设备等的生产将不再包括在内，被划为制造业下的一个分支。

重新定义的信息产业包括三种类型：① 生产和分发信息及文化产品的行业；② 提供传递或分发这些产品以及数据或通信方法的行业；③ 处理数据的行业。具体来说，信息产业包括四个行业：出版行业、电影和录音行业、广播电视和通信行业、信息服务和数据处理服务行业。

⊖ 现为中华人民共和国工业和信息化部。

（三）信息技术的作用

1．信息技术成为带动经济增长的引擎

随着信息化在全球的快速进展，世界对信息的需求快速增长，信息产品和信息服务对于各个国家、地区、企业、单位、家庭和个人都不可缺少。信息技术已成为支撑当今经济活动和社会生活的基石。在这种情况下，信息产业成为世界各国，特别是发达国家竞相投资、重点发展的战略性产业部门。在过去的10年中，全世界信息设备制造业和服务业的增长率是相应的国民生产总值（GNP）增长率的两倍，成为带动经济增长的关键产业。

据信息产业部公布的资料，我国信息产业2005年实现了3.84万亿元的销售收入，这个数字在世界上仅次于美国，超过日本，位居世界第二位。20多年来，我国信息产业以平均高于国民经济2～3倍的速度在发展，平均速度在20%以上。在20世纪80年代，信息产业产值约100亿元，到1992年就翻了十倍，达到1 000亿元，2 000年突破1万亿元，2008年达到5.88万亿元，信息产业已成为我国国民经济第一支柱产业。

2．信息技术推动传统产业的技术升级

信息技术代表着当今先进生产力的发展方向，信息技术的广泛应用使信息的重要生产要素和战略资源的作用得以发挥，使人们能更高效地进行资源优化配置，从而推动传统产业不断升级，提高社会劳动生产率和社会运行效率。

就传统的工业企业而言，信息技术在以下几个层面推动着企业升级：① 将信息技术嵌入到传统的机械、仪表产品中，促进产品的"智能化"、"网络化"，是实现产品升级换代的重要方向。这项工作往往被称为"机电一体化"。② 电脑辅助设计技术、网络设计技术可显著提高企业的技术创新能力。③ 利用电脑辅助制造技术或工业过程控制技术实现对产品制造过程的自动控制，可明显提高生产效率、产品质量和成品率。④ 利用信息系统实现企业经营管理的科学化，统一整合调配企业人力、物力和资金等资源，实现整体优化。⑤ 利用互联网开展电子商务，进行供应链和客户关系管理，促使企业经营思想和经营方式的升级，可提高企业的市场竞争力和经济效益。

3．信息技术促进人类文明的进步

信息技术在全球的广泛使用，不仅深刻地影响着经济结构与经济效率，而且作为先进生产力的代表，对社会文化和精神文明产生着深刻的影响。

信息技术已引起传统教育方式发生着深刻变化。电脑仿真技术、多媒体技术、虚拟现实技术和远程教育技术以及信息载体的多样性，使学习者可以克服时空障碍，更加主动地安排自己的学习时间和进度。特别是借助于互联网的远程教育，将开辟出通达全球的知识传播通道，实现不同地区的学习者、传授者之间的互相对话和交流，不仅可大大提高教育的效率，而且能给学习者提供一个宽松的、内容丰富的学习环境。远程教育的发展将在传统的教育领域引发一场革命，并促使人类知识水平的普遍提高。

另外，信息网络为各种思想文化的传播提供了更加便捷的渠道，大量的信息通过网络渗入到社会各个角落，成为当今文化传播的重要手段之一。电子出版以光盘、磁盘和网络出版等多种形式，打破了以往信息媒体纸介质一统天下的局面。多媒体技术的应用和交互式界面的采用为文化、艺术、科技的普及开辟了广阔的前景。网络等新型信息介质为各民族优秀文化的继承、传播，为各民族文化的交流、交融提供了崭新的可能性。网络改变着人与人之间的交往方式，改变着人们的工作方式和生活方式，也就必然会对文化的发展产生深远的影响，一种新的适应网络时代和信息经济的先进文化将逐渐形成。

知识拓展 1-2

信息经济，又称资讯经济或 IT 经济，是以现代信息技术等高科技为物质基础，信息产业起主导作用的，基于信息、知识、智力的一种新型经济。在信息经济中，居重要地位的是芯片、集成电路、电脑的硬件和软件、光纤光缆、卫星通信和移动通信、数据传输、信息网络与信息服务、新材料、新能源、生物工程、环境保护、航天与海洋等新兴产业部门。

知识经济，是以知识为基础的经济，根据经济合作与发展组织的定义，知识经济是以现代科学技术为基础，建立在知识和信息的生产、存储、使用和消费之上的经济。知识经济是一种基于最新科技和人类知识精华的经济形态，它是在工业经济和信息经济的基础上发展起来的，是以知识的生产、传播、转让和使用为其主要活动的经济。

信息经济与知识经济是有区别的：① 信息经济主要是以信息科学技术为基础的经济，而知识经济是以整个科学技术为基础的经济。② 信息经济与知识经济都是知识密集型的经济，但后者中知识所含的内容更加广泛，不仅包括信息业，而且包括现代工业、现代农业和现代服务业。

网络经济是一种建立在电脑网络（特别是 Internet）基础之上，以现代信息技术为核心的新的经济形态。网络经济实际上是一种在传统经济基础上产生的、经过以电脑为核心的现代信息技术提升的高级经济发展形态。网络经济是知识经济的一种具体形态，它以信息为基础，以电脑网络为依托，以生产、分配、交换和消费网络产品为主要内容，以高科技为支持，以知识和技术创新为灵魂，从经济形态上，它是信息经济或知识经济的主要形式，又称数字经济。

三、信息产品的含义、类型与特征

（一）信息产品的含义

产品，是指能够提供给市场以满足顾客需要和欲望的任何东西。信息产品，是一种信息和技术密集型的产品，是利用信息技术和信息处理的创新手段生产、制造和提供能满足人们某种需要和欲望的东西。

（二）信息产品的类型

信息产品的类型很多，依据不同的分类标准，可划分为不同类别的产品。

1. 依据产品形式，信息产品可分为硬件产品、软件产品和服务产品

（1）硬件产品　硬件产品主要指由电子器件、磁介质和机械装置组成的信息产品，一般包括卫星通信设备、个人微机、光纤通信设备、电话网络、无线电通信设备和移动电话等。

（2）软件产品　软件产品主要指为方便人们使用硬件产品和有效发挥信息技术的作用而设计的各种程序，一般包括特色数据库、电脑软件、视频和音频等。

（3）服务产品　服务产品主要指为了方便人们检索资料、获取知识和娱乐等而提供的各种服务性信息产品，一般包括在线咨询、搜索引擎和电子邮箱等。

2．依据产品技术内容，信息产品可分为多媒体技术产品、数据存储与处理技术产品、数据传输技术产品以及其他技术产品

（1）多媒体技术产品　多媒体技术产品是一种能直接作用于文字、图形图像、动画、声音和视频等多种媒体信息的产品。一般包括多媒体电脑、个人电脑和液晶等高清晰显示技术产品等。

（2）数据存储与处理技术产品　数据存储与处理技术产品是一种能实现信息的存储、编码、压缩和加密等技术功能的信息产品。一般包括超巨型和超微型电脑、语言识别和神经网络职能电脑、分子电子学技术产品等。

（3）数据传输技术产品　数据传输技术产品是一种能实现信息快速、可靠、安全传输功能的信息产品。一般包括光纤和卫星等通信产品、数字声像技术产品、调制解调器、传感器和交互式网络技术产品等。

（三）信息产品的特征

1．高技术性

高技术性，是指信息产品的技术含量较高。信息产品具有较高的科技含量，大多属于创新型产品，其单位产品生产成本中研究与开发成本占有较大的比重。信息产品不仅其生产制造是高新技术的凝结，而且其操作使用本身也带有较强的专业性和技术性，需要经过专门的训练，维修和保养也较一般产品复杂，技术要求高。

2．高渗透性

渗透，是指某种事物或势力逐渐进入其他方面。信息产品的高渗透性，是指信息产品能快速地渗透到传统产业中，传统产业通过利用信息技术，实现了产业内部的升级改造，促进了传统产业的自动化，极大地提高了传统产业的发展速度和效能。

3．高附加值

高附加值，是指信息产品的附加价值比较高。由于信息产品大量地采用新技术、新工艺、新材料和新设备，因而大大降低了产品的生产成本，给企业留下了巨大的利润空间，所凝结的知识价值、服务价值和文化价值等无形价值远远超过其物质实体本身的价值。

4．高风险性

高风险性，是指信息产品研制成功以及市场开拓成功的不确定性较大。信息产品的研制开发和市场拓展需要大量的时间和资金投入，而其研究开发的成功率相对较低，具有较高的技术风险、市场风险、资金风险、管理风险和政策风险。

5．低认知度

认知，是指人们认识外界事物的过程，即对作用于人的感觉器官的外界事物进行信息加工的过程。由于信息产品是具有新、奇、特的创新产品，消费者对其了解的程度较之一般产品要低，也可能存在各种疑虑，因而一般难于很快为消费者所接受，其进入市场的壁垒相对较高。大多数信息产品都需要通过与潜在客户的交流,使其对产品有了足够的了解后,才会被用户接受。

6．短周期性

短周期性,是指信息产品的产品生命周期较短。新产品不断推陈出新可谓是信息产品的特色。由于信息技术更新换代速度快,以及技术创新的"聚合效应"和"累积效应",所以信息产品非常容易变旧,产品生命周期较传统产品大大缩短。

案例 1-1:IBM 公司于 1991 年 8 月推出第一台个人电脑 IBMPC 后,很快又推出了 IBMPC/XT、PC/XTZ86、PC/AT 等几代产品。电脑从 286、386 到 486、586、Pentium 机的更替,在体积与功能方面都是在很短的时间内完成的。

四、信息产品市场的含义与特征

(一)信息产品市场的含义

信息产品市场,即信息技术产品市场,是指信息产品的现实购买者与潜在购买者需求的总和。信息产品市场由三个要素构成:人口、购买力和购买欲望。

人口,是指信息产品现实购买者与潜在购买者数量的多少。人口的多少决定着市场容量的大小。购买力,是指信息产品消费者支付货币购买信息产品的能力。在人口既定的条件下,市场的大小直接取决于购买力的大小。购买欲望,是指信息产品消费者购买信息产品的愿望、要求和动机。购买欲望是把消费者的潜在购买力转变为现实购买力的重要条件。

(二)信息产品市场的特征

1．市场高竞争性

信息技术的日新月异使得以技术创新为基础的信息产品市场注定是一个高竞争的市场。在创新的推动下,信息技术领域不断推陈出新,没有一项技术具有永久的竞争力,因此,信息技术企业必须拥有自己的专利和核心技术,不断创新,提高产品的技术附加值。

2．市场引导性

信息产品,尤其是具有划时代创新意义的信息产品,技术含量高,又具有较强的超前性,消费者对其效用、性能和特点不了解,不能很快将产品同当时的生活方式和需求相联系,另外,信息产品一般属于选购品,消费者的购买行为表现为典型的理性购买。因此,信息技术企业必须教育消费者认识和了解产品,以创造性营销理念为指导,尽可能刺激和创造产品的初始需求,唤醒和开发消费者的需求,创造市场和引导市场。

3．市场连动性

市场连动性,是指在信息产品市场推进的过程中,信息产品的需求依赖于相关配套产品和技术的支持。信息产品的技术含量越高,则对相关技术和配套产品的依赖性越强;相关技术支持和配套产品发展越成熟,则信息产品市场推广成功的可能性越大。

4．市场微型化

信息化时代,各个消费者都期望信息技术企业能为其特殊需求提供相应的产品和服务，同质化市场的数量将越来越少，其容量也将越来越小，而异质化市场的数量将急剧增加，但规模将变小，市场将日趋微型化。

5．市场全球化

在社会发展、技术进步的进程中，尤其是信息技术不断发展的今天，偌大的地球将跨越时空的障碍，成为信息共享的"地球村"，各国消费者与企业的沟通变得更加方便、更加容易、更加频繁，对商品和服务的期望与需求将趋同化。趋同化的需求将创造出趋同化的供应机会，各个信息技术企业都将面临全球化的市场。

第二节 信息产品营销概述

一、信息产品营销的概念

信息产品营销，即信息技术产品营销，是指信息技术企业从消费需求出发，综合运用各种科学的营销策略，把信息产品和服务整体地销售给消费者，尽可能满足他们的需求，并最终实现企业自身的生存和发展目标。信息产品营销是由四条互相关联的经营原则反映出来的，这四条经营原则是顾客导向、目标市场、整体营销和利益远景。

1．顾客导向

顾客导向，是指信息技术企业营销活动的出发点是顾客需求，所有的营销策划都必须以满足顾客需求为目的。

2．目标市场

目标市场，是指信息技术企业依据市场细分方法，把总体市场区分为多个需求特征不同的子市场，然后选择其中的一个或少数几个子市场作为企业的营销市场，为之设计专门化的信息产品，进行有针对性的营销。

3．整体营销

整体营销，是指强调信息技术企业在从事市场营销活动时必须利用多方位的综合性策略，在产品设计、包装、品牌、定价、财务、销售、公关、分销渠道、仓储运输及促销等多方面均需认真制定相互联系、统一规划的整体性策略。

4．利益远景

利益远景，是指信息技术企业应以追求企业的长期利益为其经营原则。企业追求的不应是一时一地的产品利润，而是通过长期行为，从而获得长期生存发展与长远利益。

二、信息产品营销的基准与特征

（一）信息产品营销的基准

信息产品营销基准，是指信息产品营销的前提条件和依据。信息产品营销在技术选择、开发和应用方面，以及在市场需求规模、成长速度和消费者需求特征方面，存在着比较大的不确定性，这将成为信息产品营销的基准，具体表现为两个方面：技术的不确定性和市场的不确定性。

1. 技术的不确定性

技术的不确定性，是指信息技术的衍生性强、应用前景广、涉及领域多，其需求潜量取决于技术衍生的广度和深度，在研发和投入初期难以预测其前景。造成信息产品技术不确定性的原因主要有：

（1）缺乏技术可靠性的充分信息。信息产品在什么条件下不会失去作用？该产品发生故障的频率是多少？发生故障时会给消费者带来哪些危害和损失，这些危害和损失有多严重？这些关于技术可靠性的信息往往都是缺乏的。

案例 1-2： 20 世纪 80 年代中期电脑硬磁盘问世，美国厂商立即推出使用硬磁盘存储信息的新一代电脑，但由于硬磁盘不断出现厂商预先未料到的故障，导致使用硬磁盘存储关键数据的消费者因数据遗失而向厂商抱怨甚至提出索赔要求。

（2）缺乏信息产品性能绩效的信息。信息产品是否会像生产厂商期望的那样具有更优越的性能？是否会给消费者带来更大的利益和满足？这些关于产品性能绩效的信息是不充分的，实验室里的模拟测试毕竟涵盖不了所有客观发生的问题。

（3）技术容易被替代。现有信息技术的生命周期有多长？现在开发的技术什么时候会被更新技术替代？这些往往在事前很难准确判断，多数情况下是在事后才能完全清晰地知道。

（4）信息技术选择的难度。哪一种信息技术方向是有前途的？是只在一种信息技术领域发展投资，还是在多种信息技术领域齐头并进？在行业技术标准尚未建立起来之前，信息技术的选择对于厂商来说也是比较困难的。

2. 市场的不确定性

市场的不确定性，是指信息产品生产企业对于其信息产品所需要满足的消费者的需求类型和程度、市场规模和市场成长速度等很难准确判断和预测。造成信息产品市场不确定性的原因主要有：

（1）消费者对于技术的潜在效用和利益无法肯定。由于信息技术大多属于较新的、较先进的甚至尖端的科技，而普通消费者往往不了解和不会运用这些先进技术，当然也就不了解这些技术所能满足的需求了。

（2）技术革新的推广速度和潜在市场规模难以预测。因为没有一个新产品有以往的销售历史记录可供参考，企业很难知道市场究竟有多大规模，产品普及速度有多快。即使存在一种类似产品的历史营销记录，但由于信息技术产业发展变化和动荡程度大，因此这种历史资料也有相当大的失真性。

案例 1-3： 施乐公司的复印机刚问世时，曾谋求与 IBM 公司合作，但 IBM 公司经过市场研究认为复印机年销售量只有 2 000 台，因此不愿与施乐公司合作生产经营复印机。然而施乐公司独家经营的实际结果是，复印机第一年就销售出几万台，并很快在西方发达国家成为畅销产品。

（3）市场边界不易确定。信息产品往往具有很多使用价值，能提供给不同类型的产业使用，在使用过程中还可能衍生出更多的新用途，与其他技术的组合常能给人以预料不到的收获。这给信息产品的市场范围确定带来困难。

案例 1-4：集成电路最初是为电脑行业生产的，然而在此后的销售中，集成电路的新用途不断被人们发掘出来，从通信设备、家用电器、科学仪器、自动化机械到汽车、防盗系统乃至儿童玩具都广泛采用了集成电路技术。

（4）行业技术标准尚未建立和确定。行业技术标准尚未建立起来的状况导致市场被众多不同技术标准的企业瓜分，并且市场未来发展变化方向捉摸不定，这使得众多用户担心自己所购买的产品并非未来的行业标准产品，无法与未来行业技术标准兼容而带来利益损失。

（二）信息产品营销的特征

1．产品的创新性

产品是企业竞争的基础，只有不断开发新产品，企业才能在竞争中求得生存和发展。产品创新，是指研究开发和生产出更好的满足顾客需求的产品，使其性能更好、外观更美，使用更便捷、更安全，总费用更低，更符合环境保护的要求，从而提升产品与服务的价值。

对于信息技术企业而言，如果不能领先于竞争对手推出更新的产品，或者紧跟竞争对手所开发的新产品推出改进型的新产品，则企业的生存能力就会面临着极大的挑战。因此，创新能力关系着信息技术企业的生死存亡。另外，信息产品所具有的创新特质决定了大多数消费者认识不到其独有特征、效用、性能以及其潜在需求，因此信息产品营销的首要任务是教育消费者认识新产品的独特功效，接纳信息产品所发明的新概念、新知识及新的生活方式，并将产品的科学价值、技术价值转化为同消费者需求密切相联的使用价值。

2．生产的规模性

生产的规模性，即指信息产品具有的规模经济性。规模经济，是指由于生产规模的扩大，从而引起单位产品成本降低、利润总量增加的状况。信息产品的生产固定成本很高，且绝大部分是沉没成本（沉没成本是指由于过去决策结果而引起并已经实际支付过款项的成本），这些成本必须在生产开始之前预付，生产一旦停止就无法收回，但其生产的可变成本较少。这种特殊的成本结构显示出信息产品具有巨大的规模经济性，产品生产量越多，产品的平均成本就越低，企业的经济效益就越好。

3．价格的高档性

一方面，信息产品较传统产品更先进、更新颖，在功能上有明显的优势，具有较高的技术含量和附加价值，使产品在定价上具有高档性；另一方面，信息产品投入大、成本高、更新换代快，必须以高价格才能满足其开发生产的要求。

4．渠道的独特性

未来的竞争，将不仅是产品的竞争，而且是分销渠道的竞争，拥有稳定、高效的分销渠道是企业具备核心竞争力的体现之一。渠道，是指产品或服务在从生产者向顾客转移的过程中，取得这种产品或服务的所有权或帮助所有权转移的所有企业和个人。

信息技术企业的渠道创新，一方面表现为信息技术企业注重渠道成员的协同。协同，是指相对于各独立渠道成员进行整合汇总而形成的渠道整体的业务表现。协同体现了渠道成员之间不仅是伙伴关系，更是一个利益共同体，各渠道成员在共同利益的前提下，以整体营销战略为中心进行市场运作，维持渠道的长期稳定发展，表达了"1+1>2"的理念。另一方面，信息技术企业的渠道创新表现为信息技术企业注重产品的直营。信息产品的复杂性和专业性，要求信息技术企业有相应的人员和机构从事这种复杂而专业的销售工作，直营就成为信息技术企业首选的推广方式。直营，是指信息技术企业自己建立营销渠道（如分公司、办事处）来分销产品，并通过分公司直接与零售商签订合同，面向零售商铺货。

5. 促销的主流性

在信息经济时代，由于人们的心理反应和行为惯性，在一定的条件下，优势或劣势一旦出现并达到一定的程度，就会导致不断加剧而且自行强化，出现"强者更强，弱者更弱"的垄断局面，这就是人们常说的马太效应。马太效应反映了信息经济时代企业竞争中一个重要因素——主流化。主流，是指事物发展的主要方面。一种产品在市场上占有主流地位，则意味着该产品将主导着消费需求，可快速形成巨大的市场占有率，赢得最大的市场份额，并且锁定特定的顾客群使之成为企业的长期顾客。所谓锁定，是指通过吸引顾客，使顾客无法放弃你的产品以占领市场的过程。这主要是由于惯性、懒惰与时间的珍贵，人们愿意始终只与一个相对固定的公司进行交易。

案例 1-5：微软公司通过每六个月发行一个新版本的方法，从用户身上获取大量的利润。原用户不但本身被锁定在微软产品上，通过重复购买产生累积效应，而且还会向其亲戚朋友进行推荐，使微软产品的影响迅速扩大，在消费者心目中逐步变成一种时尚，一种非买不可的产品。

三、信息产品营销模式——保龄球营销模式

（一）保龄球营销模式的思路

营销模式，是指企业对其在生产运营过程中涉及到的各种资源进行组织整合的方式。信息产品由于产品的科技含量高、更新换代快，以及消费者对信息产品认识不足和缺乏消费经验，造成信息产品市场营销环境充满风险和不确定性。信息技术企业的营销人员无法按照常规预测和把握该市场对新产品的需求特征和相关数据，无法按常规的模式与方法进行市场开拓。企业只能先开发一个较成熟的细分市场，同时影响另一个细分市场，然后再开发一个细分市场，如此渐进而行，使企业的产品和市场共同得到发展，这就是信息产品营销新模式——保龄球营销模式。

保龄球营销模式的基本思路是：当新产品开发出来后，企业不应希望其产品立即获得大众市场的认可，而是应先考虑产品在哪一个细分市场上能为消费者带来巨大的效用或利益，通过寻找或创造这个目标市场，并在这个市场上提供能使双方都得益的产品（或服务），从而获得企业的第一个立足市场（第一个保龄球）。通过这个市场上用户的口碑传播和示范效应，与这个市场相关的其他潜在消费者就会迅速成为企业的现实消费者。同时，在市场不断扩大的过程中，企业就可以不断建立与之相关的其他立足市场，从而形成连锁反应，最终达到扩大市场的目的。

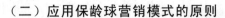

（二）应用保龄球营销模式的原则

在保龄球营销模式中，第一个保龄球代表着产品的第一个立足市场，其他保龄球都是从第一个保龄球派生出来的。该模式强调在立足第一个细分市场以后，要充分利用消费者的口碑传播和示范效应，特别是要在第一个立足市场上进行纵深发展，获得较高的市场声誉，只有这样才能获得最忠实的顾客群体，才能有效地开拓其他细分市场。

1．保证击中第一个保龄球

在企业产品鲜为人知的时候，最有效的途径就是为产品树立一个样板。因此，企业必须集中优势力量，寻找和创造第一个细分市场，并成功地立足该细分市场。

2．在第一个立足市场占据领先地位

击中第一个目标市场后，接下来的任务就是要为产品获取声誉，只有拥有较高的声誉，才能引起潜在消费者的注意，也才有"撞倒"其他保龄球的可能性。为此，占据第一个立足市场的领先地位成为营销的重点与目标。

3．其他被"撞倒"的市场要具有连动性

保龄球营销模式的一个突出特点就是通过用户的口碑传播和示范效应来扩大市场，要做到这一点，前提条件是各个市场的用户相互之间有联系，能够通过正常的渠道传递所使用产品的信息。

4．"一个一个撞倒"的渐进原则

保龄球营销模式要求企业在进行市场开发的时候，要视市场的成熟程度，一个一个渐进式地进行开发。

案例1-6：Documentum公司是美国的一家以经营文件管理软件为主的公司，这家公司在1994年前的年收入才100多万美元，然而就是这家公司在1994年采用了保龄球模式的营销策略，从而使其经营业绩有了大幅度的增长。该公司通过对软件市场进行分析，选择了一个很窄的细分市场——为制药业的药品专利管理部门提供文件管理系统软件。公司集中实力，利用一切资源来开发适应于制药业的这种软件，最终使其成为顾客非常需要的产品，成功建立了自己的第一个立足市场（第一个保龄球）。在这个细分市场用户的宣传和影响下，该公司陆续开拓了制药业的生产部门、研究开发部门等市场。与此同时，凭借其在制药业的市场声誉，Documentum公司又陆续进入了其他相关的细分市场，如医疗器械、食品加工等，从而很快扩大了公司的市场。在一年的时间里，Documentum公司在40个重要的目标顾客中赢得了其中30个顾客的认可，当年公司的收益增长了300%。

第三节　信息产品营销观念

一、信息产品营销意识

意识，是指具体事物的存在、运动和行为表现出来的普遍性规定和本质。信息产品营销意识，是指信息产品营销行为应遵循的普遍性规定。信息产品营销意识通常包括诚

信意识、社会责任意识、质量意识、创新意识、服务意识等。

1. 诚信意识

诚信，主要是指参与社会和经济活动的当事人之间所建立起来的、以诚实守信为道德基础的"践约"行为。简单地说，就是诚实无欺、信守承诺。

虽然诚实守信是我国几千年来传统文化的主流，是倍受推崇的美德，但由于我国长期处在计划经济体制下，真正的市场经济诚信意识极为淡薄。许多企业对于诚信与企业的生存和发展的重要关系认识不足，没能意识到良好的企业诚信是企业长期发展的根本与基础。实际上，良好的诚信是企业的资源，是企业的无形资产，可在企业经营出现困难时帮助企业赢得资金，赢得市场，赢得生存，赢得发展。

2. 社会责任意识

2008 年 9 月 27 日，国务院总理温家宝出席夏季达沃斯论坛（世界经济论坛）年会开幕式，在和企业家座谈时指出：企业是经济的主体，企业家要有道德，每个企业家都应该流着道德的血液，每个企业都应该承担起社会责任。

社会责任，是指企业在创造经济利益的同时，还要承担维护好对员工、对消费者、对社区、对环境等利益相关者利益的责任。就企业社会责任的内容而言，它包括经济、道德和法律等三方面的责任，法律责任是指遵守所有法律和法规；道德责任是指遵循利益相关者评判的可接受行为标准，还内含回报社会的慈善责任；经济责任是指最大化利益相关者的财富和价值。

企业承担社会责任与企业的经济绩效成正相关的关系，而不是完全像传统经济学理论所认为的会加重企业负担、影响其利益。企业履行社会责任，将能提升企业的社会影响力，提升企业的市场竞争能力，将会给企业带来高销售量和忠诚的顾客群，从而提升企业的财务业绩。因此说，企业履行社会责任对其自身发展是一种机会。

3. 质量意识

信息产品的技术含量高，结构复杂，使得绝大多数顾客都不能对其有比较深入的了解和掌握，尤其是系统性的信息产品，顾客不经培训几乎不能直接使用和操作。因此，顾客对信息技术企业的依赖性较大，对产品质量的期望值也很高。

根据国际标准化组织制定的国际标准——《质量管理和质量保证——术语》（ISO8402－1994），产品质量是指产品反映实体满足明确和隐含需要的能力和特性的总和。质量是企业的生命，生产经营适应顾客需要的高质量的产品，是形成企业竞争优势最重要的基础，是市场营销活动成功与否的前提。如果产品质量不合格，无论如何宣传，如何促销，即使你提供的服务再好、再周到，顾客也不会购买，因为你的产品不能满足其最根本的需要。

海尔有句名言：1%的产品事故，对购买到这 1%不合格产品的顾客而言就是 100%。因此，企业上上下下都应该树立质量意识，奉行零缺陷制度，真正把消费者视为"上帝"，隐瞒、欺骗等短期行为是不可能创造名牌的。

4. 创新意识

创新意识，是指人们对创新与创新的价值性、重要性的一种认识水平、认识程度以及由此形成的对待创新的态度，并以这种态度来规范和调整自己的活动方向的一种稳定的精神态势。

创新意识包括创新动机、创新兴趣、创新情感和创新意志。创新动机是创新活动的动力因素，它能推动和激励人们进行创新性活动。创新兴趣是促使人们积极探求新奇事物的一种心理倾向，它能促进创新活动的成功。创新情感是引起、推进乃至完成创新的心理因素，只有具有正确的创新情感才能使创新成功。创新意志是在创新中克服困难、冲破阻碍的心理因素，创新意志具有目的性、顽强性和自制性。

企业创新的实质是为顾客创造新的价值，同时为企业创造更多的价值。创新的途径包括产品创新、技术工艺创新、市场创新、组织创新、管理创新和观念创新等。创新可以为企业带来生机和活力，只有坚持不断创新的企业，才能在激烈的竞争中永葆优势。

5．服务意识

顾客对信息产品有较高的服务要求，有时甚至对服务要求还超过对质量的要求。服务几乎贯穿了信息产品营销的全过程。因此，信息技术企业必须树立良好的营销服务意识。

服务意识，是指企业全体员工在与一切企业利益相关的人或企业的交往中所体现的为其提供热情、周到、主动的服务的欲望和意识。它是服务人员自觉、主动做好服务工作的一种观念和愿望，是发自服务人员内心的一种本能和习惯。

营销服务是信息产品营销中的重要环节。良好的营销服务既能保证信息产品的正确使用，降低不正确使用的风险性，增加企业对目标顾客群的了解，又能收集到顾客对自己产品的反馈意见，从而对产品进行改进。

知识拓展 1-3

热情、真诚地为顾客服务能带来顾客的满意，而顾客满意是提高购买频率的主要因素。哈佛大学研究指出："再次光临的顾客比初次登门的顾客，可为公司带来25%～85%的利润，而吸引他们再来的因素中，首先是服务质量，其次是产品本身，最后才是价格。"

二、基本营销观念

营销观念，是指企业在一定时期、一定生产经营技术和市场环境条件下，制定营销战略、实施营销策略、组织开展营销活动，以及正确处理企业、顾客和社会三者利益关系的指导思想和行为准则。企业在开展市场营销活动时，应树立的基本营销观念包括市场营销观念、大市场营销观念、社会营销观念和关系营销观念等。

1．市场营销观念

市场营销观念，是一种以消费者的需要与欲望为导向的经营哲学。它把企业的生产经营活动看作是一个不断满足消费者需要的过程，而不仅仅是制造或销售某种产品或服务的过程。市场营销观念强调以顾客需要为中心，按照顾客需要组织生产，以顾客满意为宗旨，通过顾客满意来获得利润。

2．大市场营销观念

大市场营销观念，是指企业为了成功进入某个特定市场或者在特定市场上经营，打破各种贸易壁垒，需要在策略上运用经济、心理、政治和公共关系等手段，以赢得若干参与者的合作与支持。即在实行贸易保护的条件下，企业的市场营销战略除了 4P 策略（产品策略、价格策略、渠道策略、促销策略）之外，还要加上两个 P，即政治权力和公共关系。

3．社会营销观念

社会营销观念，是一种以社会利益为导向的经营哲学。它认为，企业应以维护和促进全社会的利益与发展为最高目标，企业的生产经营不仅要满足消费者的需要与欲望，而且要有利于社会的整体利益和长远利益，要将消费者需要、社会利益和企业盈利三方面统一起来，求得三者利益的共同实现。信息技术企业在开展营销活动时，必须树立社会营销观念；维持社会利益、消费者利益与企业利益三者之间的平衡。

4．关系营销观念

关系营销，是指为了实现企业的营销目标，保持企业有利的市场位置，使企业持续、稳定不间断地增加利润，企业应积极主动地与顾客、中间商、供应商、营销中介等建立并保持一种长期、稳定、友好的合作关系，使有关各方都能实现各自的目标。

关系营销观念，强调与各方建立长期、稳定的良好的关系，努力实现各方的忠诚，从而为企业带来长远利益，实现企业与各方的共赢。

三、信息产品营销观念

信息产品营销观念，是指信息技术企业组织开展营销活动，以及正确处理企业、顾客和社会三者利益关系的指导思想和行为准则。

（一）绿色营销观念

绿色营销，又称环境营销，是指企业在整个营销过程中应充分体现环保意识和社会意识，向消费者提供科学的、无污染的、有利于节约资源使用和符合良好社会道德准则的商品和服务，并采用无污染或少污染的生产和销售方式，引导并满足消费者有利于环境保护及身心健康的需求。绿色营销，包括产品的绿色生产、绿色流通和绿色消费等。

1．绿色生产

绿色生产是绿色营销的起点。绿色生产包括产品的设计、使用的原材料、生产加工、包装等各个环节的绿色化。在绿色营销观念的指导下，在产品设计时应充分考虑环境保护及社会改良的要求，尽可能设计出无污染或少污染、节约原材料耗用、有利于消费者长远利益和社会整体利益的产品；在包装材料和形式设计中，尽可能体现绿色化，不仅要考虑商品的装饰性，还要更注重环境保护功能；在产品生产过程中，应尽可能采用无污染、低能耗的生产方式，并不断加大环保投入。

2．绿色流通

绿色流通，是指在商品流通过程中所体现的绿色意识和行为，如采用绿色商品储运系统、实行绿色的商品定价、运用绿色的产品标识、进行绿色促销宣传、建立绿色专营商店等。绿色流通是保证从生产过程开始的绿色化得以最终实现的必要条件，只有流通过程绿色化了，在生产过程中制造的绿色商品才有可能传递给最终消费者，实现其使用价值和价值。

3．绿色消费

绿色消费，是绿色营销的目标。绿色营销的核心是提倡绿色消费意识，进行以绿色产品为主要标志的市场开拓，营造绿色消费的群体意识，创造绿色消费的宏观环境。绿色消费适应了人们保护和改善生态环境，实现全球经济可持续发展的要求。

（二）整合营销观念

整合营销，是一种通过对各种营销工具和手段进行系统化结合，根据环境进行即时性动态修正，以使交换双方在交互中实现价值增值的营销理论与营销方法。在整合营销中，企业将以顾客为核心重组企业和市场的行为，运用各种形式的传播方式达到统一的目标和统一的传播形象，传递一致的产品信息，实现企业与顾客的双向沟通，迅速树立产品品牌在顾客心目中地位，从而实现企业的营销目标。

1．技术推动与需求拉引方式整合

信息技术企业应实施"需求拉引"与"技术推动"双轮战略，首先从市场需求和技术发展趋势出发，界定产品的概念和功能要求，将研究开发和市场营销纳入一个整体系统。即企业产品开发过程不能依赖上游到下游的成果转化，而必须根据市场需求与趋势的研究、预测，确定新产品的功能、特点及其关键技术，产品开发设计前就应进行市场调查、营销规划和营业分析等具体的前期工作。

2．技术开发与市场营销过程整合

由于更新换代期更短，信息产品在技术和营销方面的协调与配合将更加密切，这就要求技术开发与市场营销过程实现一体化运作。

3．技术服务与认知服务营销的整合

信息产品需求属于引导性消费需求，人们的消费习惯、生活方式，甚至生产方式都具有惯性，突破消费者认知障碍和人们生活习惯和方式的惯性是信息产品营销的首要任务，营销推广的重点不单是利益的转让，更是知识的普及。企业应在全面调查市场的基础上，充分挖掘潜意识甚至无意识的需求，运用"知识"营销、"学习"营销、"服务"营销等理念和网络营销手段，增加营销活动的知识含量，加强消费者教育，把握市场先机，不断创新需求，培育新的增长点。

（三）网络营销观念

网络营销，是一种以互联网为媒介和平台，以全新的方式、方法和理念实施市场营销活动，使交易参与者（企业、团体、组织和个人）之间的交易活动更有效实现的新型市场营销方式。网络营销是在互联网上开展的营销活动，它具有以下特征。

1．跨时空

网络营销能够超越时间约束和空间限制进行信息的传播和交换，因而使得企业能有更多的时间和更大的空间开展营销活动，可以每天24h随时随地地提供全球性营销服务。

2．多媒体

互联网可以传输多种媒体的信息，包括文字、声音和图像等，使得为达成交易进行的信息交换可以以多种形式存在，可以充分发挥营销人员的创新性和能动性。

3．交互式

在网络营销活动中，企业与顾客始终保持着信息的双向沟通和交流。企业可以随时

了解顾客的需求并有针对性地发送个性化信息，实现一对一的个性传播；顾客可以直接将信息和要求传送给企业营销人员，从而由被动的承受者和消极的信息接受者变为主动的参与者和重要的信息源。

4. 人性化

网络营销是一对一的、理性的、消费者主导的、非强迫性的、循序渐进的，而且是一种低成本与人性化的营销，可以避免推销员强势推销的干扰，并通过信息提供与交互式交流，与消费者建立长期、稳定的良好合作关系。

5. 成长性

互联网用户数量快速增长并遍及全球，使用者多属于年轻、收入水平较高、受教育程度较高的一族，这部分群体的购买力强且具有很强的市场影响力，因此，网络营销是一个极具开发潜力的目标市场。

6. 整合性

网络营销可以完成从发布产品信息、收回货款到售后服务的全过程，这是一条全程的营销渠道。另外，企业可以借助互联网将不同的营销传播活动进行统一的设计规划和协调实施，以统一的传播资讯向消费者传达信息，从而避免不同传播的不一致性产生的消极影响。

7. 超前性

互联网是一种功能强大的营销工具，它同时兼备渠道、促销、电子交易、互动顾客服务以及市场调查分析与研究等多种功能，它所具备的一对一的营销能力，正是符合定制营销和直复营销的未来趋势。

8. 高效性

网络营销应用电脑储存信息，信息储存量大，可以大大方便消费者进行信息查询，所传送的信息数量和精确度也远远超过其他媒体。同时，它能够帮助企业适应市场需求，及时更新产品陈列或调整产品价格，及时、有效地了解和满足顾客的需求。

9. 经济性

网络营销使交易双方通过互联网进行商品交换，代替了传统的面对面的交易方式，一方面可以减少促销文本印刷费用、店面租金、水电费用和人工成本等；另一方面，可以减少由于来回多次交换带来的商品损耗。

10. 技术性

网络营销是建立在以高技术作为技术支撑的互联网的基础之上的，这要求企业必须有一定的技术投入与技术支持，必须改变企业原有的传统组织形态，提升信息管理部门的功能，引进懂得营销与电脑技术的复合型技能人才，这样方能具备和增强企业未来的市场竞争优势。

案例 1-7：互联网是魅族 M8 最大的营销平台

2008 年，在中国手机市场上有一款产品虽然数次跳票至年底仍未上市，但是凭借网络，其聚敛了大量的人气，它就是魅族 M8。

在目前的中国手机市场上，可以说魅族 M8 是争议较大的一款产品。但凡互联网上出现任何关于 M8 的负面消息，总会有 M8 的"粉丝们"站出来捍卫，并展示出 M8 的更多优点。所以，魅族 M8 在网络上的知名度越来越大，市场关注度越来越高。

从营销策略上来看，魅族 M8 初期的推广模式是借助网络平台来预热市场，吊足了消费者的胃口。由于上市时间的不断跳票，魅族 M8 为了不让消费者忽视它的存在，每隔一段时间，其不同角度的"谍照"便会曝光于网络之上，以唤起网络用户对魅族 M8 的记忆。

魅族 M8 的另一个营销成功亮点就是其借助论坛来聚集人气；培养了一批忠诚度较高的 M8 的"粉丝"，并实现了口碑营销。

从一般意义上来看，网络论坛的成员往往具有很强的专业性，对产品的认知度较高，并且这些网友乐于与其他人分享。所以这便形成了以魅族 M8 为中心的一个团体，围绕 M8 的产品特征、产品功能、产品亮点和使用状况等向其他网友传播着魅族 M8 的相关信息，这让更多的网友在未接触产品之前，便了解了产品的特性，提高了用户的兴趣度。

论坛的这一模式，使得魅族 M8 的影响力及对其产生兴趣的网友如滚雪球一般不断地壮大，并且极有可能转化成为魅族 M8 的消费者。所以从这个角度来看，魅族 M8 通过论坛不仅让产品的知名度提升，同时也培育了大量的忠诚用户。

（四）定制营销观念

定制营销，是指企业在大规模生产的基础上，进行市场极限细分，将每一位顾客都视为一个单独的细分市场，根据每一个人的特定需求设计市场营销组合策略，以满足每位顾客的特定需求。定制营销的特点有以下几个。

1. 零库存生产

定制营销将每一位顾客都视为一个单独的细分市场，根据每一个人的特定需求来组织生产，这表明它将不再按照以市场预测为基础制定的生产计划组织生产，而是完全按订单组织生产，最终实现零库存的管理目标。

2. 大规模生产

定制营销建立在大规模生产的基础上，是在充分了解消费者需求差异、消费潜力、购买习惯和态度等因素的情况下，根据不同的标准将消费者分为若干大类，为每一个目标市场提供适销对路的产品和服务项目。同时，运用先进的营销策划和网络等先进技术，建设一条快速反映、灵活多变的流水线实现大规模的流水线生产。

3. 数据库营销

数据库营销，是指企业收集和积累消费者的大量信息，并将这些信息处理后，挖掘出富有价值的信息，并有的放矢地与顾客进行沟通，以达到说服消费者购买产品的目的。定制营销通常需要以顾客数据库作为营销工具。企业可以将与顾客发生的每一次联系都记录下来，包括顾客购买的数量、价格、采购的条件、特定的需求、业余爱好、家庭成员的名字和生日等信息。这样，企业就会知道自己的新产品开发出来之后会有哪些顾客购买，企业的老顾客目前会有哪些新的需求，从而制定更具有针对性的营销策略，更好地服务维系老顾客，与顾客建立紧密的联系。

4. 细分极限化

定制营销中，市场细分已经达到了极限，每一个顾客就是一个子市场，企业要根据每一个人的特定需要来确定自己的营销组合策略。

5．顾客参与性

企业在定制营销策略时，为确保顾客的满意度，必须需要顾客的参与。在这种营销方式下，顾客直接向企业提出自己的要求，并且同技术人员一起合作，共同设计产品的蓝图。当顾客得到产品时，也可以直接向企业反映自己的满意程度或提出建议。

（五）战略营销观念

战略营销，是指营销人员站在整个企业竞争战略的高度考虑营销问题，在动态的市场与公司环境情况下，作出明确的营销决策，在特定的时间和限定的资源范围内，通过战略性定位获得生存和可持续发展的竞争优势。

战略营销是站在企业竞争战略的高度进行营销战略的制定和营销方案的策划，是涉及企业总体发展的、全方位的营销。它具有营销目标长期性、环境动态适应性、目标市场竞争性和资源利用协同性等特征。

1．营销目标长期性

企业营销战略的制定，不能只考虑企业的眼前利益，应立足于企业的长远利益，作出对企业营销过程中的各项活动具有普遍的、全面指导意义的管理决策，充分体现战略的前瞻性和高度的全局性。

2．环境动态适应性

企业所采取的一系列重大决策都必须根据营销环境的动态变化和企业自身的条件进行周密的策划，制定有效的战略计划，使企业的目标和资源与企业的外部环境之间保持一种切实可行的战略适应。

3．目标市场竞争性

竞争是战略的本质，也是市场经济的现实。企业的战略要在分析竞争对手资源状况、发展前景的基础上，通过博弈分析和深思熟虑后作出选择。企业所有营销活动的全过程都必须以竞争作为基准，争夺市场、争夺顾客，阻止竞争者抢占企业的市场份额，从而确保企业在市场竞争环境中迅速扩张和成长。

4．资源利用协同性

战略营销既是一个体系，又是一个系统。它要求市场营销所涉及的内外部资源必须具有高度的协同性，在联合销售、渠道共享、品牌共享、客户关系共享等多方面实现协同。只有这样，企业才能达到资源利用的最优，从而获得竞争优势。

（六）技术营销观念

技术营销，是指通过运用企业的技术服务和专业知识等方面的系统能力，使顾客在短期内对新技术产品得以认识、了解和接受。技术营销的对象是一种知识、一种技术，而不是某一具体产品。技术营销的首要目的在于帮助客户掌握与此项技术相关的各种知识和技术，并接受此技术。技术营销揭示了营销的过程不仅存于新产品生产之后，而且伴随着技术的研究、开发、推广的全过程。

1．正确处理好不同时期技术与营销的关系

一般而言，在企业发展的不同阶段，或产品生命周期的不同时期，技术与营销的地

位和作用是有所不同的，在产品处于研发或初创时期，企业可能更偏重于技术，而随着产品逐渐成熟，将会慢慢转向偏重于市场营销能力。

2．以市场为基础进行产品研发定位

企业在产品生产和创新方面，要坚持从顾客中来的原则，要通过周密的市场调查、预测和比较来做好产品研发定位，只有根据市场作出产品的市场定位，开发出的产品才能有市场基础。

3．依据产品的市场定位进行技术创新

有了市场定位这个基础，技术创新便有了方向。但是，技术代替不了市场，信息产品同样存在市场风险，如果产品的技术创新能以市场为基础，则会降低这种风险。

4．真诚地听取顾客意见

顾客对产品的意见和建议，甚至抱怨或投诉，其实正是企业需要寻找和解决的不足之处，善于搜集顾客的抱怨和意见来改进产品，正是产品适应市场的过程。

案例1-8：铱星公司成立于1991年，第一大股东是摩托罗拉公司，第二大股东是日本铱星公司，主要致力于全球卫星通信技术的研发，其技术在全球是领先的，但因公司决策者忽视市场营销，将产品的消费者定位为普通大众，结果因为价格昂贵，公众不能接受，终使铱星成为"流星"。

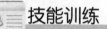

技能训练

信息产品说明书写作技能训练

案例背景：

广东联华计算机有限公司是于1995年成立的一家生产"联华"牌家用电脑的公司。经过10多年的努力，公司有了长足的发展。鉴于城市家用电脑市场竞争过于激烈，企业发展空间日趋缩小，为了有效拓展公司的发展空间，增强公司的市场竞争力，公司决定于2009年5月投产开发一种专供农村家庭用的电脑，该产品具有很好的性价比，而且操作更为简单，如设置有一键通，即只要你一按该键，则可直接上网；配有直接恢复按键，该按键的功能是当电脑遇到异常时，只要按下此键，则可将C盘直接恢复到最初配置状态，保证电脑时时刻刻都能正常运行；配备有农村家庭所需的正版电脑软件等。

该产品的生产执行标准为《微型计算机通用规范》（GB/T 9813—2000）；国家专利号为GJ20090125002186。企业生产地址：广东省深圳市深南大道1002号；邮编：518046；电话：0755-62686861/62686862；网址：http://www.lhcomputer.com.cn；E-mail：lh@lhcomputer.com.cn。

试根据案例背景资料，请为该公司撰写一份有特色的产品基本功能说明书，并完成产品基本功能说明书写作实训报告。

目的和要求：

1）能认识并实现组织分工与团队合作。

2）能撰写出符合格式要求的信息产品说明书。

3）能整理总结出信息产品说明书写作课题分析报告。

4）能清晰地口头表达出信息产品说明书写作实训心得。

训练指导：

1）组建实训课题小组：将教学班学生按每小组 6～8 人划分成若干课题小组，每个小组指定或推选出一名小组长。

2）确定实训小组课题：每个小组根据信息产品说明书写作背景资料的要求，完成一份信息产品说明书的写作。

3）实施写作课题研究：各小组长根据信息产品说明书写作的计划，调配资源，明确各组员的任务，并督促大家有效地完成任务，包括信息产品说明书的草拟、修改和定稿，信息产品说明书写作课题分析报告的撰写、打印以及小组的发言等。

4）撰写实训课题报告：每个小组完成一份信息产品说明书写作课题分析报告。报告格式见表 1-1。

5）陈述实训心得：由各个小组推荐的发言人或小组长代表本小组陈述本小组实训课题分析报告和实训心得。

表 1-1　信息产品说明书写作课题分析报告

第 ____1____ 次实训

班级 _____　　学号 _____　　姓名 _____　　实训评分 _____

实训时间 _____　　实训名称　信息产品说明书写作技能训练

一、实训操作背景

二、实训目标要求

三、实训操作内容

四、实训心得体会

五、实训评价（指导老师填写）

第二章 信息产品市场调查

目的要求

一、知识理解要求

1. 能叙述和列举信息产品调查的概念和特征。
2. 能列举和分辨信息产品调查的方法。
3. 能列举和掌握信息产品调查的步骤。
4. 能熟记和列举信息产品调查计划的内容。
5. 能记清和掌握信息产品调查问卷的设计。
6. 能熟记和列举信息产品调查报告的构成。

二、实训技能要求

1. 能综合运用本章知识剖析现实案例。
2. 能依据案例背景撰写信息产品调查计划书。
3. 能依据案例背景设计信息产品调查问卷。
4. 能撰写信息产品市场调查课题分析报告。

重点难点

1. 信息产品调查的方法与内容。
2. 信息产品调查计划的制定。
3. 信息产品调查问卷的设计。
4. 信息产品调查报告的撰写。

案例导引

　　2008 年，联想网御通过对信息安全产业发展趋势的敏锐判断，率先开始了在应用与数据安全领域的布局，通过在产品、技术、服务及解决方案等方面的全面创新，为用户提供了一系列极具价值的信息安全整体防护方案，抢先布局"信息安全 2.0"时代。以往联想网御的优势领域主要集中在政府、军工等大的行业。2008 年，联想网御在进一步巩固原有成熟市场的基础上，把目光投向了教育，并开始在高校市场上有所斩获。

　　通过充分的市场调查和实际应用案例研究，联想网御首先摸清了教育行业尤其是高校网络安全市场的特点和需求。一是出口设备压力大。二是校园网出口区域需要针对 P2P 等应用进行带宽管理。三是数字校园需要远程安全接入。四是服务器区域需要具备安全保护和网页防篡改功能。因此，校园网服务器区域除部署防火墙外，还需要 IPS 帮助实现网页防篡改功能。另外，考虑到校园网流量较大，普通的千兆 IPS 难以承受，需要性能大于 3G 的 IPS。

　　基于上述调查的结论，联想网御为高校客户量身定制了一系列数字校园解决方案。其中"数字校园万兆安全解决方案"和"SSLVPN 数字校园应用解决方案"均有极强的针对性和极高的性价比。

　　为征求客户对以上两个解决方案的意见，联想网御派出了由研发部门、解决方案部门、市场部门和前端业务部门组成的专家团队分赴全国各地举办题为"助力高校应用，保障数字校园"的高校安全解决之道研讨会，以求面对面地与客户进行沟通，获得第一手用户反馈。

　　客户对研讨会的反响相当热烈。仅在广州、武汉两地就有来自四十多所高等学校的 100 多位信息中心主任、图书馆网络主管教师出席了会议。会上，嘉宾们就当前校园网络特点、校园信息网络安全现状进行了热烈讨论。联想网御向来宾详细讲解了"数字校园万兆安全解决方案"和"SSLVPN 数字校园应用解决方案"，两个方案均获得嘉宾的一致好评。

　　来自湖北某高校信息中心的一位主任表示："'数字校园万兆安全解决方案'切实考虑到了大学校园信息网络安全的实际应用需求，技术领先、易于部署、操作简单、性价比高，是我见过的最有可行性和竞争力的高校网络安全解决方案之一。"据悉，仅在会议现场，就有十几位高校信息中心主任提出了立即试用这两个解决方案的要求。

（资料来源：电脑商情在线 http://www.cbinews.com）

基础知识

第一节　信息产品调查概述

一、信息产品调查的概念与特征

1. 信息产品调查的概念

信息产品调查，即信息产品市场调查，是指信息技术企业为某一特定的市场问题，运用科学的方法，系统地搜集、整理和分析有关市场信息资料，对市场现状进行反映和描述，以认识市场发展变化规律的过程。

2．信息产品调查的特征

1）信息产品调查是一种有目的、有意识地认识市场的活动。信息产品调查，是信息技术企业为解决特定的市场问题，如某产品销售量大幅度下降，新产品上市的定价问题等，为企业的营销策划和营销决策提供信息资料而开展的活动。

2）信息产品调查是一个系统的过程。信息产品调查不是单个资料的记录、整理或分析的活动，它是一个周密策划、精心组织、科学实施，由一系列工作环节、步骤、活动组成的过程，它包括对信息的搜集、判断、整理、分析和研究等过程。

3）信息产品调查具有较强的专业性。首先，信息产品调查需要借助一套科学的方法，包括观察调查法、访问调查法和实验调查法等；其次，信息产品调查还需要应用统计学、社会学、心理学和电脑科学等方面的知识。

二、信息产品调查的类型

1．探索性调查

探索性调查，是指当研究的市场问题或范围不明确时，为了发现问题、了解市场情况而做的试探性调查。探索性调查，主要是用来发现问题，通过对搜集到的信息资料进行分析，找出营销问题的症结所在。

2．描述性调查

描述性调查，是指对所研究的市场现象的客观实际情况如实地加以描述和反映的市场调查。描述性调查，主要是用来描述客观情况，通过调查如实地记录并描述诸如某种产品的市场潜量、顾客态度和偏好等方面的信息。

3．因果性调查

因果性调查，是指为了研究市场现象与影响因素之间客观存在的联系而进行的市场调查。因果性调查，主要是用来找出变量之间的因果关系，如产品价格与销售量、广告费用支出与销售量之间的关系等。

三、信息产品调查的内容

1．消费者信息调查

消费者信息的调查，包括：① 消费者个人特征信息，如性别、年龄、文化程度、职业和收入等；② 消费者需求状况信息，如价格定位、购买行为（购买能力、购买习惯、支付方式和送货方式等）、服务需要（服务要求、服务方式和服务内容等）、需求量（现实需求量和潜在需求量）以及广告效果等。

2．产品或服务信息调查

产品或服务信息的调查，包括产品或服务的供求状况、市场占有率、产品销售趋势、现有产品或服务的满意度与不足和客户对产品或服务需求的新变化等。

3．目标市场信息调查

目标市场信息的调查，通常表现为对购买力、市场容量和变化趋势方面的调查，包括产品或服务的市场容量、供求状况、企业开拓市场的能力、企业发展市场中存在的问题（资金、渠道和产品更新等）、竞争格局和竞争激烈程度等。

4．竞争对手信息调查

竞争对手信息的调查，主要调查企业的主要竞争对手及潜在竞争对手的数量与实力，包括主要的竞争对手、竞争对手的市场份额、实力、竞争策略、营销战略的定位和手段以及发展潜力等。

5．营销环境信息调查

营销环境信息的调查，主要调查企业所面临的营销环境情况，包括：① 宏观环境信息的调查，如政治法律环境、经济环境、自然环境、人口环境、科技环境和文化环境等；② 微观环境信息的调查，如合作者、供应商、营销中介和社区公众等。

6．广告效果信息调查

广告效果信息的调查，是指为了获取广告对接受者的影响而做的调查，主要调查：广告的销售效果（广告发布之后，商品销售量的变化情况）和广告本身的效果（广告被社会公众的关注程度）。

四、信息产品调查的方法

（一）间接调查法

间接调查法，也称文案调查法、二手资料调查法，它是指信息技术企业调查人员从企业内部或外部的各种文献、档案资料中收集有关历史和现实的市场经济活动资料，并对其进行分析研究的调查方法。

1．间接调查法的资料来源

间接调查法是进行市场调查的首选方法。间接调查法取得资料的途径包括外部资料来源和内部资料来源。

（1）外部资料来源　外部资料来源是指企业之外的机构、团体和媒介等所提供的资料，包括从国家统计机构、行业协会、公开出版的图书、大众传播媒体、各种信息机构、电脑信息网络和国际组织等处获取的资料。

（2）内部资料来源　内部资料来源是指企业内部各部门收集、保存的各种经营活动资料，主要包括：企业职能部门的资料，如会计、统计和计划部门的统计数字、报表、原始凭证和会计账目等；企业经营机构的资料，如进货统计、销售报告、库存记录、合同文书、客户订货单和消费者意见反映等；企业的各种会议记录和以往的市场调查报告等。

2．间接调查的具体方法

间接调查法具体包括查找法、索取法、收听法和咨询法等。

（1）查找法　查找法是指信息技术企业的调查人员利用检索工具逐个查找文献资料的方法。如利用搜索引擎在网络上进行资料的搜索。

（2）索取法　索取法是指信息技术企业的调查人员向有关机构直接索取所需的市场

资料的方法。

（3）收听法　收听法是指信息技术企业的调查人员通过收听广播及新兴的多媒体传播系统而收集各种有用的信息资料的方法。

（4）咨询法　咨询法是指信息技术企业的调查人员向有关情报或信息咨询中心进行咨询而获得资料的方法。

（二）直接调查法

直接调查法，也称实地调查法、一手资料调查法，是指由信息技术企业的市场调查人员亲自搜集第一手资料，经过分析判断而得出调查结论的调查方法。

1．直接调查法的资料来源

直接调查法取得资料的途径包括：

（1）直接参与各种展览会、展销会和交易会，取得各种有关企业介绍、产品介绍和产品目录等方面的信息资料。

（2）到实地进行考察，身临其境，感受市场气氛，观察市场动态，寻找现实的和潜在的客户。

（3）与经销商直接谈判，了解对方对经销产品的迫切感、需求量等信息。

（4）直接购买竞争对手的产品，进行外形、特色和标注不清性能等方面的分析与实验，掌握产品的变化趋势，从而指导开发本企业的新产品。

2．直接调查的具体方法

直接调查法具体包括访问调查法、观察调查法和实验调查法等。

（1）访问调查法　访问调查法，是指调查人员采用访谈询问的方式，向被调查者了解市场实际情况，搜索有关资料，从而获得有关市场信息资料的调查方法。它是市场调查中最基本的、最常用的调查方法，它具体包括面谈调查、邮寄调查、电话调查、留置调查、网络调查等方法。

1）面谈调查　面谈调查是指企业调查人员通过与被调查者面对面的访谈而获得资料的方法。

2）邮寄调查　邮寄调查是指调查人员将设计好的调查问卷通过邮局寄给被调查者，由被调查者填好后在规定的时间内寄回的调查方法。

3）电话调查　电话调查是指调查人员通过电话向被调查者了解有关情况的一种调查方法。

4）留置调查　留置调查是指调查人员将调查问卷当面交给被调查者，说明调查意图和要求，由被调查者自行填写，再由调查人员按约定日期收回的一种调查方法。

5）网络调查　网络调查是指调查人员利用电脑网络系统，将调查问卷通过电子邮件发给被调查者或在网上发布，由被调查者填写后发回或提交的一种调查方法。

案例 2-1：柯达公司的反复市场调查

以彩色感光技术先驱著称的美国柯达公司，目前有产品 3 万多种，年销售额 100 多亿美元，纯利 12 亿美元以上，市场遍布全球各地，其成功的关键是重视新产品研制，而新产品研制成功则取决于该公司采取的反复市场调查方式。

以蝶式相机问世为例，这种相机投产前先由市场开拓部根据市场调查提出新产品的意见，如"大多数用户认为最理想的照相机是怎样的？"、"重量和尺码多大最适合？"、"什么样的胶卷最便于安装使用？"等。根据调查结果设计出理想的相机模型，提交生产部门对照设备能力、零件配套、生产成本和技术力量等因素考虑能否投产，否则退回重订和修改。如此反复，直到造出样机，再进行第二次市场调查，检查样机与消费者的期望还有何差距，根据消费者意见加以改进。然后进入第三次市场调查。将改进的样机交消费者使用，在得到大多数消费者的肯定和欢迎后，交工厂试产。试产品再交市场开拓部门进一步调查，"新产品有何优缺点？"、"适合哪些人用？"、"市场潜在销售量有多大？"、"定什么样的价格才能符合多数家庭的购买力？"等。诸如此类问题调查清楚后，正式打出柯达牌投产。正是由于经过了反复的市场调查，蝶式相机一经推向市场便大受欢迎。

（2）观察调查法　观察调查法，是指调查人员通过观察，记录被调查者的言行及市场现象等，从而获得有关信息资料的调查方法。观察调查法具体包括：直接观察与间接观察、公开观察与非公开观察、人工观察与仪器观察、横向观察与纵向观察等。

1）直接观察　直接观察是指调查人员直接加入到调查的情境之中进行观察；间接观察，是指调查人员不直接介入所调查的情境，通过观察与调查对象直接关联的事物来推断调查对象的情况。

2）公开观察　公开观察是指在被调查者知道调查人员身份的情况下进行的调查；非公开观察，是指调查人员在调查过程中不暴露自己的身份而进行的市场调查。

3）人工观察　人工观察是指调查人员直接到观察现场记录有关内容，根据实际情况对观察到的现象作出合理推断的调查方法；仪器观察，是指利用仪器，如录音机、摄像机等进行观察的调查方法。

4）横向观察　横向观察是指在同一时期对若干个调查对象同时进行观察，以取得横向对比的静态资料的调查方法；纵向观察，是指在不同时期对观察对象进行连续地观察，以取得该调查对象在连续多个时期的动态资料的调查方法。

（3）实验调查法　实验调查法，是指通过实验对比来取得市场情况第一手资料的调查方法。实验调查法具体包括实验室实验调查和现场实验调查两种类型。

1）实验室实验调查　实验室实验调查是指在人为设计的环境中进行的实验调查。例如，在某种特别设计的模拟商场里，请一些顾客在观看了企业产品广告以后购买商品，以调查其购买行为。

2）现场实验调查　现场实验调查是指在自然状况下进行的实验调查。例如，在几家商场以不同的价格销售同一种商品，以检验是否有必要改变商品的价格。

实验调查法是搜集因果关系方面信息最适当的方法之一，它主要是通过改变影响调查对象某些因素的值而保持其他因素不变，以此来衡量因素改变对调查对象的影响效果。例如，研究包装对产品销售量的影响，在其他因素不变的情况下，产品包装改变前后销售量的变化，就可看作是该包装改变的效果。

实验调查法的具体应用形式还包括试用、试销和展览销售等。一般来说，改变商品品质与商品包装、调整商品价格、推出新产品、变动广告形式与内容和变动商品陈列等情况，都可以采用实验调查法来调查其效果。

第二节　信息产品调查设计

一、信息产品调查步骤

信息产品市场调查，一般由四个主要步骤组成：确定市场调查任务、制订市场调查计划、执行市场调查计划和撰写市场调查报告。

1. 确定市场调查任务

确定市场调查任务，就是确定信息产品营销过程中存在的问题及信息产品市场调查所要达到的目标。企业营销过程中存在的问题，可归纳为以下三种：

（1）现实问题　现实问题是指企业营销业务中正在出现的问题。对于正在发生的营销问题，企业必须及时调查、分析原因，采取措施予以解决。

（2）潜在问题　潜在问题是指企业营销业务发展中可能会出现的问题。对于可能会发生的营销问题，企业应进一步密切观察其发展变化趋势，并制定相应的措施，以预防其出现不良影响。

（3）发展问题　发展问题是指企业在规划新的营销行动时存在的发展方向和目标方面的问题。对于营销的发展问题，企业必须在充分调查研究的基础上进行战略发展规划，以保证营销决策的正确性。

2. 制订市场调查计划

市场调查计划，也称市场调查方案，是指企业对某项市场调查所作的具体设计，是对调查工作各个方面和全部过程的通盘考虑和安排。它包括调查目的、调查任务、调查对象、调查方法、调查日程和调查预算等。

3. 执行市场调查计划

（1）组织调查队伍　调查队伍一般由本单位自己组织人员调查。在条件许可的情况下，企业可委托专门的调查机构进行调查。

（2）设计调查问卷　市场调查问卷是市场调查工作的一项重要工具，其设计的好坏直接影响到调查的效果。调查问卷的设计既要具有科学性又要具有艺术性。

（3）开展实地调查　实地调查，要求调查人员按照调查计划规定的时间、地点、方法和内容进行具体的调查，收集有关的资料。在调查中，不仅要注意收集二手资料，更要注意收集一手资料，以保证调查质量。

4. 撰写市场调查报告

（1）整理调查资料　要求调查人员运用科学方法，对调查所得资料进行审核、分类和分析，使之系统化、条理化，并以简明的方式准确反映所调查问题的真实情况。

（2）撰写调查报告　市场调查报告是市场调查研究成果的集中体现。它根据调查的目的和任务，利用收集到的调查资料，经过分析研究，做出判断性结论，提出建设性的措施和意见。

二、信息产品调查计划内容

信息产品调查计划的内容一般包括调查研究背景、确定调查目的、确定调查对象、确定调查方法、确定调查人员、确定调查日程、调查经费预算和调查质量控制措施等。

1．调查研究背景

市场调查是为市场决策服务的，它旨在通过资料的搜集探求市场发展的规律。因此，在研究市场问题确定调查项目时要充分考虑一些背景因素，如政治环境、经济环境、文化环境和科技环境等。

2．确定调查目的

调查目的，就是企业市场调查所要达到的具体目标。确定调查目的，就是明确在调查中要解决哪些问题，通过调查要取得哪些资料。在实践中，调查目的的提炼可围绕三个方面进行：① 为什么要进行调查；② 通过调查想要获得什么样的资料；③ 利用已获得的资料想要做什么。

案例2-2：2006年联想台式机进军海外市场调查目的设计

1. 您对联想电脑进军欧洲市场的看法是什么？
2. 联想扬天进军欧洲市场，您认为会对中国电脑用户和市场带来何种影响？
3. 联想扬天电脑借助海外上市，您建议国内的零售价格是多少？
4. 您对联想扬天系列电脑在中小企业市场的建议是什么？
5. 您所在公司的电脑，有多少比例采用品牌机？都采用哪些品牌机？
6. 您最关注商用电脑的哪一部分特性？
7. 如果您是中小企业主，您希望采购电脑的成本是多少？
8. 与惠普、戴尔、同方、方正等品牌相比，您认为联想扬天处于什么样的地位？

（资料来源：中关村在线 http://www.zol.com.cn）

3．确定调查对象

调查对象，是指根据调查目的确定调查的范围以及所要调查的总体。调查单位，是指根据抽样设计在研究对象中抽出的承担调查内容的个别单位。例如：对某学校学生的信息产品消费行为进行调查，则该学校的所有学生构成本次调查的对象；而具体选中进行调查的学生，则为调查单位。

4．确定调查方法

市场调查计划需要规定采用什么样的调查方法取得调查资料。一般来说，二手资料的取得，可以采取文案调查法；一手资料的取得，可以采取实地问卷调查方法。

5．确定调查人员

确定调查人员，主要是确定参加市场调查人员的条件和人数，包括对调查人员的必要培训。调查人员的素质要求包括：

（1）敬业　忠于工作，认真踏实，不歪曲问题。
（2）耐心　不会因为重复、机械性工作而烦恼。
（3）开朗　善于与人交往并愿意与人讨论各种问题。

（4）积极　努力完成规定的访问任务，并不为困难所折服。

（5）细心　在工作中尽量避免差错，认真记录问题的答案。

6．确定调查日程

调查日程安排，是指各个时期具体调查工作的安排。调查日程安排表格式见表2-1。

表 2-1　调查日程安排表

时　　间	事　　项	责　任　人
7 月 1～12 日	讨论确定研究的目标和方法	
7 月 13～31 日	查阅二手资料	
	形成问卷初稿	
	决定样本构成	
	选择样本	
	选择问卷的试答样本	
8 月 1 日	与委托人讨论问卷初稿	
8 月 2～5 日	修改问卷	
8 月 6～9 日	试答问卷，完成样本选择	
8 月 10 日	确定最终问卷	
8 月 11 日	提交倡议书	
8 月 12 日	寄出问卷	
8 月 13～31 日	回收问卷	
9 月 1～15 日	整理回收问卷	
9 月 16～22 日	分析结果	
9 月 23～29 日	准备报告	
9 月 30 日	提交市场调查报告	

7．调查经费预算

市场调查活动的开展都需要耗费一定的人力、物力和财力。因此，在制订市场调查计划时，必须编制调查经费预算，合理估计市场调查的各项开支。调查经费预算，是对市场调查活动中各种可能发生的费用项目和金额作出估计和测算，并用数字形式将它们表达出来的费用开支计划。

调查费用一般包括：调查人员的工资、交通食宿费、通信费、调查礼品费、调查问卷印刷费和资料处理费等。在进行调查经费预算时，要将可能需要的费用尽可能地考虑周到，以免将来出现一些不必要的麻烦而影响调查的进度。

调查费用的多少，受调查规模的大小、内容的多少和时间的长短等因素的影响。在预算费用时，要本着实事求是、互利互惠的原则确定经费的多少。编制经费预算的一般原则是：在有限的调查经费条件下，力求取得较好的调查效果；或是在保证调查目标实现的条件下，力求使调查经费支出最少。

8．调查质量控制措施

1）抽查某一调查区域的抽样调查情况。

2）询问受访者，了解调查员的调查情况。

3）检验调查结束的问卷是否完整，有无遗漏，可否补救。

4）定期定时开碰头会，了解调查过程中遇到的问题，讨论解决方法。

5）了解调查进度和进行情况，并予以指导。

三、信息产品调查问卷设计

调查问卷，也称市场调查表，是指信息技术企业市场调查人员在向调查对象做访问调查时用以记录调查对象的态度和意愿的书面形式。调查问卷设计，是指信息技术企业调查设计人员根据调查目的和要求，将所需要调查的问题具体化，使调查人员能顺利获取调查信息资料的一种手段。

（一）调查问卷的构成与要求

1．调查问卷的构成

1）问卷开头，主要用于介绍调查的目的、意义、填答说明等。

2）问卷正文，这是调查问卷的主体部分，是调查者所要了解调查的具体内容部分，包括所要调查的问题和答案。

3）问卷结尾，主要用以记录被调查者的意见、感受，或记录调查情况，也可以是感谢语以及其他补充说明。

2．调查问卷的要求

1）紧扣主题，重点突出。

2）结构合理，排列有序。

3）简明通俗，易懂易答。

4）长度适宜，内容紧凑。

5）编码规范，便于统计。

（二）提问项目的设计

1．提问项目设计的方法

（1）开放式提问　开放式提问是指问卷所提的问题事先没有确定的答案，被调查者可以自由回答问题，不受任何限制的提问。该类提问能真实地了解被调查者的态度和情况，但答案很难归纳统计，一般只能有1～2个。

（2）封闭式提问　封闭式提问是指问卷内的题目调查者事先给定了答案或范围，被调查者只能选择其中一项或几项的答案，包括是非题、单项选择题、多项选择题、排序题和事实性问题等。

2．提问项目设计的要求

1）语言要通俗，避免专业术语。

2）表达要具体，避免抽象笼统。

3）表述要客观，避免诱导倾向。

4）用词要准确，避免含糊不清。

5）用语要委婉，避免敏感问题。

3．提问项目设计的顺序

1）问题的安排应具有逻辑性。

2）问题的安排应先易后难。

3）能引起被调查者兴趣的问题放在前面。

4）开放性问题放在后面。

案例 2-3：联想 ThinkPad 产品客户调查问卷

尊敬的客户：

您好！非常感谢您使用联想 ThinkPad 产品。为了提高客户服务的质量，占用您几分钟的时间填写本调查问卷，您的意见对我们很重要！谢谢您的配合！

奖品：将从参与者中抽出 10 位幸运客户，赠送价值 120 元的 Think 服务产品现金券！

联想中国区 Think 业务部

2006 年 2 月

1. 您购买 ThinkPad 笔记本的主要用途是？

   A．工作

   B．学习

   C．娱乐

2. 您在使用 ThinkPad 笔记本的过程中经常碰到的难题是？

   A．上网中毒

   B．软件使用

   C．系统恢复

3. 您是如何做好病毒防护的呢？

   A．购买正版杀毒软件

   B．网上下载杀毒软件

   C．请人帮忙杀毒

4. 您是否使用过以下 ThinkPad 机器的 TVT 技术呢？

IUB 映像管理工具

系统移植助理（SMA）

Access Connections 网络自适应软件

客户端安全解决方案（CSS）

应急与恢复系统（R&R）

系统更新程序（System Update）

无人看管管理器（Away Manager）

显示方案（Presentation Director）

数据安全处理（SDD）

   A．是

   B．否

5. 您是否希望我们为您提供 ThinkPad 机器的 TVT 技术培训呢？

    A. 希望

    B. 不希望

6. 如果我们为您提供有偿的 ThinkPad 机器的 TVT 技术培训，您是否能够接受？

    A. 能够接受

    B. 不能够接受

7. 您的电脑常使用的软件有哪些？

    A. Microsoft Office

    B. Adobe Reader

    C. WinRAR

    D. QQ

    E. 其他

8. 您是否希望我们为您提供有偿软件服务呢？

    A. 希望

    B. 不希望

9. 您如何评价当前联想 ThinkPad 产品的服务？

    A. 非常满意

    B. 满意

    C. 不满意

10. 您评价选择该项的理由是什么？

11. 请留下您的联系方式，以方便我们的跟进和将来有机会给您送出有关礼物！谢谢合作！

（资料来源：联想阳光在线 http://www.lenovo.net）

四、信息产品调查范围确定

调查范围，也称调查空间，是指信息技术企业开展市场调查的区域范围，即调查在什么地区进行，在多大范围内进行。信息产品调查范围确定可选择的方式包括全面调查、重点调查、典型调查和抽样调查等。

1. 全面调查

全面调查，也称普查，是指对总体中的每一个个体都进行调查的调查方式。全面调查是一种一次性调查，是为把握某一时点上一定范围内总体的基本情况而开展的调查。通过全面调查，企业可以了解市场的一些至关重要的基本情况，对市场状况作出全面、准确地描述，从而为制订市场策略、计划提供可靠的依据。

2. 重点调查

重点调查，是指对总体中的重点单位进行调查的调查方式。所谓重点单位，是指其单位数在总体中占的比重不大，而其某一数量标志值在总量中占的比重却比较大的单位。通过对这些重点单位的调查，信息技术企业可以了解总体某一数量特征的基本情况。

3．典型调查

典型调查，是指对总体中具有代表性或典型性的单位进行调查的调查方式。只要所选择的单位具有较充分的代表性，运用这种方式进行市场调查所得到的结果，应能反映市场变化的一般规律和基本趋势。

4．抽样调查

抽样调查，是指从总体中抽取一定数量的单位进行调查，依据抽样的结果推断总体特征的调查方式。抽样调查是一种被广泛使用的有效的调查方式，它既克服了重点调查与典型调查的主观随意性和样本代表性不强的弱点，又克服了全面调查组织困难与费用高的不足，是一种比较科学和客观的调查方式。

五、信息产品调查报告构成

信息产品调查报告，是指对信息产品市场调查的问题和数据进行分析研究而形成的一种反映市场调查活动的现状、对企业市场营销未来发展提出相关建设性建议的报告。撰写市场调查报告，是整个市场调查活动的最后阶段，是市场调查成果的最终体现。信息产品调查报告的内容一般包括以下几个方面。

1．题页

题页，是市场调查报告的首页，主要记录市场调查报告的标题、调查人员、调查单位和报告时间等。

2．目录

目录，是将市场调查报告各部分的主要项目按前后顺序编排的名目列表。

3．概要

概要，是市场调查报告的内容摘要，简要说明调查报告的目的、调查对象和内容、调查方法、主要发现、结论与建议。

4．主体部分

主体部分，是市场调查报告的主要部分，必须准确地阐明全部有关的论据，包括问题的提出、引出的结论、论证的全部过程和分析研究问题的方法等。

5．调查建议

调查建议，是根据调查结果，并结合企业所具有的优势与面临的困难，提出相应的解决方法、措施或建议。

6．附件

附件，是指与调查主体部分有关的必须附加说明的部分，它是对主体部分的补充或更详尽的说明，包括调查问卷、抽样名单、统计计算表格和制图等。

案例 2-4：2006 年联想台式机进军海外市场调查报告

1．市场调查概述

1.1 调查目的

1）联想扬天商用台式电脑在消费者心中的地位。

2）在消费者眼中，联想电脑进军海外市场可能会面临的机遇和挑战。

3）中小企业的电脑采购成本分析。

4）用户对商用电脑的使用情况评价。

1.2 调查方法

本次调查采用网上问卷调查法，基于 ZOL（http://www.zol.com.cn）网站发放问卷。

1.3 调查时间

本次调查从 2006 年 2 月 23 日启动至 2006 年 4 月 23 日结束，历时两个月。

1.4 数据采集

本次调查共回收总样本量 1 890 份，审核后的有效样本量 994 份，有效样本率为 52.6%。

1.5 样本分布（见表 2-2）

表 2-2　样本分布表

省份或地区	样 本 数	比 例	省份或地区	样 本 数	比 例
北京	96	9.7%	安徽	22	2.2%
江苏	93	9.4%	山西	21	2.1%
山东	86	8.7%	江西	19	1.9%
广东	71	7.2%	内蒙	18	1.8%
河南	63	6.4%	吉林	13	1.3%
河北	58	5.9%	重庆	12	1.2%
浙江	57	5.7%	广西	9	0.9%
上海	53	5.3%	贵州	7	0.7%
湖北	48	4.8%	云南	7	0.7%
辽宁	36	3.6%	海南	4	0.4%
四川	36	3.6%	甘肃	3	0.3%
福建	33	3.3%	新疆	3	0.3%
天津	27	2.7%	宁夏	1	0.1%
黑龙江	26	2.6%	青海	1	0.1%
湖南	23	2.3%	缺省	25	2.5%
陕西	23	2.3%	合计	994	100.0%

2. 主要结论概要

2.1 超过95%的用户支持联想电脑进军欧洲市场。

1）约有44.6%的用户对联想电脑进军欧洲市场表示明确支持，认为联想电脑进军欧洲市场是必然，是国人的骄傲。

2）另外约53%的用户对联想电脑进军欧洲市场一方面表露出认可态度，另一方面也表现出了一些担忧，如目前国际贸易形势是否会对联想进军欧洲市场有所不利；欧洲市场潜力不如国内市场大；开拓新市场如何做好充分调查；如何维护自身专利，防止欧洲技术壁垒；如何培养品牌、提高性价比等。

3）仅有 2%的用户对联想电脑进军欧洲市场提出明确反对意见，其反对意见主要集中在：认为目前联想进军欧洲市场为时过早。

2.2 约85%的用户认为联想电脑进军欧洲市场会对中国市场产生影响，特别是品牌方面影响最大。

1）21.1%的用户认为联想电脑进军欧洲市场会进一步提升联想品牌在中国市场的知名度，联想也将从一个本土化品牌提升至一个国际化品牌。

2）另外有 17.1%的用户认为联想进军欧洲市场后，联想在中国市场的质量、价格和服务也会受到一定影响，如质量提高、价格降低和服务提升等。

3）只有 13.5%的用户明确认为联想电脑进军欧洲市场不会对中国市场产生影响或影响不大。

2.3 近 80%的用户建议联想扬天在国内的零售价为 4 000～8 000 元。

79.6%的用户建议联想扬天在国内的零售价在 4 000～8 000 元之间，其中建议售价为 4 000～6 000 元范围的用户比例达 48.1%，建议售价为 6 000～8 000 元范围的用户比例达 31.6%。除此之外，建议售价在 4 000 元以下或 8 000 元以上的用户比例较低。

2.4 提高服务和降低价格是用户对联想扬天电脑在国内中小企业应用的两大建议。

约 21.7%的用户希望联想扬天电脑能提供更好的服务，如服务个性化、完善售后服务等；另有约 21.3%的用户希望联想扬天系列电脑能够具有更高的性价比，价格更为低廉。

2.5 用户所在单位 100%采用品牌机的比例达到 51.9%。

90.1%的用户所在单位采用品牌机的比例达到 50%以上，其中完全采用品牌机即 100%采用品牌机的用户占到 51.9%。

2.6 联想、戴尔、方正、惠普、IBM 和同方为用户所在单位采用的六大台式机品牌。

联想台式机在调查用户中所占比例最高，达 62.1%；其次是戴尔，所占比例为 25.1%；方正、惠普、IBM 和同方所拥有比例依次位居其后，所占比例分别为 14.4%、10.6%、9.3% 和 8.8%。除此之外，其他台式机品牌所占比例较低，均在 3%或以下。

2.7 稳定、速度和安全成为用户对商用电脑所关注的三大特性。

34.5%的用户表达了对商用电脑在稳定性方面的要求，其中尤其对系统的稳定性最为关注。速度是用户关注商用电脑的第二特性，所占比例为 12.7%。安全是用户关注商用电脑的第三方面，所占比例为 9.5%。

2.8 一半以上用户希望采购电脑的成本为 4 000～6 000 元/台。

59.7%的用户希望采购电脑的成本能在 4 000～6 000 元/台，而 19.4%的用户甚至希望采购成本能在 4 000 元/台以下。至此，79.1%的用户希望采购电脑的成本能在 6 000 元/台以内。

3. 调查结果描述

3.1 联想扬天进军欧洲市场后对中国市场的影响调查（见图 2-1）

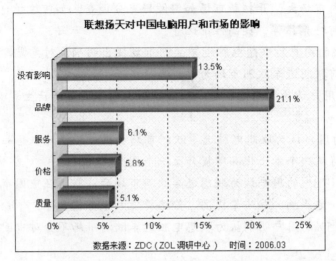

图 2-1 联想扬天进军欧洲市场后对中国市场的影响调查图

调查显示，13.5%的用户认为联想扬天电脑进军欧洲市场并不会对中国市场产生影响。认为会进一步提升品牌知名度的用户比例最高，达 21.1%；认为会在服务、价格和质量这三方面产生影响的用户比例共有 17.0%，其中认为服务会改善的用户比例为 6.1%，认为价格会变化的用户比例为 5.8%，认为质量会提高的用户比例为 5.1%。

3.2 联想扬天在国内市场建议零售价调查（见图 2-2）

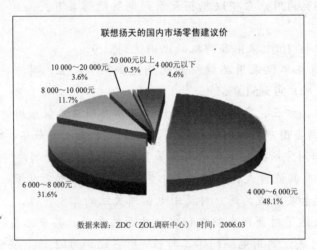

图 2-2 联想扬天的国内市场建议零售价调查图

调查显示，4 000～6 000 元价位是用户对联想扬天电脑在国内市场建议最多的零售价，用户所占比例达 48.1%；其次是 6 000～8 000 元价位，有 31.6%的用户建议以此价位出售；再次是 8 000～10 000 元，用户所占比例为 11.7%。除此之外，用户对其他价位的建议较少，建议售价为 4 000 元以下的用户比例为 4.6%，建议售价为 10 000～20 000 元的用户比例为 3.6%，建议售价在 20 000 元以上的用户比例仅为 0.5%。

3.3 中小企业对联想扬天的建议调查（见图 2-3）

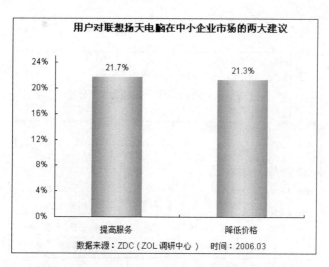

图 2-3　中小企业对联想扬天的建议调查图

　　用户对联想扬天电脑在中小企业市场提出了两大建议：提高服务和降低价格。提出这两个建议的用户比例相近，认为应该提高服务的用户比例为 21.7%，认为应该降低价格的用户比例为 21.3%，二者仅相差 0.4 个百分点。

　　3.4 用户拥有的品牌电脑情况调查（见图 2-4、图 2-5）

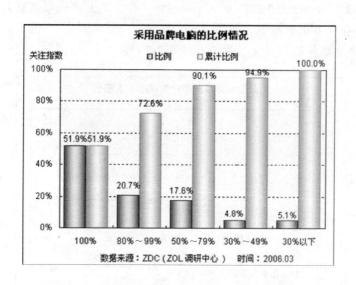

图 2-4　用户拥有的品牌电脑情况调查图

　　调查显示，中小企业拥有品牌电脑的比例较高，累计达 72.6% 的用户所在单位拥有品牌机的比例超过了 80%，其中 100% 拥有品牌机的用户比例达到了 51.9%；80%～99%拥有品牌机的用户比例为 20.7%；拥有品牌机比例在 50%～79% 的用户数位居第三，为17.6%；拥有品牌机比例在 50% 以下的用户数较少，累计所占比例仅为 9.9%。

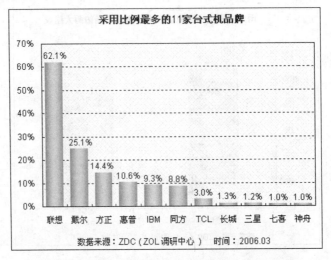

图 2-5　用户采用比例最多的 11 家台式机品牌调查图

统计结果显示，调查用户所在单位采用比例最多的 11 家台式机品牌分别为联想、戴尔、方正、惠普、IBM、同方、TCL、长城、三星、七喜和神舟，其中七喜和神舟并列第十。从图 2-5 中可见，联想所占比例最多，62.1%的用户所在单位均选择了联想台式机；其次为戴尔，选择比例为 25.1%；再次为方正，所占比例为 14.4%。惠普、IBM 和同方所占比例相差不大，分别为 10.6%、9.3%和 8.8%。而除了上述六家品牌外，TCL、长城、三星、七喜和神舟所占比例较低，均在 3%以内。

3.5 商用电脑特性关注调查（见图 2-6、图 2-7）

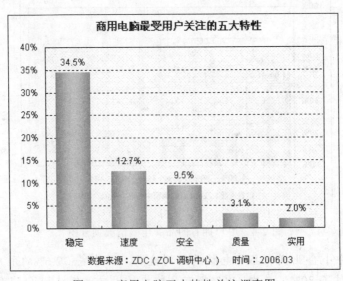

图 2-6　商用电脑五大特性关注调查图

调查显示，用户对商用电脑的五大特性表现出较大关注，其中电脑的稳定性高居首位，34.5%的用户对电脑的稳定性非常关注；其次是电脑的速度，所占比例为 12.7%；再次为电脑的安全性，所占比例为 9.5%。电脑的质量和实用性有一定的用户关注，但相比前三项，用户所占比例较低，关注质量的用户比例为 3.1%，关注实用性的用户比例为 2.0%。

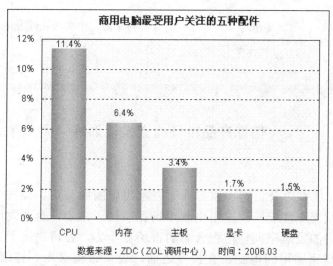

图 2-7　商用电脑最受用户关注的五种配件调查图

调查显示，对于电脑的配件方面，11.4%的用户表示关注产品的 CPU；其次为内存，用户所占比例为 6.4%；再次为主板，用户所占比例为 3.4%。显卡和硬盘各有 1.7%和 1.5%的用户表示关注。

3.6 采购电脑的期望成本调查（见图 2-8）

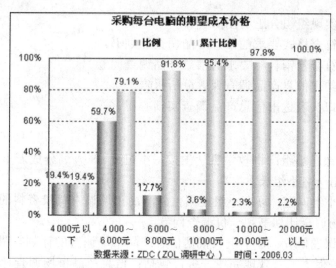

图 2-8　采购电脑的期望成本调查图

调查显示，与建议市场零售价不同，用户对采购电脑的成本更多希望在 6 000 元以内。79.1%的用户希望采购每台电脑的成本价能在 6 000 元以内，其中希望单台成本在 4 000～6 000 元的用户所占比例达到了 59.7%，希望单台成本在 4 000 元以下的用户比例为 19.4%。能接受成本价在 6 000 元以上的用户比例逐步减少，希望成本为

6 000～8 000 元的用户比例为 12.7%，而可接受成本在 8 000～10 000 元的用户比例仅为 3.6%，可接受成本在 10 000～20 000 元以及 20 000 元以上的用户比例相近，分别为 2.3% 和 2.2%。

（资料来源：中关村在线 http://www.zol.com.cn）

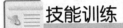

技能训练

信息产品市场调查技能训练

案例背景：

广东联华计算机有限公司是一家专业生产家用电脑的公司。经过 10 多年的努力，公司有了长足的发展。鉴于城市家用电脑市场竞争过于激烈，企业发展空间日趋缩小，为了有效拓展公司的发展空间，增强公司的市场竞争力，公司决定于 2009 年 5 月投产开发一种专供农村家庭用的电脑。在投产之前，公司希望深入、详细地了解该产品的消费者需求、市场竞争状况等信息，于是决定由公司市场调查科牵头开展一个月的市场调查活动。

请以该公司市场调查科的名义向公司总经理提交一份开展市场调查的调查计划书和市场调查问卷，并完成市场调查技能训练报告。

目的和要求：

1）能认识并实现组织分工与团队合作。

2）能撰写出符合格式要求的信息产品调查计划书。

3）能设计出符合营销目标要求的信息产品调查问卷。

4）能整理总结出信息产品调查课题分析报告。

5）能清晰地口头表达出信息产品调查实训心得。

训练指导：

1）组建实训课题小组：将教学班学生按每小组 6～8 人划分成若干课题小组，每个小组指定或推选出一名小组长。

2）确定实训小组课题：每个小组根据信息产品市场调查背景资料的要求，制作完成一份信息产品市场调查计划书和一份调查问卷。

3）实施调查课题研究：各小组长根据信息产品市场调查的计划，调配资源，明确各组员的任务，并督促大家有效地完成任务，包括：信息产品市场调查计划书的草拟、修改和定稿，信息产品市场调查问卷项目的确定，信息产品市场调查课题分析报告的撰写、打印以及小组的发言等。

4）撰写实训课题报告：每个小组完成一份信息产品市场调查课题分析报告。报告格式见表 2-3。

5）陈述实训心得：由各个小组推荐的发言人或小组长代表本小组陈述本小组实训课

题分析报告和实训心得。

表 2-3 信息产品市场调查课题分析报告

第 ___2___ 次实训

班级 _____ 学号 _____ 姓名 _____ 实训评分 _____

实训时间 _____ 实训名称 <u>信息产品市场调查技能训练</u>

一、实训操作背景

二、实训目标要求

三、实训操作内容

四、实训心得体会

五、实训评价（指导老师填写）

第三章 信息产品营销环境

目的要求

一、知识理解要求

1. 能理解和列举信息产品营销环境的内容。
2. 能熟记和列举信息产品营销职业道德。
3. 能列举和掌握 SWOT 分析的内容和应用。
4. 能熟记和应用马斯洛需要层次理论。
5. 能列举影响消费者购买行为的因素。
6. 能理解和掌握消费者购买行为分析。

二、实训技能要求

1. 能综合运用本章知识剖析现实案例。
2. 能依据案例背景撰写信息产品 SWOT 分析表。
3. 能撰写信息产品 SWOT 分析课题分析报告。

重点难点

1. 信息产品营销环境构成。
2. 信息产品营销职业道德。
3. 信息产品 SWOT 分析。
4. 消费者购买行为分析。

案例导引

2009 年 3 月 16 日，方正科技总部全面启动主题为"方正电脑，北大品质"的电脑下乡活动。方正科技总裁蓝烨宣布其酝酿已久的"沃土行动"正式启动，包括全部 15 款方正的中标电脑产品（8 款台式机和 7 款笔记本）在 16 个地区正式进入销售阶段。

根据 IDC（互联网数据中心）的统计数据，目前中国农村电脑普及率不到 5%，按 2.5 亿个家庭计算，普及率每增长 1%就能带动 250 万的销量，而方正电脑在 2008 年的销量在国内市场占有率为 7.5%，在所有品牌中排名第 4。

方正科技总裁蓝烨表示，电脑下乡无疑是方正的重大机遇，新兴的、潜力巨大的农村市场会在其扭亏为盈的战略中具有举足轻重地位。他认为，电脑下乡可能给方正带来两方面的收益，一方面是使方正能够借着国家的政策提前启动农村的消费市场，多卖电脑；另一方面可以借这个机会使方正进一步把县乡一级合作伙伴的通路建设提升起来，增加销量。另外，对于方正科技来说，电脑下乡就是要义不容辞地为农民提供可靠的产品，不仅要保证价格合理，还要在硬件产品本身增加一些适合农民的应用。

针对农村市场，方正科技专门对产品做出相应的调整。在产品配置方面，方正台式机产品最低配置已达到内存 1G、硬盘 160G、LCD 最低 19 英寸的中等配置，笔记本最低配置也是达到了内存 1G、硬盘 160G 的主流配置；在软件方面也是全线上马 Windows 正版操作系统，内置《农贸通》、《轻松学电脑》和《方正阳光学堂》等应用软件，意在帮助农民用户致富和提高教育水平，从硬件、软件和服务等多方面给予农民用户支持。其次，方正针对不同区域做了不同的设计：防雷设计针对南方多雨省份的用户尤为有用；防鼠防虫设计则有效解决农村里的鼠、虫对于电脑线缆的破坏。另外，考虑到农村市场的路况，还专门作了防震设计，以防止运输过程中出现部件松动等故障。

在应用方案方面，经过前期调研了解到，农村用户对于电脑的应用主要聚焦于子女教育、生产致富和娱乐这 3 个方面的需求，因此方正科技专门为用户配备了培训软件等。在渠道服务网络的建设方面，随着"沃土行动"的强力启动，方正科技基于自身在渠道服务方面的实力，率先承诺 5 日内快速解决用户故障，比国家规定的要快 2 天；并提供高于三包的服务标准：台式机提供 3+2 服务（3 年保修，2 年上门），笔记本提供 3+1 服务（3 年保修，1 年上门）。

方正科技的目标就是要拿到其中 20%以上的份额，成为此次电脑下乡中的市场主力。

基础知识

第一节　信息产品营销环境

一、信息产品营销环境概述

信息技术企业，作为社会经济组织或社会细胞，它与其他企业一样，总是要在一定的环境条件下开展市场营销活动，因此，市场营销环境对信息技术企业的生存与发展具有重要意义。信息技术企业必须重视对市场营销环境的分析与研究，并根据市场营销环境的变化制定切实可行的市场营销战略与策略，以实现自己的市场营销目标。

市场营销环境，是指与企业营销活动有潜在关系的所有外部力量和相关因素的集合。信息产品营销环境，是指影响信息技术企业生存与发展的各种外部因素与内部条件。信息产品营销环境主要包括两个方面的内容。

1. 信息产品宏观环境

信息产品宏观环境，是指那些给企业造成市场营销机会和形成环境威胁的外部因素，包括人口、经济、政治、法律、科学技术、社会文化及自然地理等多方面的因素。

2. 信息产品微观环境

信息产品微观环境，是指企业可以控制或施加影响的，对企业营销活动构成直接影响的因素，包括与信息技术企业紧密相连，直接影响其营销能力的供应商、营销中间商、顾客、竞争者及社会公众和影响其营销管理决策的信息技术企业内部各个部门及员工。

案例 3-1：海尔电脑助力山东省信息化下乡工程

2008 年 12 月 5 日，由山东省信息产业局主办，联通公司承办，微软公司、海尔电脑等企业参与的"信息化下乡"活动现场会在山东省东营市广饶丁庄召开。随着东营市"信息化下乡"工作的全面启动，整个山东省"信息化下乡工程"已全面铺开。

在工程实施过程中，参与各方通力合作，推进"信息化进村"的实施。海尔公司按照信息产业厅的要求，提供 5 000 台"博越"信息化下乡专用电脑，并全面负责电脑调测和售后服务。为了让"博越"电脑在稳定性和安全方面达到相当的水平，海尔电脑为此加大了研发力度，不仅顺利率先通过国家权威机构 12 万小时稳定运行的 MTBF 测试，创造了国内台式电脑稳定运行的最高记录，同时还整合海尔集团全球研发资源自主创新开发了双平台杀毒功能，确保电脑的系统健康和安全。此外，更有"一键恢复备份"技术，共同成就此款万无一失的"数字堡垒"。

所有"信息化下乡"活动现场有专人发放业务宣传单，设立临时业务受理点，向广大农民朋友提供有政府补贴的、质优价廉的下乡专用电脑，并提供优惠资费安装宽带。正是各方在"力促农村信息化"共识下的通力合作，保证了整个山东省"信息化下乡工程"的顺利进行。

二、信息产品宏观环境分析

（一）人口环境

人口环境是指影响信息技术企业营销活动开展的人口总量及其特性因素。市场是由人口、购买力和购买欲望三个主要要素构成。其中，人口是构成市场的第一要素，人口的多少决定着市场容量的大小，一般来说，人口越多，市场规模就越大。另外，人口的年龄结构、地理分布、婚姻状况、人口密度、人口流动性及其文化教育程度等人口特性，也会对市场格局产生深刻的影响，并直接影响着信息技术企业的市场营销活动。因此说，人口环境是信息技术营销人员在研究市场营销环境时最应重视的因素之一。

人口环境主要包括人口总量、人口结构、人口分布、人口迁移和婚姻家庭变化等。人口总量，是指一个地区全部人口，包括当地常住居民和流动人口量；人口结构，是指一个地区人口的年龄构成、性别构成和籍贯构成等；人口分布，是指一个地区的人口布局；人口迁移，是指人口从一个地区到另一个地区的空间移动，这种移动通常具有永久性或长期性；婚姻家庭变化，是指一个地区的婚姻状况与家庭结构变化。

（二）经济环境

经济环境主要是指影响信息技术企业营销的购买力因素。购买力是构成市场的第二要素；而社会购买力的大小是受宏观经济环境制约的，是经济环境的反映。影响购买力的因素主要有消费者收入水平、消费信贷和消费结构等。

1．消费者收入水平

消费者收入是影响购买力最重要的因素，消费者收入水平的高低，直接影响着消费者购买力的大小。然而，消费者并不是将其全部的收入都用来购买商品，消费者的购买力只是其中的一部分。因此，对消费者收入水平进行分析，首先要明确"个人收入"、"个人可支配收入"和"个人可任意支配收入"等几个基本概念。

个人收入，是指消费者个人从各种来源中所取得的全部收入，包括消费者个人的工资、奖金、红利、租金和馈赠收入等。个人可支配收入，是指在个人收入中扣除税款和非税性负担后所得的余额，它是个人收入中可以用于消费支出或储蓄的部分，它构成实际的购买力。个人可任意支配收入，是指在个人可支配收入中减去用于维持个人与家庭生存不可缺少的费用（如房租、水电、食物、燃料和衣着等项开支）后剩余的部分，它是消费需求变化中最活跃的因素，是企业开展营销活动时所要考虑的主要因素。

2．消费信贷

消费信贷，也称信贷消费，是指消费者凭借其个人信用先取得商品使用权，然后按期归还贷款的一种信贷消费方式。消费信贷实际上就是消费者提前支取未来的收入，提前消费，这将增大一定时期内消费者的购买力。

3．消费结构

消费结构，也称消费支出模式，是指在消费者收入中用于衣食住行及娱乐、健康和教育等方面支出的比例。消费结构主要影响着市场商品结构，进而影响到企业的投资方向。衡量消费结构变化的最重要的指标就是恩格尔系数。

恩格尔系数是衡量一个国家、地区、城市和家庭生活水平高低的重要参数。恩格尔系数是指消费中用于食物方面的支出占家庭总消费支出的比重，即：

$$恩格尔系数=食物支出/总消费支出×100\%$$

恩格尔系数越高，食物支出占总消费支出比重越大，则生活水平越低；反之，恩格尔系数越低，食物支出占总消费支出比重越小，则生活水平越高。

根据联合国粮农组织提出的标准，恩格尔系数在 60%以上为贫困，50%～59%为温饱，40%～49%为小康，30%～39%为富裕，低于 30%为最富裕。依据国家统计局的资料，从 1978 年到 2003 年，我国城镇居民家庭恩格尔系数由 57.5%降到 37.1%；农村由 67.7%降到 45.6%。恩格尔系数的下降，说明我国居民消费结构发生了显著变化，生活质量显著提高。

案例 3-2：富士施乐营销策略的转变

富士施乐一直都陶醉于其高端产品的领导地位，其复印/打印机每分钟能复印上千页和打印数百页。但在中国，95%以上的办公设备市场属于中低档产品，因此，市场一直是佳能、理光、爱普生和惠普的天下。2001 年 7 月初，欲在中国复印机市场称雄的富士施乐宣布，其第一台黑白数码复印/打印机—— Work-centre Pro 320 在上海成功下线。据悉，富士施乐已正式向中国市场推出该款数码产品，此款数码复印机市场售价不超过 2 万元人民币，直指中低档用户。富士施乐营销策略的转变有力地证明了营销环境对信息技术企业营销的重要性。

（三）自然环境

自然环境，是指在信息技术企业发展过程中所需的生态环境以及人们和政府对生态环境所采取的态度。随着经济的快速增长，企业所面临的生态环境越来越恶化。目前，自然环境的变化主要表现为自然资源短缺、环保费用上升、公众生态需求增加和政府对环境保护的加强等。因此，对于信息技术企业来说，必须坚持不懈地奉行社会营销观念和绿色营销观念，坚定不移地走可持续发展道路，实行清洁生产、文明生产，协调环境与发展的关系，使企业的发展既能满足人们的需要，又不对环境构成威胁，达到社会、经济、资源与环境的平衡与协调。

（四）科学技术环境

科学技术环境，是指信息技术企业在产品的设计、开发、制造和营销过程中所受到的科技发展的影响。科学技术是社会生产力中最活跃的和具有决定性的因素，是第一生产力。作为重要的营销环境因素，它不仅直接影响信息技术企业的生产与经营，而且还同时与其他环境因素相互依赖、相互作用，影响信息技术企业的营销活动。

科学技术的发展，对信息技术企业影响最大的是产品更新换代速度加快，产品的市场寿命周期大大缩短。在这种情况下，信息技术企业必须不断地进行技术创新，赶上技术进步的浪潮，否则，就将会被市场无情地淘汰。

（五）政治法律环境

政治法律环境，主要是指直接或间接地影响信息技术企业市场营销活动的各种政策、法律、法规以及社会团体的活动。信息技术企业开展市场营销活动，熟悉国家的政治法律环境是非常必要的，企业也只有了解并遵守国家的有关法律法规与政策，依法开展营销活动，才能得到国家法律法规的保护，得到国家有关政策的支持。政治法律环境主要包括规范信息技术企业经营活动的法律法规以及国家支持信息技术企业发展的政策导向。

1．规范信息技术企业经营活动的法律法规

国家为规范信息技术企业经营活动出台的法律法规主要包括两个方面。一方面，为推进污染控制工作，积极探索产业循环发展的模式，国家发展和改革委员会等七部委联合出台了《电子信息产品污染控制管理办法》，并逐步形成电子信息产品污染控制的工作体系；发布了《电子信息产品中有毒有害物质的限量要求》、《电子信息产品中有毒有害物质的检测方法》和《电子信息产品污染控制标识要求》等三个行业推荐性标准，为污染控制工作提供配套支撑。另一方面，为推进法制和标准建设，创造规范有序的市场环境，工业与信息化部研究制定了《电子信息产品市场监督管理办法》，严厉打击走私、冒牌、拼装和翻新等各种违法行为；颁布了《电子信息产品交易市场资质规范》行业标准，引导企业不断提高产品质量。

2．国家支持信息技术企业发展的政策导向

信息技术是当今世界经济社会发展的重要驱动力，电子信息产业是国民经济的战略性、基础性和先导性支柱产业，对于促进社会就业、拉动经济增长、调整产业结构、转变发展方式和维护国家安全具有十分重要的作用。为应对国际金融危机的影响，确保电子信息产业稳定发展，国家制定了若干支持信息技术企业发展的政策。

（1）制定了《电子信息产业调整和振兴规划》。该规划强调国家将采取有效措施，加快产业结构调整，推动产业优化升级，加强技术创新，促进电子信息产业持续稳定发展，为实现经济平稳较快发展作出贡献。

（2）制定了《鼓励软件产业和集成电路产业发展的若干政策》。该政策强调国家将通过政策引导，鼓励资金、人才等资源投向软件产业和集成电路产业，进一步促进我国信息产业快速发展，力争到2010年使我国软件产业研究开发和生产能力达到或接近国际先进水平，并使我国集成电路产业成为世界主要开发和生产基地之一。

（3）全面实施了信息化下乡的政策。信息化下乡，也称电脑下乡，它是国家家电下乡政策的重要组成部分。家电下乡，是指为顺应农民消费升级的新趋势，国家运用财政、贸易政策，引导和组织工商联手，开发、生产适合农村消费特点、性能可靠、质量保证、物美价廉的家电产品，并提供满足农民需求的流通和售后服务，对农民购买纳入补贴范围的家电产品给予一定比例的财政补贴，以激活农民购买能力，扩大农村消费，促进内需和外需协调发展。推行信息化下乡，将能够促进信息技术企业的生产、流通和农民需求的有机对接，有利于消化信息化产品过剩产能，为调整企业产品结构、促进行业健康发展拓展了空间。

知识拓展 3-1：全面推广家电下乡政策出台背景

为了贯彻落实国务院关于促进家电下乡的指示精神，财政部、商务部在反复调查研究的基础上，提出了财政补贴促进家电下乡的政策思路。为稳妥推进，自2007年12月起在山东、河南、四川、青岛三省一市进行了家电下乡试点，对彩电、冰箱（含冰柜）、手机三大类产品给予产品销售价格13%的财政资金直补。试点取得了显著成效，农民得实惠、企业得市场、政府得民心。

在总结试点经验的基础上，财政部、商务部研究认为，有必要加快推进家电下乡，以进一步发挥财政补贴家电下乡产品在扩大内需、改善民生，促进社会主义新农村建设方面的政策效用。经国务院批准，自 2008 年 12 月 1 日起，在试点的三省一市继续实施的同时，将家电销售及售后服务网络相对完善、地方积极性较高的内蒙古、辽宁、大连、黑龙江、安徽、湖北、湖南、广西、重庆、陕西纳入推广地区范围，共计 14 个省、自治区、直辖市及计划单列市。为保持政策公平，家电下乡在各地区实施的时间（含三省一市的试点时间）统一暂定为 4 年。

根据国务院第 36 次常务会议精神，为了进一步发挥家电下乡政策在扩大内需特别是农村消费中的作用，国务院决定尽快在全国推广家电下乡工作。2008 年 12 月 5 日，财政部、商务部、工业和信息化部印发了《关于全国推广家电下乡工作的通知》（财建[2008]862 号）。

从 2009 年 2 月 1 日起，家电下乡在原来 14 个省市的基础上，开始向全国推广；涉及的产品也从过去的 4 个增到 8 个，除了之前推出的"彩电、冰箱、手机、洗衣机"之外，本次家电下乡又新增了摩托车、电脑、热水器和空调。它们和彩电等产品同样享受国家 13% 的补贴。各个省市可以根据各地区不同的需求在这四个产品中选择两个进行推广。

惠及全国 7 亿多农民的家电下乡政策主要内容就是对农民消费进行直接补贴，无形中直接增强了农民的家电消费能力，让农民能够用上性价比高、服务有保障的名牌家电产品，尽早享受到经济社会发展的成果。

家电下乡是当前经济形势下我国扩大内需的一项重要举措，也是财政政策工具及运作机制的一项创新。通过对农民购买家电给予一定比例的财政补贴，可以提高农民消费能力，扩大农村消费，改善农民生产生活条件，带动家电企业生产，促进产业结构优化与升级，完善农村流通体系。

家电下乡政策也将为国内家电企业带来发展契机，通过启动农村家电消费大市场帮助家电行业走出金融危机阴影。

目前，我国农村家电普及程度仅相当于城市 20 世纪 80 年代末的水平。统计显示，2007 年，农村居民家庭平均每百户彩电拥有量约为城镇的 2/3，洗衣机和手机不超过 1/2，冰箱仅为 1/4。据测算，全国农村 2 亿多户家庭，即使农村家电普及率仅提高 1 个百分点，每种家电也可以增加 200 多万台的需求，扩大农村消费的潜力巨大。据商务部和财政部预测，家电下乡财政补贴政策实施四年，预计累计实现销售 6 亿台（件），拉动国内消费约 16 000 亿元。

（资料来源：家电下乡网 http://www.jdxx.gov.cn）

（4）各省市自治区为加快和促进信息产业的发展，也纷纷出台了很多的鼓励政策。例如，福建省信息产业厅于 2008 年 12 月出台了促进信息产业发展的十五条措施，包括：一是加快信息产品制造业新增长点项目建设；二是加快信息服务业项目建设；三是争取国家重大信息科技专项资金；四是推动自主研发信息新产品在本省先行先试；五是扶持名优信息产品和优秀信息系统集成服务商开拓内需市场；六是实施 LED（半导体发光二极管）产品联盟营销；七是实施"彩电下乡"工程；八是实施中小企业"千家万企"电子商务推进工程；九是建设完善本省企业信息化公共服务平台；十是实施 RFID（射频识别技术）应用推进工程；十一是进一步畅通闽台信息产业合作交流渠道，拓展项目对接领域；十二是组织企业参加国际有影响的信息类产品专业展会，扶持优势消费类电子产品开展差异化经营；十三是争取实施"千名台湾退休 IT 人才引进计划"；十四是实施"创业海西"软件和 IC 设计业领军人才引进工程；十五是实施"万名软件实用人才培训计划"。

（六）社会文化环境

1．文化的内涵及其特征

文化，是一个社会规定人们行动的社会规范及式样的总体系，它由语言、宗教、价值观、生活方式、对物质财富和权势的态度以及社会阶层等基本要素组成。文化是人们行动的基准和规范，是整个社会的重要组成部分。它具有以下四个方面的基本特征：

（1）文化的核心是价值观。任何一个人或组织总是要把自己认为最有价值的对象作为其追求的最高目标、最高理想或最高宗旨，一旦这种最高目标和基本信念成为统一个人或组织成员行为的共同价值观，就会形成个人或组织内部强烈的凝聚力和整合力，成为个人或组织成员共同遵守的行为规范。

（2）文化的中心是以人为本的人本文化。人是整个社会和组织中最宝贵的资源和财富，也是社会和组织活动的中心。因此，社会和组织只有充分重视人的价值，最大限度地尊重人、关心人、理解人、凝聚人、培养人和造就人，才能充分调动人的积极性，发挥人的主观能动性，提高社会和组织全体成员的社会责任感和使命感。

（3）文化的管理方式是以软性管理为主。社会和组织文化是一种以文化形式出现的现代管理方式，它通过柔性的文化引导，建立起社会和组织内部合作、友爱和奋进的文化心理环境，以及协调和谐的人群氛围，自动地调节社会和组织成员的心态和行为。

（4）文化的重要任务是增强群体凝聚力。社会和组织文化通过建立共同的价值观和寻找观念共同点，不断强化社会和组织成员之间的合作、信任和团结，使之产生亲近感、信任感和归属感，实现文化的认同和融合，在达成共识的基础上，使社会和组织具有一种巨大的向心力和凝聚力，实现社会和组织成员行动的齐心协力和整齐划一。

2．社会文化环境因素

社会文化环境，是指各种社会人文及文化因素的特定状况及其变化对信息技术企业市场营销活动的影响，主要包括宗教信仰、风俗习惯、价值观念、伦理道德和语言文字等。

（1）电脑道德　道德是在一定社会条件下，人与人之间以及人与社会之间关系的行为规范总和，是人们逐渐形成的一定的信念和习惯。电脑道德，是建立在社会公共道德基础上的电脑工作者应该遵守的良好的公共道德规范。电脑道德是用来约束电脑工作者的行为，指导他们的思想的道德行为规范。它有着广泛的内容，主要表现为：

1）思想修养　加强电脑工作者的思想修养教育，有利于其思想认识水平的提高，减少电脑犯罪，让电脑科学更好地为人类服务，促进人类社会物质和精神文明的进一步发展。

2）业务修养　积极提倡刻苦钻研业务，为振兴我国电脑事业多做贡献，反对个人利己主义思想，坚决杜绝利用个人的技术或权利进行一切电脑犯罪活动的思想。

3）道德修养　电脑道德是建立在公共道德基础上的职业道德，电脑工作者必须遵守电脑道德、公共道德以及国家有关法律法规。良好的电脑道德规范的形成，需要每个电脑工作者从自己做起。

4）安全意识　电脑犯罪严重影响电脑的安全，造成不可估量的损失，每个电脑工作者都要有良好的安全意识，预防电脑犯罪的发生。特别是青少年，不要把电脑犯罪看作是展示自己才能的一个途径，要认识到电脑犯罪是一种非常可耻的行为。

5）知识产权　知识产权是指基于智力的创造性劳动所产生的权利。知识产权最主要的特征是其专有性，即除了权利人同意或法律的规定外，权利人以外的任何人不得享有或使用该项权利。电脑软件是高技术产品，是电脑专业人员智力劳动的结晶，是受到国家有关知识产权法律保护的。确保软件开发者的权益，是软件产业能够形成和发展的前提，也是电脑科学健康发展的条件。尊重电脑知识产权，自觉抵制盗版软件，是电脑工作者应尽的义务。

（2）信息产品营销职业道德　职业道德，是指从事一定职业劳动的人们，在特定的工作和劳动中以其内心信念和特殊社会手段来维系的，以善恶进行评价的心理意识、行为原则和行为规范的总和，是人们在从事职业的过程中形成的一种内在的、非强制性的约束机制。信息产品营销职业道德的基本原则是指与信息产品营销活动相适应的特殊道德要求。守信、负责、公平是信息产品营销最主要的也是最基本的道德要求。

① 守信　守信就是要求营销人员在市场营销活动中要讲究信誉。信誉是指信用和声誉，它是在长时间的商品交换过程中形成的一种信赖关系。它综合反映出一个企业、营销人员的素质和道德水平。只有守信，才能为企业和营销人员带来良好的信誉。守信就必须要信守承诺，不仅要信守书面承诺，还要信守口头承诺。

② 负责　负责要求营销人员在营销过程中对自己的一切经济行为及其后果承担政治的、法律的、经济的和道义上的责任。营销人员在营销过程中应向顾客讲实话，提供满足其需要的商品，千方百计地为顾客着想。坚持负责原则，要求营销人员具有高度的自觉性和承担责任的勇气，必要时甚至要牺牲自己的利益。

③ 公平　公平是社会生活中一种普遍的道德要求，要求平等地对待每一个营销对象。营销对象不论男女老幼、贫富尊卑，都有充分的权利享有他们应得到的服务。另外，在与对手的竞争中也应坚持公平的原则。营销不可避免地存在竞争。竞争是提高服务质量，改善服务态度的动力，而市场经济鼓励营销人员之间展开大胆竞争，充分发挥自己的聪明才智，开展公平合理、光明正大的竞争。

（七）信息产品行业环境

行业，是指由生产相近产品的企业所组成的集合。这些企业相互竞争，相互影响。依据美国哈佛大学教授迈克尔·波特的研究，一个行业内部的竞争状态取决于五种基本竞争作用力：行业内现有企业间的竞争、新进入者的威胁、供应商议价能力、买方议价能力以及替代品的威胁（见图3-1）。企业面临的挑战就是需要通过准确地判断，在行业中找到适当的位置，能积极地影响这些力量，甚至能成功地战胜这些力量。

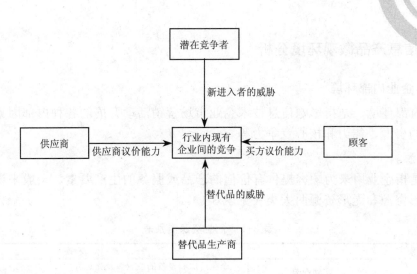

图 3-1 影响行业竞争强度的五种作用力

1．行业内现有企业间的竞争

现有企业之间的竞争往往是五种作用力中最重要的一种。使行业内现有企业间竞争加剧的因素主要有：行业增长缓慢；行业存在大量或均衡的竞争对手；高额固定成本或库存成本的存在；缺少差异化或顾客转移成本低；高退出障碍等。

2．新进入者的威胁

如果新进入者可以很容易地进入某行业，则该行业内的竞争强度将加剧。影响行业进入障碍的因素主要有：规模经济、产品差别化、转移购买成本、资本需求、在位优势和政府政策等。

3．替代品的威胁

替代品是指那些来自不同行业的产品或服务，但这些产品或服务的功能与该行业相同或相似。替代品之间的替代关系越接近，替代品的价格越有吸引力，或用户改用替代品能降低成本时，替代品带来的竞争压力将会增强。判断替代品威胁的主要内容包括判断哪些产品是替代品；判断哪些替代品可能对企业经营构成威胁等。

4．供应商议价能力

如果供应商的讨价还价能力强，则会加剧行业的竞争；反之，则会使行业的竞争强度减弱。影响供应商议价能力的因素主要有：要素供应方行业的集中化程度；要素替代品行业的发展状况；本行业是否是供方集团的主要客户；要素是否为企业的主要投入资源；要素是否存在差别化或其转移成本是否低；要素供应方是否采取前向一体化的战略等。

5．买方议价能力

如果顾客的讨价还价能力强，则会加剧行业的竞争；反之，则会减弱行业的竞争强度。影响买方议价能力的因素主要有：买方是否大批量或集中购买；买方这一业务在其购买额中的份额大小；产品是否具有价格合理的替代品；买方面临的购买转移成本的大小；本企业的产品是否是买方在生产经营过程中的一项重要投入；买方是否有后向一体化的战略；买方行业获利状况；买方对产品是否具有充分信息等。

三、信息产品微观环境分析

（一）企业内部环境

企业内部环境，是指影响信息技术企业市场营销活动开展的各种内部因素，主要包括：企业的资源、能力和核心竞争力等。

1. 资源

资源是指企业用来为顾客提供有价值的产品或服务的生产要素。一般来说，资源可以分为有形资源和无形资源两大类（见表3-1）。

表3-1 企业资源类别表

类 别	内 容	具 体 表 现
有形资源	实物资源	企业厂房和设备的位置以及先进程度； 获取原材料的能力
	财务资源	企业的借款能力； 企业产生内部资金的能力
无形资源	组织资源	企业信息系统以及其正式的计划、控制和协调系统
	技术资源	技术的含量，如专利、商标、版权和商业机密
	人力资源	知识；信任；管理能力；组织惯例
	企业形象	理念识别；行为识别；视觉识别
	企业文化	精神文化；规范文化；行为文化

（1）企业形象识别 企业形象识别是指将企业的经营理念、管理色彩、产品促销和商标设计等内容融为一体，运用整体性传播手段，来塑造良好的企业形象的一种经营策略。企业形象识别系统包括三个方面的内容。

1）理念识别（MI：Mind Identity） 理念识别是企业经营管理的指导思想或观念，包括企业价值观、经营哲学、企业精神、行为准则和活动领域（事业领域）。

2）行为识别（BI：Behavior Identity） 行为识别是企业在其经营理念指导下所表现出的较为统一的行为特征，包括对内行为识别，如员工教育、工作环境和文体活动；对外行为识别，如社会公益活动、市场调查和信息沟通。

3）视觉识别（VI：Visual Identity） 视觉识别是由企业的广告、商标、包装、建筑物和服饰等一系列的具体"语言"所表达的较为统一的独特的企业形象，包括企业名称、企业标志、标准字、标准色、商标和宣传标语口号。

（2）企业文化 企业文化是指在一定的政治、经济、文化背景条件下，企业在生产与工作实践过程中所创造或逐步形成的价值观念、行为准则、作风和团体氛围的总和。企业文化主要由三个层次构成。

1）精神文化层 它是企业文化的核心层，主要由作为企业指导思想与灵魂的各种价值观与企业精神所组成。

2）规范文化层 它属于企业文化的中间层，主要由各种组织规范、组织准则和组织制度所组成。

3）行为（物质）文化层 它是企业文化的表层，主要由组织成员的行为和生产与工作的各种活动，以及这些行为与活动的各种物化形态所构成。

案例 3-3：微软公司在管理中一直坚持以人为本的管理思想，它是微软公司独占鳌头的法宝之一。微软的管理者深刻地认识到，再尖端的科学创新，它的载体还是人，所以他们非常注重调动员工的积极性和创造性。微软的企业文化是"以工作为乐"的价值观和"奋力拼搏"、"勇攀高峰"的精神，通过领导者带头以身作则以及民主化和人性化的管理，充分营造一种尽可能宽松和谐的工作氛围。微软的产权共享制度更是把企业员工的切身利益和公司的命运紧密联系在一起。

2．能力

能力，也称企业资源转换能力，是指把企业资源加以统筹整合以完成预期任务和目标的技能。资源和利用资源的能力一道构成企业竞争优势的基础。企业的能力主要有三种类型（见表 3-2）。

表 3-2　企业能力类别表

企业能力类型	内　容
管理能力	计划、组织、领导、控制
职能领域能力	营销、人力资源、研发、制造、管理信息系统、财务
跨职能的综合能力	学习能力、创新能力、战略性整合能力

3．核心竞争力

核心竞争力，是指能为企业带来相对竞争优势的资源与能力。作为企业竞争优势的来源，核心竞争力使企业在竞争中脱颖而出并能反映企业的特性。企业通过核心竞争力能为产品和服务创造特有的价值，从而最终超越竞争对手。

在市场竞争中，企业要获得相对竞争优势，就要培育有价值的能力、稀有的能力、难以模仿的能力和不可替代的能力。有价值的能力，是指那些能为企业在外部环境中利用机会、降低威胁且能为顾客创造价值的能力；稀有能力，是指那些极少数现有或潜在竞争对手拥有的能力；难以模仿的能力，是指其他企业不能轻易建立起来的能力；不可替代的能力，是指那些很难被了解，也很难被替代的能力。

（二）供应商和营销中介

供应商是指向企业及其竞争者提供生产上所需资源的企业和个人，包括提供原材料、设备、能源、劳务和资金等。企业应选择在质量、价格以及在运输、信贷和承担风险等方面条件均不错的供应商。

营销中介是指在促销、分销中参与把产品配送到最终购买者过程的企业和个人，包括中间商、实体分配机构、营销服务机构和金融中介等。中间商，是指协助信息技术企业寻找顾客或销售商品的企业或个人；实体分配机构，主要是指物流公司，它是协助信息技术企业储存货物并把货物从产地运送到销售地的专业物流企业；营销服务机构，是指为信息技术企业的营销活动提供服务的企业或个人，包括营销调研公司、广告公司和咨询公司等。

（三）顾客

顾客是指企业决定为之服务的目标对象。顾客需求是企业生存的源泉。顾客是企业市场营销活动的起点，也是市场营销活动的对象和终点，是企业最重要的环境因素之一。企业必须紧紧围绕顾客需求这个中心来开展市场营销活动。

（四）竞争者

竞争者是指在同一市场中，针对相似目标顾客群提供类似产品的企业。

1. 竞争者分析的内容

对竞争者的分析应集中于与其直接竞争的企业，通过竞争者的分析，企业应了解四个方面的内容。① 什么东西驱动着竞争者，也就是说它未来的目的是什么；② 竞争者正在做什么，能够做什么，即指其当前战略与策略；③ 竞争者对行业是怎么看的，即其想法；④ 竞争者的能力是什么，它的强项与弱点在哪里。

2. 竞争者分析的方法

竞争者分析的关键是收集到相关的数据和信息。在掌握竞争者的相关数据和信息的基础上，企业可以选用市场占有率、财务状况、产能利用率、创新能力、领导力和企业文化等分析方法，从不同角度分析不同性质不同力量的竞争者，在读懂对方的基础上，发展自己的能力，并形成相应的营销对策。

3. 竞争者的反应模式

一般来说，竞争者的反应模式有四种：① 从容型竞争者，这类竞争者对竞争举措反应不迅速或不强烈；② 选择型竞争者，这类竞争者只对特定类型的竞争举措作出反应；③ 凶猛型竞争者，这类竞争者对任何竞争举措都会迅速地作出强烈的反应；④ 随机型竞争者，这类竞争者的反应模式具有随机性，对同样的一种竞争举措，可能会也可能不会作出反应。

（五）公众

公众，是指对企业开展市场营销活动具有实际或潜在影响的一切团体和个人，包括融资公众、媒介公众、政府公众、社团公众、社区公众、一般公众和内部公众等。

公众对信息技术企业的生存与发展将产生巨大的影响，他们可能会增强企业实现其目标的能力，也可能会产生妨碍企业实现其目标的能力。因此，信息技术企业必须采取积极适应的措施，主动处理好与公众的关系，树立企业良好的形象，促进企业营销活动顺利的开展。

四、信息技术企业营销环境管理

对信息技术企业营销环境，通常采用 SWOT 分析方法实施管理。

（一）信息技术企业 SWOT 分析的含义

信息技术企业 SWOT 分析是指信息技术企业内部环境中的长处或优势（Strength）

与弱点或劣势（Weakness）和信息技术企业外部环境中的机会（Opportunity）与威胁（Threat）。

1．营销机会（Opportunity）

营销机会（Opportunity）指对信息技术企业营销活动富有吸引力的领域，在这些领域企业拥有竞争优势。

2．环境威胁（Threat）

环境威胁（Threat）指环境中不利于信息技术企业营销的因素，对企业形成挑战，对企业的市场地位构成威胁。

3．相对优势（Strength）

相对优势（Strength）指信息技术企业在营销过程中相对于对手更加有利的条件，表现为技术、成本和产品差别化等方面的优势。

4．相对劣势（Weakness）

相对劣势（Weakness）指信息技术企业在营销过程中相对于对手更加不利的条件，表现为技术、成本和产品差别化等方面的劣势。

（二）信息技术企业 SWOT 分析

SWOT 分析法是常用的一种企业优劣势比较分析法（见表 3-3），它是通过对企业内部环境中的优势（Strength）与劣势（Weakness），企业外部环境中的机会（Opportunity）与威胁（Threat）的分析，来扬企业之长，避企业之短，寻找最佳营销决策方案的方法。

表 3-3　SWOT 分析表

	潜 在 优 势	潜 在 劣 势
优势与劣势	良好的战略 强大的产品线 宽的市场覆盖面 良好的营销技巧 品牌知名度高 研发能力与领导水平高 信息处理能力强 ……	不良战略 过时、过窄的产品线 不良的营销计划 没有信誉 研发能力下降 部门之间争斗 公司控制力量薄弱 ……
	潜 在 机 会	潜 在 威 胁
机会与威胁	核心业务拓展 开发新的细分市场 扩大产品系列 将研发导入新领域 打破进入壁垒 寻找快速增长的市场 ……	公司核心业务受到攻击 国内外市场竞争加剧 拟进入的领域设有进入壁垒 有被兼并的可能 新产品或替代品的出现 经济形势的下滑 ……

（三）营销环境管理策略

1．面对机会的策略

（1）抢先策略　当市场机会比较明朗，企业有一定的实力去把握时，企业可以抢先一步，积极应对，开发新产品，抢占市场。

（2）紧跟策略　当市场机会不太明朗，企业也没有足够的承受能力去承担风险时，企业可以在领先企业开拓市场时，紧跟领先企业的市场步伐，开发新市场。

（3）观望策略　当市场机会不明朗，企业产品质量也不高时，企业可以先观望一段时间，待时机成熟一些后，再做决定。

2．面对威胁的策略

（1）反抗策略　指试图限制或扭转不利因素的发展。

（2）减轻策略　指通过调整市场营销组合等来改善环境以求适应，以减轻环境威胁的程度。

（3）转移策略　指转移到其他盈利更多的行业或市场。

案例 3-4：神舟电脑 SWOT 分析

神舟电脑成立于 2001 年 1 月，隶属深圳市新天下集团有限公司，注册资金 9 800 万元，是以电子信息产品制造为主业，集高性能笔记本电脑、台式电脑、一体式电脑、液晶显示器的研发、生产、销售为一体的高科技企业。2001 年 8 月 26 日，第一台自产的神舟电脑整机下线，凭着质优价低的竞争优势，迅速成长为国内颇具影响力的电脑供应商之一。2002 年电脑销量达 20 万台，销售额超过 10 亿元人民币，进入全国台式机销量排名前 5 位，一年就走完了别的厂商通常需要六年才能走过的路。在台式电脑市场上取得成功后，2003 年神舟电脑正式进军笔记本电脑。至 2005 年年末，神舟笔记本电脑单月出货量超过 3 万台，以 13.7%的市场份额仅次于 IBM、联想位列第三。目前神舟电脑在北京、上海、广州、南京等全国 34 个大城市设立了分公司，并拥有神舟电脑专卖店 2 000 余家，经销商 11 500 余家，授权服务站近千家。

一、市场机会分析

据估计，中国的 PC 市场预期成熟容量大约在 3 000 万台左右，与现在的 1 000 万台总量相比，市场还有很大空间。可以说，PC 依然是黄金般的朝阳产业。在中国，随着消费者消费行为越来越理性，盲目跟风的状况已一去不复返。消费 PC 市场的形态将发生变化，消费 PC 将由投资品走向消费品，消费群体将由贵族化转向平民化。从发展来看，PC 行业仍然是下一个不断增长并且极具发展潜力的行业之一。

二、环境威胁分析

1. 全球 IT 业的消极新闻充斥各大传媒。2001 年全球 IT 业的消极新闻充斥着报章与网络传媒：Intel 全年销售利润可能降至 125 亿美元，较前年降幅高达 41%；AMD 则三年来首次发布亏损性财务报告；联想集团以"人员优化 5%"的裁员举动躲避着来自股票市场的压力；华为总裁任正非在内部管理会议上的一篇名为"华为的冬天"的讲话成为中国 IT 业的讨论热点之一。

2. 行业竞争激烈，行业进入成本高，风险大。当神舟电脑第一台成品机下线后仅半个月，美国就发生了"9·11"事件，世界的 IT 业一片恐慌。有人对神舟电脑此时步入 IT 业心存疑虑。况且，在一个非常成熟、没有热点的 PC 市场里，要想挤占一席之地，显然成本太高，风险太大。

3. 家用电脑市场萧条。《计算机世界》曾悲观地写道："2002 年上半年，家用台式电脑市场并没有从 2001 年增长放缓的趋势中走出来，对家用台式电脑厂商而言，面临的是市场的萧条。上半年家用台式电脑销售量比 2001 年同期下降 5.6%。2002 年上半年中国家用台式电脑市场的寒冬尚未过去。"

三、相对优势分析

1. 自主研发优势。神舟电脑是目前国内唯一具备电脑主机板和显示卡两项自主研发能力的整机制造商。电脑整机包括光驱、软驱、硬盘、内存、CPU、显示卡和主板等 7 大核心部件，多数国内电脑厂商的 7 大部件全部依赖进口，而神舟电脑所采用的奔驰主板和小影霸显示卡，一直是其自主研发制造并在电脑配件市场占有率第一的著名品牌，其自主研发带来的是整体制造成本可降低两成左右。

2. 信息优势。神舟电脑有条著名的"5 小时反应"制度，即当市场上的某项信息发生变化时，这条信息将以最快速度从终端反馈回神舟总部，高层对该信息进行判断分析并作出决策，然后其响应决策再以同样速度传达到终端并向市场公开，整个信息链的往返时间一般只需要 5 个小时。也正因如此，神舟电脑往往能够对市场变化作出最快反应。

3. 销售渠道优势。神舟电脑成立之初，并没有克隆传统 PC 品牌庞大臃肿的销售体系，而是对传统的渠道概念进行了大胆创新：经由遍布全国的近千家专卖店，一台神舟电脑从生产线下线到消费者手中，中间只经过一个环节。神舟电脑渠道尽可能扁平所带来的结果是产品的价格能够反映出合理的利润，而不是经过一层一层经销商的"分羹"，使消费者手中的产品价格层层加码。

4. 品牌制造优势。全球制造业向中国转移，标志着中国在制造业上具有很大的优势。作为一个制造型的企业，神舟电脑依靠母公司，从主机板、显示卡等核心零件的制造开始就已经牢牢把握住了这一点，在此基础上，打造自己的电脑品牌。

5. 成本控制优势。除了神舟电脑因具备电脑主机板和显示卡两项自主研发能力使整体成本降低两成左右，以及神舟采取特许经营的渠道模式使渠道建设费用和渠道运营成本大大降低外，良好的企业运作机制，保证神舟的非生产成本一直控制在 4%，同时通过合理管理控制库存和杜绝采购上的腐败，使成本降低的幅度达到 5%～10%。

四、相对劣势分析

电脑企业间的竞争非常激烈，各自的"势力范围"初步形成。而神舟电脑作为后来者，品牌知名度较低，消费者认知度不高，企业的势力范围未曾形成。

（资料来源：成功营销网:http//www.vmarketing.cn）

第二节　信息产品购买行为

一、信息产品消费需求分析

（一）需要的内涵及其理论

1. 需要的内涵

需要（Need），是指人们没有得到基本满足的感受状态。它是人们生理上或心理上的一种缺乏的感觉，是人们因为生理上或心理上缺乏某种东西而产生的一种紧张的感觉，即所谓的"不足之感"。需要是人本身所固有的，它不能被营销者所创造。为更好地理解"需要"这个专业术语，必须把它与"欲望"、"需求"区分开来。

（1）欲望（Want）　欲望指人们想得到某种基本需要的具体满足物的愿望。它是人们想要消除或减轻不足之感而获得某类满足物的追求愿望，即所谓的"求足之愿"。例如，一个人需要娱乐，他想到去购买电脑玩游戏。

（2）需求（Demand）　需求指人们有能力购买并且愿意购买某个具体产品的欲望。它是"不足之感"和"求足之愿"的统一，是需要与欲望的统一。例如，一个人到联想电脑专卖店购买联想牌笔记本电脑。

2. 需要层次理论

需要层次理论是由美国心理学家亚伯拉罕·马斯洛（Abraham H · Maslow）于1943年提出来的，这一理论揭示了人的需要与动机的规律。马斯洛提出人的需要可分为五个层次，即生理需要、安全需要、社交需要、尊重需要和自我实现需要。

（1）需要的层次

1）生理需要　生理需要是指维持人类自身生命的基本需要，如对衣、食、住、行的基本需要。它是人们一切需要中最基本的需要，是推动人们行动的主要动力。

2）安全需要　安全需要是指人们希望避免人身危险和不受失去职业、财物等威胁方面的需要，如防止人身受到伤害、防止职业病的侵袭和避免经济上的意外灾害等。

3）社交需要　社交需要是指人们希望与别人交往，避免孤独，与同事和睦相处、关系融洽的需要，如希望与同事之间保持良好的关系；希望朋友之间的友谊持久而真挚；进行社会交往，成为社会集体中的一员等。

4）尊重需要　尊重需要是指当社交需要满足后，人们开始追求受到尊重，包括自尊与受人尊重；即希望得到别人尊重自己的人格、承认自己的劳动，并给予尊敬、赞美和赏识等。

5）自我实现需要　自我实现需要是指使人能最大限度地发挥潜能，实现自我理想与抱负的需要。这是最高层次的需要，如希望在社会科学、自然科学方面作出贡献，取得成就；成为一名著名的科学家、出色的运动员或公司总裁等。

（2）需要层次理论

1）不同层次的需要可同时并存。不同层次的需要可同时并存，但只有低一层次需要得到基本满足之后，较高层次的需要才发挥对人行为的推动作用。

2）人的行为主要受优势需要所驱使。在同一时期内同时存在的几种需要中，总有一种需要占主导、支配地位，称之为优势需要。人的行为主要受优势需要所驱使。

3）满足了的需要不再成为激励力量。任何一种满足了的低层次需要并不因为高层次需要的发展而消失，只是不再成为主要激励力量。

知识拓展 3-2：创立人类动机理论的马斯洛

亚伯拉罕·马斯洛（Abraham H·Maslow，1908—1970），美国社会心理学家、人格理论家和比较心理学家，人本主义心理学的主要发起者和理论家。1933年，在威斯康星大学获博士学位，第二次世界大战后转到布兰代斯大学任心理学教授。曾任美国人格与社会心理学会主席和美国心理学会主席（1967）。

马斯洛主要著作有：《动机与人格》（1954）、《存在心理学探索》（1962）、《科学心理学》（1967）和《人性能达的境界》（1970）等。

马斯洛的论文《人类动机论》最早发表于1943年的《心理学评论》。他的动机理论，又称需要层次理论。他认为，健全社会的职能在于促进普遍的自我实现。他相信，生物进化所赋予人的本性基本上是好的，邪恶和神经症是由于环境所造成的。越是成熟的人，越富有创作的能力。

（资料来源：闫国庆．国际市场营销学[M]．2版．北京：清华大学出版社，2007）

（二）信息产品消费需求的特征

1．需求趋向个性化

随着经济的快速发展，人们的收入水平也迅速提高，消费者需求由原来低层次需求为主向高层次精神需求为主转变；同时，消费需求日益趋向个性化，对服务水平和产品的品质有了更高的要求。例如，同样是购买电脑，喜欢玩电子游戏的消费者首先关注的是电脑的速度，爱学习的消费者看重的是电脑的文字处理能力，喜欢音乐的消费者则重视电脑的音质等。

2．需求趋向流行性

消费者购买信息产品，越来越讲究消费的品味，期望将产品的效用评价与其个性特征融为一体，而消费品味是极易模仿而流行的，因此，许多信息产品都将显现出流行化的趋势。

3．需求趋向品牌化

品牌的功能在于减少消费者选择产品所花费的精力，选择知名品牌无疑是一种省时、可靠又不冒险的决定。这一功能恰好符合消费者的消费心理。现在的消费者购买产品，已不仅仅是想得到一件能满足其实用需求的"实物产品"，而是需要一件既能满足其实用需求，又能满足其精神需求的"品牌产品"。

4．需求趋向感性化

现在的消费需求已从物质需求转向精神需求，推崇感性消费，特别看重产品的附加价值。其具体表现为：① 美学性，即要求使用的各种物品能具有符合其个性特征的美感和艺术欣赏性；② 体感性，即通过眼、耳、鼻、舌等身体感觉器官对产品能感受到最大的愉悦；③ 心因性，即购买的产品能带来精神、心理或宗教信仰等方面的满足。

二、信息产品购买动机分析

需要是购买动机的基础，是购买行为的起点，同样也是企业市场营销的出发点。动机，是指人们进行行动的内部原动力（或称内在驱动力），是激励人们行动的内在原因。购买动机，则指在购买消费活动中，使消费者产生某些购买行为的具体的内在驱动力。

购买动机是引起购买行为的关键因素，信息技术企业应高度重视消费者购买动机的分析与研究。消费者的购买动机一般包括以下几个方面。

1．理智动机

理智动机指建立在人的理性认识上的购买动机。它比较看重商品质量，讲求实用，对价格和售后服务更加关心。在具体购买活动中表现为求实倾向和求廉倾向。

求实倾向指消费者在选购信息产品时，注重产品的使用价值，讲究实惠、使用方便，不大强调产品的外观、花色和款式。

求廉倾向指消费者在选购信息产品时，特别注重产品的价格，对便宜、降价和处理的商品具有浓厚的兴趣，而对商品的花色、款式等外在形象不太注意。

2．感情动机

感情动机指由于人的情绪或情感需求所引起的购买动机。根据感情动机中不同的侧重点，可把它化解为四大心理倾向：求新倾向、求优倾向、求名倾向和求美倾向。

（1）求新倾向　求新倾向指消费者在选购信息产品时，不大计较产品的价格，而是把注意力集中在产品的外在形式上，他们总是期望领导消费新潮流。

（2）求优倾向　求优倾向指消费者在选购信息产品时，注重产品的内在质量，追求产品的质量优良，而对产品的外观式样、价格等不作过多的考虑。

（3）求名倾向　求名倾向指消费者在选购信息产品时，对名牌产品具有特殊的偏好，而对非名牌产品缺乏信任感，他们很注重产品的名称、产地和销售地点等。

（4）求美倾向　求美倾向指消费者在选购信息产品时，注重产品的式样、色调和造型等形式美，重视产品对环境的装饰作用和对人体的美化作用。

3．惠顾动机

惠顾动机，指在理智的经验和深厚的感情基础之上，消费者对某一品牌商品产生特殊的信任与偏好后，重复性、习惯性地购买该品牌商品的购买动机。

案例 3-5：亚马逊公司的崛起富有戏剧性色彩。创办人杰夫·贝佐斯30出头，创办亚马逊公司之前是一企业的经理人。一天，当他上网浏览时，发现一个惊人的统计数字：网络使用人数每月以2 300%的速度在增长。于是他花了两个月的时间研究了网络营销业的前景，然后作出决策：辞掉现有工作，和他妻子开着老式雪佛莱，跑到西部打算创立网络零售业。

贝佐斯认为适合虚拟的网上商场销售的商品有20余种，包括图书、音乐制品、杂志、PC和软件等，最后他选择了图书。这主要出于3个方面的考虑。一是美国每年出版的图书将近 130 万种，而音乐制品大约只有 30 万种。二是美国音乐制品市场已经由 6 家大的录制公司控制，而图书市场还没有形成垄断，即使是老牌连锁店巴诺的市场占有率也只有 12%，而且每年图书行业的营业额能够达到 250 亿美元。全球每年出版的书籍多达 300 多万种，书籍零售有 820 亿美元的市场。三是读书是很多人的爱好，在国外，有 80% 的人说读书是他们的业余爱好之一。因此，最后他选择了书籍作为网络销售的突破口，公司地点选择在西雅图，因为那里是书籍发行商英格姆（Ingram）的大本营。

1995 年 7 月，贝佐斯在西雅图市郊贝尔维尤一栋租来的有两个房间的屋子里，投入第一笔 30 万美元的创业资金，成立了亚马逊书店。他把书店命名为亚马逊，希望它能像巴西的亚马逊河那样奔流向前。1995 年 8 月，亚马逊卖出了第一本书。在开始两年的时间里，亚马逊处于沉寂状态；两年后，亚马逊开始神话般地崛起并在短短的半年时间内，亚马逊完成了第一个目标，成为全球最大的网上书店，从而改变了出版业的整个经济形态。从 1995 年 7 月到 1997 年 5 月近两年的时间里，亚马逊进行了苦苦的探索，在 1997 年的后半年实现了质的飞跃。那时，亚马逊没有劲敌，因为这是一个全新的市场，亚马逊是进入这个市场的第一人。

4 年后，亚马逊公司拥有了 1310 万名顾客，书目数据库中含有 300 万种图书，超过世界上任何一家书店，成为网上零售先锋；1999 年的销售额达到 30 亿美元。1999 年，亚马逊的创始人贝佐斯当选为美国《时代》周刊年度风云人物。这位年轻的企业家对网上书店的远见，掀起了全球网上购物的革命。

（资料来源：张卫东．网络营销理论与实务[M]．2 版．北京：电子工业出版社，2005）

三、信息产品购买行为分析

1. 购买行为的类型

消费者购买行为是指消费者通过支出（包括货币或信用）而获得所需商品或服务的选择过程。购买行为是建立在复杂多样的购买动机基础之上的，其类型主要包括四种（见表 3-4）。

（1）复杂购买行为 这种行为是消费者初次购买差异性很大的耐用消费品时发生的购买行为。这种行为需要经过一个认真考虑的过程，需要广泛收集各种有关信息，反复评估，最后慎重做出购买选择。

（2）寻求多样化购买行为 消费者为了使消费多样化而经常变换品牌的一种购买行为。

（3）化解不协调购买行为 消费者购买差异不大的商品时发生的一种购买行为。

（4）习惯性购买行为 一种简单的购买行为，一种常规的反应行为。购买时一般不需寻找、搜集有关信息，习惯性购买商品的行为。

表 3-4 消费者购买行为类型

	购买时高度介入	购买时低度介入
品牌差异大	复杂购买行为	寻求多样化购买行为
品牌差异小	化解不协调购买行为	习惯性购买行为

2．影响购买行为的因素

（1）个性因素　个性，是一个人身上表现出的经常的、稳定的和实质性的心理特征。个性的差别直接导致其购买行为的不同，个性因素主要包括个人的年龄、职业、收入、个性和生活方式等。

（2）社会因素　消费行为作为个人行为，首先受到个人因素的影响，但消费者作为整个社会生活消费的一个组成部分，又受到他所处的社会历史条件的制约和社会因素的影响。它主要包括社会文化、相关群体、社会阶层和家庭等，它们都将影响着消费者的购买行为。

（3）经济因素　经济因素，是影响消费者购买行为的直接因素，它主要包括消费者收入、消费品价格（包括消费品本身的价格、消费品的预期价格和其他相关消费品的价格）等。

（4）心理因素　消费者的购买行为受其心理支配。影响消费者购买行为的心理因素包括激励、知觉、学习和态度等心理过程。激励，是指市场营销者设法激发足以引起消费者行为的动机，使之有利于企业营销目标的实现。知觉，是指人们通过感觉器官，对客观刺激物和情境的反应。学习，是人们受驱动力、刺激物、提示物（诱因）、反应和强化等一系列因素相互作用的过程。态度，是指人们对事物的看法，它体现着一个人对某一事物的喜好与厌恶的倾向。消费者的态度一旦形成很难改变。

3．消费者购买行为模式

消费者购买行为模式中最具有代表性的是刺激——反映模式，即市场营销和市场环境因素刺激消费者的潜在意识，消费者根据自己的特征处理这些信息，经过一定的决策过程，最后做出购买行为（见图3-2）。

营销刺激	环境刺激	购买者的内心活动		购买者的反应
产品 价格 分销 促销	经济、人口、技术、法律、政治、文化、自然等环境	购买者的个人特征 购买者的心理素质	购买者的决策过程 认识 偏好 比较 决定 评价	产品选择 品牌选择 卖主选择 购买时机 购买数量

图 3-2　消费者购买行为模式

4．消费者购买决策过程

（1）确认需要　确认需要是购买行为的起点，在这一阶段企业应利用强烈的刺激以唤起及激发消费者的需求。

（2）收集信息　消费者信息来源主要有个人来源、商业来源、大众来源和经验来源，其中最主要的是商业来源。在该阶段，企业应加大宣传力度，搞好产品的展示和陈列。

（3）评价比较　这是决策过程的决定性环节，在这一阶段，企业应努力树立自己的产品及品牌在消费者心目中的首要位置。

（4）决定购买　在该阶段，企业应提供详细的产品信息、销售服务，以促成其购买。

（5）购后行为　"最好的广告是顾客的满意"，因此，在此阶段，企业应加强售后服务，改善消费者的购后感受。

5. 消费者购买行为分析

消费者购买行为分析，通常可以采用 5W1H 分析方法进行分析。5W1H 分析法的内容包括以下六个方面。

（1）What：消费者购买行为追求的能满足自己需求的产品或服务是什么。

（2）When：消费者购买行为一般发生在什么时候。

（3）Where：消费者获得该产品或服务一般通过什么渠道或消费者的购买行为一般发生在什么地点。

（4）Why：消费者购买的主要动机或目的是什么。

（5）Who：购买行为的发起者、影响者、决策者、执行者以及产品的最终使用者是谁。

（6）How：消费者习惯或喜欢通过什么样的购物方式实现自己的购买行为。

技能训练

信息产品 SWOT 分析技能训练

案例背景：

广东联华计算机有限公司市场营销科经过市场调查，认为公司拟开发的专供农村家用电脑的市场发展潜力很大，公司决定于 2009 年 5 月投产开发这种专供农村家庭用的电脑。该产品具有很好的性价比，而且操作更为简单，例如：设置有一键通，即只要你一按该键，则可直接上网；配有直接恢复按键，该按键的功能是当你的电脑遇到异常，只要按下此键，则可将 C 盘直接恢复到最初配置状态，保证电脑时时刻刻都能正常运行；配备有农村家庭所需的正版电脑软件等。另外，当前我国农村人均生活水平有了很大的提高，人们的可任意支配收入持续增加；同时，国家正全面实行信息化下乡的政策，农民对电脑产品的需求越来越旺盛。

请利用 SWOT 分析方法对该种电脑产品进行机会、威胁、优势和劣势四个方面的分析，并写出分析报告。

目的和要求：

1）能认识并实现组织分工与团队合作。

2）能撰写出符合格式要求的信息产品 SWOT 分析表。

3）能整理总结出信息产品 SWOT 分析课题分析报告。

4）能清晰地口头表达出信息产品 SWOT 分析实训心得。

训练指导：

1）组建实训课题小组：将教学班学生按每小组 6～8 人划分成若干课题小组，每个小组指定或推选出一名小组长。

2）确定实训小组课题：每个小组根据信息产品 SWOT 分析背景资料的要求，制作完成一份信息产品 SWOT 分析表。

3）实施分析课题研究：各小组长根据信息产品 SWOT 分析的计划，调配资源，明确各组员的任务，并督促大家有效地完成任务，包括：信息产品 SWOT 分析表的草拟、修改和定稿，信息产品 SWOT 分析课题分析报告的撰写、打印以及小组的发言等。

4）撰写实训课题报告：每个小组完成一份信息产品 SWOT 分析课题分析报告。分析报告格式见表 3-5。

5）陈述实训心得：由各个小组推荐的发言人或小组长代表本小组陈述本小组实训课题分析报告和实训心得。

表 3-5　信息产品 SWOT 分析课题分析报告

第　　3　　次实训

班级＿＿＿＿＿　学号＿＿＿＿＿　姓名＿＿＿＿＿＿　实训评分＿＿＿＿

实训时间＿＿＿＿＿＿＿　实训名称　信息产品 SWOT 分析技能训练

一、实训操作背景

二、实训目标要求

三、实训操作内容

四、实训心得体会

五、实训评价（指导老师填写）

第四章　信息产品定位决策

目的要求

一、知识理解要求

1. 能理解和列举信息产品市场细分的概念和理论基础。
2. 能列举和运用信息产品市场细分的方法和程序。
3. 能列举和分析信息产品目标市场的选择标准与营销模式。
4. 能列举和掌握信息产品市场定位的要素与步骤。
5. 能熟记和应用信息产品市场定位的依据与方法。

二、实训技能要求

1. 能综合运用本章知识剖析现实案例。
2. 能依据案例背景创作信息产品广告语。
3. 能撰写信息产品广告语创作课题分析报告。

重点难点

1. 信息产品市场细分的方法。
2. 信息产品目标市场的选择标准。
3. 信息产品目标市场营销模式。
4. 信息产品市场定位的依据。
5. 信息产品广告语的创作。

案例导引

基于产业链和消费群发生变化的大前提下，根据自身的优势和当前的产业环境，TCL确定了"抛开价格战，以产品的本地化创新来细分市场及用户群体，通过产品的差别化创新，引领行业走入细分期并站稳细分市场领导地位的市场战略"。

2004 年 3 月的一个下午，TCL 数码电子事业部总裁杨伟强在座椅中稍稍调整了一个坐姿，继续翻看着手中的文件，这份长达数十页的材料正是 TCL 公司去年底推出的锐翔 A 差异化电脑的市场调研报告。尽管在过去的三个月举行了大量的促销活动，中间还穿插了春节这个传统的电脑销售旺季，但锐翔 A 系列的市场表现依然相当糟糕。但是，报告的最后一个部分却引起了杨伟强的注意：在性别比例一节，锐翔 A 的男女购买比例为 1:1，而在真正的使用者中，女性用户比例高达 80%。其实无论从哪个方面来看，锐翔 A 的设计都并不完全具备女性属性，但其纤巧的外形却意外地赢得了女性用户的青睐。"细分市场的大方向是不会错的，或许是细分的标准错了？"一个星期后，一项关于电脑使用者情况的调查在北京、上海、重庆和广州等城市展开了。最终的调查结果果然不出所料，尽管个人电脑已经发展了整整 25 年，但其上面依然聚集了大多的男性色彩，而女性用户对目前个人电脑在外观、色彩和易用性等方面的表现却相当失望，尽管今天她们对电脑的消费能力一点也不输给男性。这一调查结果更加坚定了杨伟强的决心：女性电脑必将是下一个金矿。杨伟强决意要打造一款从设计理念到硬件配置再到外观界面都充满女性色彩的产品，要把女性电脑做到骨子里。

2005 年 3 月 8 日，TCL 全球首台女性液晶电脑——"S.H.E"美丽上市！"S.H.E"，一个很女人的名字，婀娜的"S"造型荡漾着女性无限的性感美姿，如游弋于水面享受自我的白天鹅；整个 logo 设计圆润不失硬朗，婉约中透着自信，一如今天的白领精英女性——优雅而不失性感，自信中洋溢着激情。目标群因此定位为那些追逐个性的时尚女性一族。

"S.H.E"不仅仅是一种概念创新，事实上从设计理念到产品品位，从硬件配置到软件应用，从 ID 设计到细节雕琢，TCL 都对其进行了全方位的创新，以满足女性对 PC 雅致与柔美的美丽主张。

在北京，外观柔美的"S.H.E"推出仅两天便卖出了 112 台。一个月后，"S.H.E"在全国的销量便超过了 15 000 台。而正由于"S.H.E"的热卖，TCL 电脑 2005 年上半年销量比 2004 年同期猛增 40%。目前，细分市场的产品占到整个 TCL 电脑销量的 20%。

（资料来源：吕巍，周颖. 战略营销[M]. 北京：机械工业出版社，2007.）

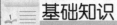**基础知识**

第一节　信息产品市场细分

一、信息产品市场细分概述

1. 信息产品市场细分的概念

信息产品市场细分，是信息技术企业根据消费者对信息产品需求的差异性，将某一信息产品的整个市场细分为若干个需求基本相同的消费群（即子市场）的活动。

市场细分的理论最早是由美国营销学专家温德尔·斯密在 20 世纪 50 年代提出的，现已被理论界和企业界广泛接受并运用。有人称之为营销学研究中继"消费者为中心观念"之后的又一次革命。

2．信息产品市场细分的理论基础：消费需求的异质性

根据消费需求的异质性与否，可以将整个信息产品市场分为同质市场与异质市场。

（1）同质市场　同质市场简单地说就是消费需求基本相同的信息产品市场。即消费者对某一信息产品的需求相同或相似，对企业的营销策略反应相同或相似，这种信息产品的市场被称为同质市场。

（2）异质市场　异质市场简单地说就是消费需求存在差异的信息产品市场。即消费者对某一信息产品的需求存在差异，如对产品的材料、特性、规格、档次、款式、质量、价格和包装等方面的需求是不同的，或者在购买行为、购买习惯等方面存在差异，这种信息产品的市场称为异质市场。

3．信息产品市场细分的作用

（1）有利于企业确定自己的目标市场。目标市场能否正确选择，直接决定着企业今后一系列发展战略的确定，决定了企业今后若干年的发展后劲。企业只有通过市场细分，将总体的大市场划分为若干个小市场，才能根据自己的各方面条件从中选择合适的目标市场。

（2）有利于分析和发掘新的市场机会。通过市场细分，一方面可以更准确地发现消费者需求的差异性和需求被满足的程度，更好地发现和抓住市场机会，回避风险；另一方面，可以清楚地掌握竞争对手在各细分市场上的竞争实力和市场占有率，以便更好地发挥自己的竞争优势。

（3）有利于企业集中有限资源重点投放。企业，尤其是中小企业，其资源及市场经营能力是有限的，在整个市场上或较大的子市场上不是大企业的对手，只有在市场细分的基础上，见缝插针，拾遗补缺，集中有限的资源并形成规模优势，才能使自己在竞争中不断发展和壮大，取得较好的市场业绩。

（4）有利于企业制定和调整市场营销策略。市场细分后，每个市场变的小而具体了，细分市场的规模、特点显而易见，消费者的需求清晰了，企业就可以根据不同的产品需求制定出不同的市场营销组合策略。否则，企业所制定的市场营销组合策略就会是无的放矢。

二、信息产品市场细分的方法

1．地理细分

地理细分，是根据消费者所处的地理区域、地形气候等地理因素来细分市场。地理细分是市场细分最普遍的方法，如将市场细分为南方市场和北方市场。地理细分表见表 4-1。

表 4-1　地理细分表

细 分 依 据	可能的细分市场
地点	国内与国外、东南西北部、城市与乡村
地形	山区、平原、丘陵
气候	温暖、寒冷
规模	小、中、大
交通网络	公共交通、驾车、骑车、步行

2．人口细分

人口细分，是根据人口统计资料所反映的内容来细分市场，如年龄、性别、收入、职业和文化水平等。人口是构成市场的基本要素之一，也是市场细分常用的依据，如将市场细分为青年市场、中老年市场和少年市场。人口细分表见表 4-2。

表 4-2　人口细分表

细 分 依 据	可能的细分市场
人口总量	根据需要定量
年龄	幼儿、儿童、青少年、中年、老年
性别	男、女
收入	高、中、低收入
教育	文盲、小学、初中、高中、大学
流动	连续居住两年以上、连续居住一年、居住一年以下
居住类型	游客、当地就职者、当地居民
职业	蓝领、白领、专业技术人员、政府官员等
婚姻状态	单身、已婚、离异、丧偶
住户大小	1、2、3、4、5 或更多人
民族或种族	黑种人、白种人、黄种人；汉族、回族、壮族等
宗教信仰	佛教、伊斯兰教、基督教等

3．心理细分

心理细分，是根据消费者所处的社会阶层、生活方式和个性特点等对市场进行细分，如心理因素有求美、求实、求新和求名。心理细分表见表 4-3。

表 4-3　心理细分表

细 分 依 据	可能的细分市场
社会阶层	从下下层到上上层
家庭生命周期	从未婚到寡居
人格	从内向到外向、从通情达理到顽固不化
态度	消极、中立、积极
创新性	创新、传统、落伍
舆论领袖	没有、一些、很多
语言	各种不同语言
兴趣爱好	运动、艺术、文学等
风格	求实、喜新、仿效、名牌

4．行为细分

行为细分，是根据消费者对产品的购买动机、使用状态、信赖程度和品牌爱好等来细分市场。例如，消费者购买电脑，有的注重实用、有的追求性能、有的关心价格等。行为细分表见表4-4。

表4-4　行为细分表

细 分 依 据	可能的细分市场
购买数量	大量、中量、小量
购买频率	经常性购买、偶尔购买
购买时间	常年购买、季节性购买、周一到周五、周六与周日
购买地点	集中购物中心、分散购物中心
购买结构	从非正式到正式、从单个到联合
购买重要性	从不重要到很重要
使用率	少、适中、多
使用经验	从没有到很多
品牌忠诚	没有、一些、完全
产品功能	根据产品特征确定组合

案例4-1：笔记本产品市场细分

在笔记本产品同质化非常严重的今天，想要在诸多品牌中异军突起，必然要选择走差异化之路，只有让消费者认识到其产品的优势，企业才有机会在市场上生存和发展。

从功能入手，可以将当前的笔记本产品分为三类：首先是基础应用类笔记本，这类笔记本产品的配置不是特别讲究，仅能满足用户浏览文件、即时通信等基本需求，价格也相对偏低，代表性产品有华硕 Eee PC、神舟系列产品等。第二类是主流娱乐笔记本，这类产品配置比前一类要好，并偏重于影音表现，可以满足用户日常使用的需求，目前市场上70%的产品都属于此类。第三类是高端商务机型，面向专业人士和商务精英设计，具有良好的性能表现和安全防护功能，价格也比较高，代表性产品如 Think Pad X 系列、苹果等。

这三种类型基本上涵盖了市场上所有机型，而且每一类都可以细分。例如，在主流娱乐笔记本中，可以有女性本、学生本，而女性本针对的用户群又可以分为年轻女孩、普通白领、居家女性和职场女强人等。

案例4-2：电脑产品的市场细分（见表4-5）

表4-5　电脑产品市场细分表

核心利益需求	细分市场命名			
	一步到位型	注重实用型	性能追求型	价格敏感型
稳定性与兼容性	*	**	**	*
可扩展性	*	*	**	*
配置	**	*	**	*
显示器	液晶	液晶/纯平	液晶	纯平
外观	*	**	*	*
服务	**	***	***	*

（续）

核心利益需求	细分市场命名			
	一步到位型	注重实用型	性能追求型	价格敏感型
娱乐	*	**	*	*
DIY（自己动手做）			*	
易用性	*	**	*	*
网络功能	*	**	*	

注：*越多代表要求越高。

三、信息产品市场细分的程序

1）选定产品市场范围（尚未满足需求的产品）。

2）估计潜在顾客的基本需求。

3）分析潜在顾客的不同需求。

4）剔除潜在顾客的共同需求。

5）为细分市场定名。

6）进一步认识各细分市场的特点，作进一步细分和合并。

7）测量各细分市场的大小、从而估算可能获利水平。

四、有效细分市场的标准

1．可衡量性
信息技术企业对细分后界定的子市场，其规模和购买力可以衡量。

2．可接近性
细分后界定的子市场，企业可以有效地接近和为之服务。

3．可盈利性
细分后界定的子市场的规模能保证企业获得足够的经济效益。

4．可实施性
信息技术企业自身有足够的能力针对有关子市场实施营销计划。

第二节　信息产品定位决策

一、信息产品目标市场选择

（一）信息产品目标市场选择标准

信息产品目标市场，是指在市场细分的基础上，由信息技术企业选定的，准备以相应产品和服务去满足其需要的消费群。信息产品目标市场选择标准包括：

1．有一定的规模和发展潜力

信息技术企业进入某一市场是期望有利可图，如果市场规模过于狭小或者趋于萎缩状态，则企业进入后难以获得发展。因此，企业必须考虑该子市场是否具有吸引力，包括它的市场容量、成长性、赢利性、规模经济性和风险性等，选择一个具有一定的规模和发展潜力的目标市场。

案例 4-3： 在消费者中，有一个群体非常注重生活情趣，他们工作稳定，事业与家庭并重，重视与家人和朋友的感情交流。不管什么时候，亲情、爱情和友情永远像头顶上的一片蓝天，让他们保持宽慰、轻松的好心情。在这个快节奏的信息社会里，他们格外需要随时随地的情感与信息交流。因此，手机便成为他们不可或缺的亲密伴侣。

针对这种交往类型的消费者，摩托罗拉公司于千年伊始推出"心语"（Talk-about）品牌及其首款产品"心语" T2688。这一类型的消费者关心家人和朋友，他们使用手机主要用于与家人及朋友的沟通，通过沟通带给亲人温馨的关怀，与朋友共享欢乐、共担忧愁，他们从中得到的是内心的安定与平和。他们体会的是美好人生的一种境界：平静祥和、爱意融融。

这一消费群体在整个手机市场上占有相当大的比例，摩托罗拉公司的"心语"品牌无疑适时地弥补了这一市场空白。同时，摩托罗拉也成为第一个专门为这个消费群体设计并定做手机的厂商。

2．符合企业的经营目标和能力

企业在选择目标市场时，必须考虑对子市场的投资与企业的经营目标和资源是否相一致。某些子市场虽然有较大的吸引力，但在不符合企业的经营目标时，就应该放弃；另外，也必须考虑本公司是否具备在该子市场获胜所必需的技术和资源。只有选择那些有条件进入、能充分发挥其资源优势的子市场作为目标市场，企业才会立于不败之地。

（二）信息产品目标市场营销模式

1．集中性营销模式

集中性营销模式，也称密集性营销模式，是指信息技术企业集中所有力量，以一个或少数几个性质相似的子市场作为目标市场，制定一套营销方案，力图在较少的子市场上占有较大的市场份额。企业实行集中性营销模式，可选择的目标市场包括以下几个。

（1）密集单一市场 企业在众多的细分市场中只选择一个子市场作为营销的目标市场，进行集中营销。

（2）有选择的专门化 企业同时选择几个相关度很小或根本没有关系的细分市场作为营销的目标市场，但每个细分市场都有可能赢利。

（3）市场专门化 企业为满足某个顾客群体的多种需要而向他们提供多种产品或服务。

（4）产品专门化 企业只生产或销售某一种类的产品，把它推向不同的市场。

2．完全市场覆盖模式

完全市场覆盖模式，是指企业通过生产各种产品和提供各种服务，全方位地满足整体市场的需求。在完全市场覆盖模式下，企业可以通过无差异营销策略和差异性营销策略达到覆盖整个市场的目的。

（1）无差异营销策略 企业在市场细分后，不考虑各子市场的特性，而只注重子市场的共性，决定只推出单一产品，运用单一的市场营销组合，力求在一定程度上适合尽可能多的顾客的需求。

（2）差异性营销策略　企业决定同时为多个子市场服务，设计不同的产品，并在营销组合上加以相应的改变，以适应各个子市场的需要。

二、信息产品市场定位决策

1. 信息产品市场定位的要素

信息产品市场定位，是指信息技术企业根据现有产品在市场上所处的位置，塑造本企业与众不同的有鲜明个性或特色的形象，以适合目标消费者的需要或偏好。市场定位的实质就是要使本企业的产品与其他企业严格区分开来，使消费者明显感觉和认识到这种差别，从而在消费者心目中占有特殊的位置。信息产品市场定位的要素主要包括：

（1）确定产品特色　市场定位的出发点和根本要素就是要确定产品的特色。企业首先要了解市场上竞争者的定位状况，他们提供的产品或服务具有哪些特点；其次要了解消费者对某类产品各属性的重视程度。在此基础上，结合企业的自身条件，确定企业产品的特色。

（2）树立市场形象　企业所确定的产品特色，是企业有效参与市场竞争的优势。要使这些独特的优势发挥作用，影响消费者的购买决策，需要以产品特色为基础树立企业鲜明的市场形象，通过积极主动而又巧妙地与消费者沟通，引起消费者的注意与兴趣，求得消费者的认同。

（3）巩固市场形象　消费者对企业的认识不是一成不变的。由于竞争者的干扰或企业和消费者沟通不畅，会导致企业的市场形象模糊，使消费者对企业的理解出现偏差，态度发生转变。因此，建立市场形象后，企业还应不断地向消费者提供新的论据和观点，及时矫正与市场定位不一致的行为，巩固市场形象，维持和强化消费者对企业的看法和认识。

2. 信息产品市场定位的依据

（1）档次定位　依据信息产品的不同档次进行市场定位。

（2）特色定位　依据信息产品的内在特色进行市场定位。

（3）利益定位　依据信息产品向消费者提供的利益进行市场定位。

（4）使用者定位　依据信息产品与某类消费者的生活形态和生活方式的关联来进行市场定位。

（5）文化定位　依据信息产品的文化特点进行市场定位。

（6）功效定位　依据信息产品的功效进行市场定位。

（7）品质定位　以产品优良的或独特的品质作为诉求内容的市场定位。

（8）首席定位　强调产品在同行业或同类产品中的领导地位、专业性地位的市场定位。

（9）概念定位　使产品在消费者心目中占据一个新的位置，形成一个新的概念，甚至造成一种思维定势的市场定位。

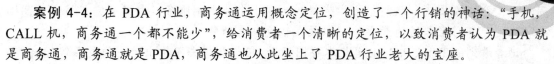

案例4-4：在 PDA 行业，商务通运用概念定位，创造了一个行销的神话："手机，CALL 机，商务通一个都不能少"，给消费者一个清晰的定位，以致消费者认为 PDA 就是商务通，商务通就是 PDA，商务通也从此坐上了 PDA 行业老大的宝座。

（10）比附定位　也称攀附名牌，以沾名牌之光而使自己的品牌生辉的市场定位，如明确承认同类产品中另有最负盛名的品牌，自己只不过是第二而已。

（11）质量—价格定位　将质量与价格结合起来构筑品牌识别的定位。

（12）企业理念定位　企业用自己的具有鲜明特点的经营理念和企业精神作为诉求的市场定位。例如，"IBM 就是服务"是美国 IBM 公司的一句响彻全球的口号，是 IBM 公司经营理念的精髓所在。

3．信息产品市场定位的方法

（1）初次定位　新成立的企业或企业新品牌、新产品初次投入市场，或产品进入新市场时，企业对产品所进行的市场定位。

案例4-5："动感地带"的市场定位

中国移动以往的营销战略和手段往往给人一种成熟、稳重、大气和深远的感觉，而其以新奇、大胆、年轻、时尚和前卫的手段打造的"动感地带"，也大有"不鸣则已，一鸣惊人"之势，半年多时间就吸纳近千万客户。

"动感地带"是中国移动继"神州行"、"全球通"以来推出的第三大品牌，是一个年轻的、富于变化和想像的产品。"动感地带"有着明确的目标客户群，即 15～25 岁的年轻一族。中国移动深入研究了这个年龄段人群的消费特点，将他们全身上下散发的动感气质注入到产品中来，并根据这些特点对语音业务和数据业务进行了选择，组合出适合他们的业务和资费。"动感地带"不仅为顾客提供优质的语音通话服务，还有丰富的数据业务。超值短信、个性铃声图片下载、走着玩的移动 QQ、手机游戏和移动 Flash 等时尚、新奇好玩的各色服务，不仅满足了年轻人的消费需求，而且吻合了他们的消费特点和文化。

在它推出后短短不到一年的时间里，"动感地带"已经成为了很多年轻人非常钟爱的一种个性化的移动通信选择，成为彰显年轻个性、张扬时尚好奇的生活追求之一。加上中国移动又邀请娱乐领域呼风唤雨的天王级巨星周杰伦作为其品牌形象代言人，更使得喜欢动感歌舞、尊崇个性主张的年轻一族趋之若鹜。

（2）重新定位　企业在市场情况或自身能力发生变化时决定改变原有市场形象，确定新的市场形象而进行的市场定位。

案例4-6：联想下移 ThinkPad 品牌定位 拓展中小企业市场

联想正在将原 IBM ThinkPad 笔记本定位下移，以借助这个高高在上的品牌拓展消费、中小企业市场。《第一财经日报》昨天从联想集团确认到，它即将推出 Think Pad SL 系列产品，以进军 SMB（中小型企业）市场。这一系列产品定位在 699 美元到 1 199 美元之间。

"主要是针对100人以下的企业，这些企业很少有自己的 IT 服务维修部门。"联想 Think Pad SL 系列业务部门经理 Charles Sune 说，将在欧洲、大中华区和亚太等地区推出。

记者在该公司官方主页看到，近日首次在北京、上海等 6 个城市推出 Think Pad 学生机。且规定每位学生限购一台，不面向社会人士。此前，Think Pad 主要定位于高端商用人群。分析人士说，联想推出学生机、为中小企业定制服务，意味着它正将这一高端品牌的定位下移至普通消费群体，以最大程度拓展销售。

记者看到的 Think Pad SL 笔记本样图显示，它与联想去年推出的消费类品牌 Idea Pad 有类似之处，只是增加了时尚与多媒体特性。

这也是联想借助 Think Pad 对惠普与戴尔实施的反击。惠普 2005 年推出了个性掌控世界，借助产品定位向消费、娱乐转移大获成功。而戴尔在前年推出系列彩色笔记本后，一直努力改变过去商用为主的形象。前不久，戴尔再次推出 Studio（消费品牌）与 Vostro（中小企业市场品牌）。

之前，联想也曾推出自有品牌 Lenovo 3000 系列，但竞争力不够。此次借助原 IBM 品牌、伴随着价格下移（4 999～8 400 元人民币），也许能创造新的市场。不过，这种举动短期内也可能是把双刃剑。因为它可能导致联想 Think Pad 与自有品牌 Idea Pad 之间互搏，从而影响后者竞争力。

（资料来源：王如晨. 联想下移 Think Pad 品牌定位　拓展中小企业市场[N]. 第一财经日报，2008-07-04）

（3）对峙定位　企业选择靠近于现有竞争者或与现有竞争者重合的市场位置，争夺同样的顾客所进行的市场定位。

（4）回避定位　企业回避与目标市场上的现有竞争者直接对抗，将其位置定位于市场空白点的市场定位。

案例 4-7：方正积木式组合设计电脑的市场定位

经典的黑白搭配，别具一格的组合方式再配以 ATI 的高性能显卡及高性价比的 IGP 产品、HT 超线程处理器和方正欢乐家庭媒体中心等强劲配置，不管是外观还是内在品质，方正卓越新锐 T 系列都给人以耳目一新的感觉。

作为国内首款采用积木式组合设计的电脑，新锐 T 的液晶显示器、主机和音箱等大件可以像变形金刚一样随意组合，既可以分体放置，也可以通过挂钩巧妙组合。这不仅是方正科技在产品设计上的一次颠覆传统的大胆尝试，也是方正科技贯彻"以客户需求为中心"的产物。

卓越新锐 T 定位于中高端家用市场，面向追求时尚注重个人品位与格调的白领一族。"我们通过大量的市场调查发现，中高端市场的消费者更加注重生活品质，善于接受新鲜事物。他们对于 PC 的要求也更加全面，不仅希望 PC 所占空间小、符合居室的整体搭配，也更加注重产品的细节设计，更希望能通过家庭办公、影音娱乐的全方位解决之道提升生活品质。正是基于这样的市场需求，促成了新锐 T 的诞生。"方正科技执行总裁祁东风先生一语道出了新锐 T 的市场定位。

家用电脑发展到今天，同质化的性能和常规的模块式结构已经不能成为人们购买的兴奋点，各厂商纷纷以不同的角度诠释着自己对家用电脑的理解。但现在，随着方正科技独创的"积木式电脑－卓越新锐 T"的诞生，一场台式机组合设计的革新浪潮或许会再次推动整个 PC 历史的发展。

4. 信息产品市场定位的步骤

（1）分析市场竞争态势与本企业的竞争优势。确定企业的竞争优势就是一个"知己知彼"的过程，在此过程中主要是要回答以下三个问题：一是"竞争对手的市场定位如何？"；二是"目标市场需求满足程度如何，还缺什么？"；三是"面对竞争者的市场定位和目标市场的需求，企业应该和能够做什么？"通过对这三个问题的回答，企业就可以把握和确定自己的潜在竞争优势了。

（2）发掘与选择企业相对竞争优势，确立市场定位。选择企业相对竞争优势的目的是在局部树立起绝对优势。选择企业相对竞争优势的过程就是将企业各方面的实力与竞争者进行比较的过程。比较的内容包括：经营管理、技术开发、采购、生产、市场营销、财务和产品等。

（3）凸现本企业独特的竞争优势，传播市场定位。这一步骤的主要任务是沟通，即通过有计划地宣传、广告和促销等活动，将本企业的竞争优势准确地传播给消费者，使他们了解、认同、喜欢和偏爱本企业的市场定位，在消费者心目中建立起与该定位相一致的形象。

技能训练

信息产品广告语创作技能训练

案例背景：

广东联华计算机有限公司是一家民营科技企业，主要生产电脑产品，产品在珠三角地区有一定的知名度。为有效地开拓广东的农村市场，同时更好地树立企业及其产品的形象，公司决定向全体员工征集一则既能体现企业产品特点，又能体现企业团结奋进、积极向上、顾客至上的经营宗旨的有创意的广告语，广告语要求限制在 20 个字以内。

若你是该公司的一名员工，请为该公司创作一条有创意的广告语，并详细地写出创意思路及其寓意。

目的和要求：

1）能认识并实现组织分工与团队合作。

2）能撰写出符合创意要求的信息产品广告语。

3）能整理总结出信息产品广告语创作课题分析报告。

4）能清晰地口头表达出信息产品广告语创作实训心得。

训练指导：

1）组建实训课题小组：将教学班学生按每小组 6～8 人划分成若干课题小组，每个小组指定或推选出一名小组长。

2）确定实训小组课题：每个小组根据信息产品广告语创作背景资料的要求，完成一条信息产品广告语的创作。

3）实施创作课题研究：各小组长根据信息产品广告语创作的计划，调配资源，明确各组员的任务，并督促大家有效地完成任务，包括：信息产品广告语的草拟、修改和定稿，信息产品广告语创作课题分析报告的撰写、打印以及小组的发言等。

4）撰写实训课题报告：每个小组完成一份信息产品广告语创作的课题分析报告。报告格式见下表 4-6。

5）陈述实训心得：由各个小组推荐的发言人或小组长代表本小组陈述本小组实训课题分析报告和实训心得。

表 4-6　信息产品广告语创作课题分析报告

第　4　次实训

班级 ＿＿＿＿＿＿　　学号 ＿＿＿＿＿＿　　姓名 ＿＿＿＿＿＿　　实训评分 ＿＿＿＿＿＿

实训时间 ＿＿＿＿＿＿＿＿＿　　实训名称　信息产品广告语创作技能训练

一、实训操作背景

二、实训目标要求

三、实训操作内容

四、实训心得体会

五、实训评价（指导老师填写）

第五章 信息产品营销战略

目的要求

一、知识理解要求

1. 能叙述和列举信息产品营销战略的特征与构成要素。
2. 能熟记和列举信息产品竞争战略的工具与类型。
3. 能理解和掌握成长—份额矩阵法的运用。
4. 能理解和掌握多因素投资组合矩阵法的运用。
5. 能叙述和列举信息产品发展战略的类型。
6. 能叙述和列举信息产品营销计划的要求与构成。
7. 能理解和掌握信息产品营销计划的实施与控制。

二、实训技能要求

1. 能综合运用本章知识剖析现实案例。
2. 能依据案例背景撰写信息产品营销计划书。
3. 能撰写信息产品营销计划写作课题分析报告。

重点难点

1. 信息产品营销战略。
2. 信息产品竞争战略。
3. 信息产品发展战略。
4. 信息产品营销计划的撰写。

案例导引

杨元庆剖析联想的成功密码

联想创立于 1984 年。那一年，"下海"这个词在中国大地上迅速热了起来。也就在那一年，柳传志带领 10 名已届中年的科技工作者，怀揣 20 万元人民币启动资金，在北京中关村科学院南路 2 号中国科学院计算技术研究所 $20m^2$ 的传达室里创办了联想集团的前身——中国科学院计算技术研究所新技术发展公司。

在柳传志的带领下，1985 年，联想有了自己的第一款产品——联想汉卡。有了自己的拳头产品之后，联想又开始代理 IBM、AST 和惠普等国际品牌的 IT 产品，并由此获得了支撑未来发展的第一代原始资本。1990 年，联想推出第一台自有品牌 286 电脑；1992 年，联想在全球率先提出"家用电脑"的概念，推出"联想 1+1"家用电脑。

20 世纪 90 年代初，国家开始大幅降低电脑整机进口关税、取消进口许可证，AST、康柏⊖、IBM 和惠普等国外品牌大举进入中国市场，国内品牌"节节败退"，几个大厂家从 1993 年到 1994 年，为形势所迫，纷纷放弃了原有的品牌。1994 年 3 月 19 日，联想公司成立微机事业部，杨元庆出任总经理。上任后的杨元庆对竞争做了深刻的分析。"当时也不能说是有绝对的信心，但确实有全力反击的感觉。很幸运，我在做代理的过程中，从国外厂商那里学了一些怎样做市场、做营销、做渠道的方法。"杨元庆着手对联想的组织结构、销售模式进行大胆改革，"小步快跑"成为联想的口号和特点，"市场反应更快，推出产品、服务模式都是非常快速的。同时，联想在全国建立起一个非常完善、非常快的渠道网络。"一系列的措施很快有了回报。

1994 年 5 月，联想推出了中国第一款经济型电脑——联想 E 系列家用电脑，创下了一个月之内销售 5 500 台的奇迹，成为继汉卡之后的新传奇。1995 年，中国 PC 产业迈向第一个鼎盛时期时，联想在中国 500 家最大工业企业中排名第 56 位；1996 年，在杨元庆带领下"高歌猛进"的联想 PC 第一次战胜康柏 PC 和 IBM PC 成为中国市场第一；1999 年，联想电脑市场份额第一次成为亚太 PC 销量冠军。

2001 年，联想一分为二，联想与神州数码各自走上独立的发展轨道。2000 年，杨元庆提出了联想的第一个"三年规划"，将业务划分为消费 IT、手持设备、信息服务、企业 IT、IT 服务和部件/合同制造六大业务群组。在反思多元化之后，联想明确以 PC 为主营业务，明确了"海量销售 IT 产品供应商"的清晰定位。2004 年 12 月 8 日，联想宣布以 12.5 亿美元的价格并购 IBM PC 业务，获得 IBM 在 PC 领域超过 20 年的研发积淀、全球顶尖 PC 人才和在 5 年内无偿使用 IBM 品牌，并永久保留使用全球著名的 Think 商标的权利。

2005 年 5 月，联想与 IBM PC 业务实现了整合，全球 PC 产业鼻祖和中国 PC 之王的梦幻组合、一个年营业额超过 130 亿美元的全球第三大 PC 提供商——新联想正式诞生。

"拥有很好的学习能力，是一个企业成功的要素之一。你不仅要了解国内其他领先的企业是怎么做的，还要找到自己比较独特的地方，建立起自己的核心竞争力。这些对于一个企业的长期成功是非常必要的。"回首联想由小到大的发展经历，杨元庆说还有两点非常重要："第一，目标要高远，还要有好的战略，使你的目标变得更加现实。第二，要有很好的执行力。有了很好的执行力，你的战略目标实现就会比较容易。"

（资料来源：北青网 http://www.ynet.com，有删改）

⊖ 2002 年，康柏公司被惠普公司收购。

基础知识

第一节　信息产品营销战略

一、信息产品营销战略概述

1．信息产品营销战略的含义

战略，是指企业为了实现预定目标，对企业全局的、长远的和重大的问题作出的运筹规划，它是实现企业长期发展目标的总方针、重点部署和资源安排。

信息产品营销战略，是指信息技术企业为实现自己的总目标和任务所制定的长期性、全局性的营销规划。

2．信息产品营销战略的特征

（1）整体性　营销战略是以企业的全局为对象的，根据企业的总体发展需要而制定的，它的着眼点是企业的全局发展和总体行动。

（2）长期性　营销战略着眼于企业的未来，谋求企业的长远发展，关注的是企业的长远利益。因此，它是涉及到企业的长期性发展的战略。

（3）稳定性　营销战略是企业的整体性、深远性的战略，是相对稳定的战略，一般不轻易改变。

（4）适应性　营销战略要根据企业内部条件和外部环境的变化，适时调整，以适应各种变化因素，化劣势为优势，不断寻求新的发展机遇。

（5）指导性　尽管营销战略的内容大都是原则性的、概括性的，但具有行动纲领作用，对企业的一切行动都具有指导性作用。

3．信息产品营销战略的构成要素

（1）战略思想　战略思想，是企业制定战略所依据的指导思想，它主要包括营销观念、竞争观念、创新观念和效益观念等。

（2）战略目标　战略目标，是企业通过实施战略在未来所要达到的目标。

（3）战略重点　战略重点，是指对战略目标的实现有重大甚至决定意义的关键部位、环节和部门。

（4）战略阶段　战略阶段，是指为了达到预定战略目标，在战略的制定和实施过程中按一定标志或依据划分的阶段。

（5）战略对策　战略对策，是指为实现战略思想和战略目标而采取的措施和手段。

二、信息产品竞争工具与战略

（一）信息产品竞争工具

竞争，是指在同一市场中经营，满足相同客户需求的企业之间，为争夺共同的资源

而相互施加不利影响的行为。信息技术企业开展市场竞争的工具主要包括质量、价格、技术、服务和时基等。

1. 质量竞争

质量是信息产品的一个基本特征，信息产品的质量由人们对其功能的期望而定，一旦产品不好或难于使用，人们马上就会失望。其次，低质量的产品还将损害人们对企业的信任。另外，企业也应清楚地认识到，产品的质量是消费者期望质量，而不是企业的生产质量，营销人员应与研究开发、生产和售后服务等部门的人员一起确保产品质量的稳定。

2. 价格竞争

价格是营销中最活跃、最革命的因素，也是最容易产生立竿见影效果的营销策略。对于消费者而言，价格是可见的，是与其他产品相比较的基础，也是一个产品区别于其他产品的最直接手段。价格竞争战略不等同于价格战。在使用价格战略时，首先要明确战略目标，是要用低价抢占市场，还是体现某种产品定位。其次，要对定价环境包括消费者对产品或服务的反应和竞争者的反应进行必要的分析。然后，企业就可以选择价格战略，并决定具体的价格及其策略。

3. 技术竞争

技术竞争，即技术领先，是指企业率先开发或引进最新技术成果，领先于其他竞争者，占据市场领导者的地位。采取此种竞争的企业在市场上可能处于有利的竞争地位，获得"先入为主"的优势，甚至在一定时期内独占市场。采取技术竞争的企业必须具备两个基本条件：一是研究开发能力较强，能够持续不断地进行技术创新；二是抗风险能力较强。

案例 5-1：自 1992 年以来，戴尔公司每年的销售额增长均达 54%以上，由一个名不见经传的小公司迅速发展成为世界 500 强企业。公司创始人，CEO 迈克尔·戴尔的个人财产已达 165 亿美元，公司股票 10 年来的收益率达 87 000%。戴尔公司实现神奇发展与超增长，主要是依靠其技术与市场融为一体的战略，靠"市场竞争意识+技术领先"的营销方式创新。戴尔经营模式是运用网络商务并根据顾客需求突出技术创新，注重产品供应、技术、服务与信誉的整合效率，通过定制方式，直接向顾客销售产品，使消费者群体快速扩张，市场快速裂变发展。

4. 服务竞争

一般来说，服务质量的好坏、服务项目的多少，将直接影响信息技术企业的竞争能力和效益，这是由信息技术企业的特点决定的。由于信息技术企业生产的是高新技术产品，如果服务不到位，可能使消费者的工作或生活被耽搁而遭受巨大损失。这就要求企业一切以消费者满意不满意、方便不方便为标准，根据消费者的不同需求提供多样化、个性化的服务解决方案。

5. 时基竞争

时基竞争，是指以时间为基础的竞争。那些能比竞争对手更快地满足消费者需求的企业，会比同一领域的其他企业增长得更快，获得更多的利润。时基竞争的核心是迅捷反应。迅捷反应能力的提升已经不能仅仅通过在企业内部改革来实现，而是要通过原材料的取得、产品制造等垂直分工体系的整体革新来实现，即在供应链整体环节的运作上比竞争对手行动得更快，从而为消费者创造更多的价值。

（二）信息产品竞争战略

信息产品竞争战略，是指信息技术企业为了自身的生存与发展，为在竞争中保持或发展自己的实力地位而确定的企业目标和达到目标应采取的各种战略。每个企业都要依据自己的目标、资源和环境，先确定自己在市场上的竞争地位，然后根据企业的市场定位来制定合适的竞争战略。一般来说，企业有三种可供选择的竞争战略：成本领先战略、差异化战略和集中战略。

1．成本领先战略

成本领先战略，是指在一定的质量条件下，通过采用一系列以成本为中心的经营管理活动，努力降低产品的生产与分销成本，使本企业的产品价格低于竞争对手的竞争战略。成本领先战略可以使企业在行业中赢得总成本优势，抵挡住竞争对手的对抗，迅速扩大销售量和提高市场份额。

成本领先战略适用的条件包括：① 市场需求具有较大的价格弹性；② 实现产品差别化的途径很少；③ 顾客不太在意品牌间的差别；④ 企业生产具有明显的规模经济效应；⑤ 竞争者很难以更低的价格提供同样的产品。

案例 5-2：神舟电脑低成本竞争

企业的存在必须以获取利润为前提，低价营销模式不是简单的价格战，它取决于企业的成本管理水平。如果企业能够创造和维持全面的成本领先地位，那只需将价格控制在行业平均或接近平均的水平，就能获取优于平均水平的经营业绩。所以神舟电脑在利润的导向下选择了成本领先战略作为自己的竞争战略。实施成本领先战略就必须首先要形成低成本竞争优势。神舟电脑将利润分为研发利润、生产利润、销售利润和品牌利润，并以此为基础将成本细分为研发成本、生产成本和销售成本等。神舟电脑以研发利润和生产利润为核心利润，并构建了品牌利润的形成过程，即研发利润+生产利润+销售利润+时间=品牌利润。

（一）物料上的成本管理

1．以供定产模式

时任神舟电脑总裁的吴海军认为，在中国现行市场中只有大规模的批量采购和生产才能实现低成本，并保证产品品质的稳定性，因此决定采用以供定产模式。以供定产模式的关键是判断消费群体的消费水平和消费需求。神舟电脑抓住国内现行消费群体的主流特点，跳出了一味开发高、精、尖产品的误区，采取价格和性能相匹配的原则，在不同价位实现了不同的功能，即在低成本和差异化上找到了合适的平衡点。以供定产模式的核心是批量采购，这至少给神舟电脑节约了 10%～20% 的成本。例如，2005 年欧美市场已不流行 14 寸液晶显示屏了，但在国内市场仍属主流，所以神舟电脑审时度势，将市场价在 140～150 美元的显示屏以 85 美元的单价完成了洽谈。

2．自主研发

神舟电脑隶属的新天下集团成立于 1995 年，是一家以 IT、IA 为主业，以电脑技术开发为核心，集研发、生产和销售为一体的民营高科技企业。新天下集团坚持以技术开发和技术创新为根本，先后设立了板卡研发中心、台式机研发中心，并于2003年在深圳市政府的支持下建立了国内第一个笔记本研发中心，同年底成立了LCD液晶显示器研发中心，2004年9月自主研发的笔记本电脑和液晶显示器在新天下工业城投入批量生产。集团公司的优势进一步降低了神舟电脑的物料成本，如电脑整机包括光驱、软驱、硬盘、内存、CPU、显示卡和主板等七大核心部件，多数国内电脑厂商的七大部件全部依赖进口，价格较高，而神舟电脑采用母公司自产的主板和显示卡，价格就相对较低。此外，神舟电脑以集团公司的科研优势为依托，主张自主研发，实现研发利润。作为目前国内品牌整机厂商中少数具备板卡级研发制造能力的厂商，神舟电脑在成本上比竞争对手低5%左右。

（二）销售渠道的成本管理

神舟电脑构建了总部—分公司—经销商的扁平化渠道结构，采用了新型的渠道模式——店面直销，由分公司签约各地电脑城或商业区的店面，然后承包给经销商经营，这样既提高了经销商的积极性，又降低了分公司的店面管理压力。南京华海、北京海龙众多核心店面的自有化，在实现对零售终端控制的基础上，保证了渠道的稳定性，确保了神舟电脑可以及时、准确地把产品推向市场。神舟电脑给渠道很低的利润，经销商主要靠扩大销售量实现盈利，节省下来的约5%的渠道利润让渡给了消费者，从而降低了终端产品的价格。

（三）管理费用的控制

一是将员工分成三类，对不同的员工采取不同的管理态度和管理方法。二是以分公司为利润中心，自负盈亏。这使得分公司更加注重团队合作以提高运作效率，主动控制营销费用、管理费用以降低运作成本，最终使得整体运营费用降低而运作效率提高。管理上的严格控制，使得神舟电脑的管理费用比同行其他企业降低了5%左右。

神舟电脑通过物料、销售渠道的成本管理以及管理费用的控制，使每台电脑的成本比竞争对手低20%~40%，成功地取得了低成本竞争优势。

2. 差异化战略

差异化战略，是指将企业提供的产品或服务差异化，形成一些在全产业范围内具有自身独特特性的东西，以满足各个细分市场的目标顾客的差异性需要。成功的差异化能够使企业以更高的价格出售产品，并通过产品的差异化特征赢得顾客的长期忠诚。

差异化战略适用的条件包括：①有多种使产品或服务差异化的途径，而且这些差异化是被某些顾客视为有价值的；②消费者对产品的需求是不同的；③奉行差异化战略的竞争对手不多。差异化战略的工具包括产品、服务、人员和形象，其差异化的具体内容见表5-1。

表5-1　差异化战略工具表

产品差异化	服务差异化	人员差异化	形象差异化
特色	送货	能力	标志
性能	安装	礼貌	标准字
耐用性	用户培训	可信任性	标准色
可靠性	咨询服务	可靠性	事件
可维修性	修理	责任性	媒体
风格	其他	沟通能力	气氛

知识拓展 5-1　差异化战略的原则

1）重要性，是指该差异化能向顾客让渡较高价值的利益。

2）明晰性，是指该差异化是其他企业所没有的，或者是该企业以一种突出、明晰的方式提供的。

3）优越性，是指该差异化明显优于通过其他途径而获得的相同利益。

4）可沟通性，是指该差异化是可以沟通的，是顾客能看得见的。

5）不易模仿性，是指该差异化是其竞争对手难以模仿的。

6）可接近性，是指该差异化所提高的成本是顾客可以接受的。

7）可盈利性，是指该差异化可以使企业获得利润。

3．集中战略

集中战略，是指把企业所有的资源和能力集中在一个或少数几个较小的细分市场上，以满足一定顾客的特殊需要，从而建立局部的竞争优势。集中战略适用的条件是企业能比正在更广泛地进行竞争的竞争对手更有效或效率更高地为该子市场服务。

集中战略不是一种独立的竞争战略，也就是说，企业在集中于目标市场的同时，还要决定是倾向于通过产品差异化特征还是低成本特征来建立竞争优势，即要把这种战略与成本领先战略或差异化战略结合起来使用。

三、信息产品发展战略

（一）信息产品现有业务分析

1．波士顿咨询公司的成长—份额矩阵法

成长—份额矩阵法，也称为市场增长率—市场占有率矩阵法，是美国管理咨询服务企业波士顿咨询集团公司提出的一种分析模式。在矩阵中，纵坐标代表市场增长率，横坐标代表市场占有率，表示各经营业务单位与其最大竞争者之间在市场占有率方面的相对差异。该矩阵分为四个象限，处于各象限的业务单位，归属于四种不同的类型（见图 5-1）。

图 5-1　成长—份额矩阵

（1）明星类业务　这类业务的市场占有率很高，市场增长率也很高，可能是业务所在的行业处于导入期或成长期。对于明星类业务，企业可采用发展战略（即进一步投资使其继续发展，扩大产品的市场份额，增强其竞争能力）。

（2）问号类业务　这类业务的市场占有率低，但市场增长率很高，很可能是企业进入一个处于成长期的行业。对于问号类业务，企业可采用发展或维持战略（即只作必要

投入，使之维持现状，保持产品的市场份额）。

（3）奶牛类业务　这类业务的市场占有率高，但市场增长率低，可能是所在的行业处于成熟期或衰退期的早期。对于奶牛类业务，企业可采用收割战略（即只追求产品的短期收益，不顾及长远影响）。

（4）瘦狗类业务　这类业务的市场占有率和市场增长率都低，可能是所在的行业处于成熟期的晚期或衰退期，也可能是企业自身不具备竞争优势。对于瘦狗类业务，企业可采用放弃战略（即出卖产品，不再生产，把资源投向其他更有利的产品）。

2．通用电气公司的多因素投资组合矩阵法

在通用电气公司的多因素投资组合矩阵中，纵坐标代表市场吸引力，横坐标代表竞争能力，只有进入有吸引力的市场，拥有竞争的相对优势的业务才能成功。市场吸引力取决于市场大小、市场年增长率和历史利润率等一系列因素；竞争能力由该单位的市场占有率、产品质量和分销能力等一系列因素决定。该矩阵依据市场吸引力的大、中、小，竞争能力的强、中、弱，分为九个区域，它们组成三种战略地带（见图5-2）。

	强	中	弱
大	绿色地带	绿色地带	黄色地带
中	绿色地带	黄色地带	红色地带
小	黄色地带	红色地带	红色地带

市场吸引力

竞争能力（业务实力）

图 5-2　多因素投资组合矩阵

（1）绿色地带业务　该类业务既有较高的市场吸引力，又有竞争优势。因此，企业可采用发展战略，使其进一步发展。

（2）黄色地带业务　该类业务各方面都属于中等的状况。因此，企业可有选择地采用维持或收割战略。

（3）红色地带业务　该类业务市场吸引力低，企业也缺乏竞争优势。因此，企业可采用收割或放弃战略。

（二）信息产品业务发展战略

信息产品业务发展战略，是指信息技术企业扩大再生产、开拓市场的经营发展战略，包括密集型发展战略、一体化发展战略和多样化发展战略（见表5-2）。

表 5-2　信息产品业务发展战略

密集型发展战略	一体化发展战略	多样化发展战略
市场渗透	后向一体化	同心多样化
市场开发	前向一体化	水平多样化
产品开发	水平一体化	综合多样化

1. 密集型发展战略

密集型发展战略，是指在信息技术企业现有的业务领域内寻求未来的发展战略。密集型发展战略包括市场渗透战略、市场开发战略和产品开发战略（见表5-3）。

表5-3 产品/市场发展矩阵

	现 有 产 品	新 产 品
现有市场	市场渗透	产品开发
新市场	市场开发	（多样化发展）

（1）市场渗透战略 市场渗透战略是指企业采取更积极的措施在现有市场上扩大现有产品的销售。适合采用该战略的条件是：① 企业特定产品或服务在当前市场上还没有饱和；② 现有用户对产品的使用率还可以显著提高；③ 规模的扩大可带来明显的规模经济或竞争优势。

（2）市场开发战略 用企业现有产品去满足和开拓新的市场，以实现销售的增长。适合采用该战略的条件是：① 可得到新的、赢利前景好的销售渠道；② 企业在所经营的领域非常成功；③ 存在未开发或未饱和的市场；④ 企业拥有扩大经营所需要的资金与人力资源；⑤ 企业存在过剩的生产能力。

（3）产品开发战略 向现有市场提供新产品或改进型产品，满足现有顾客的潜在需求。适合采用该战略的条件是：① 企业所在的行业发展迅速；② 主要竞争对手的产品性价比更高；③ 企业拥有非常强的研发能力；④ 企业拥有成功但处于产品生命周期中成熟期的产品，此时可以吸引老用户购买经过改进的新产品。

2．一体化发展战略

一体化发展战略，是指信息技术企业与供应商、销售商实行一定程度的联合，融供应、生产和销售于一体的发展战略。一体化发展战略包括后向一体化、前向一体化和水平一体化战略。

（1）后向一体化战略 企业通过收购或兼并若干原材料供应企业，控制原材料的生产和供应，实行供产联合。适合采用该战略的条件是：① 企业当前的供应商供货成本高或不可靠或不能满足企业对原材料的需求；② 供应商数量少，而需求方竞争激烈；③ 企业所在行业发展迅速；④ 企业具备生产原材料所需的资金和人力资源；⑤ 上游产业利润高；⑥ 企业需要尽快获得所需资源。

（2）前向一体化战略 企业通过收购或兼并若干商业企业，建立自己的分销系统，实行产销联合。适合采用该战略的条件是：① 企业现有的销售商成本高、不可靠，或不能满足企业开拓市场的需要；② 市场上可以利用的合格销售商的数量很有限，实现收购或兼并，可使企业获得竞争优势；③ 企业所在的行业快速增长或预计将快速增长；④ 企业具备销售自己产品所需要的资金和人力资源；⑤ 企业现有的经销商有较高的利润空间。

（3）水平一体化战略 企业通过收购或兼并若干竞争者，把几个生产同类产品的企业合并起来，组成联合企业或专业化公司，扩大生产经营规模。适合采用该战略的条件是：① 在法律允许的范围内，可以在特定领域获得一定程度的垄断；② 企业在一个成长的行业中经营；③ 规模的扩大可带来明显的竞争优势；④ 企业具有成功管理更大组织所需的资金与人才；⑤ 兼并对象是由于缺乏管理经验或特定资源而停滞不前，而非行业不景气引起的。

3．多样化发展战略

多样化发展战略，也称多元化发展、多角化发展战略，是多方向发展新产品和多个目标市场相结合的发展战略。多样化发展战略包括同心多样化战略、水平多样化战略和综合多样化战略。

（1）同心多样化战略　开发与本企业现有产品线的技术和营销组合具有协同关系的新产品，吸引新的顾客，向外扩大经营范围。适合采用该战略的条件是：① 企业参与竞争的行业停止增长或增长缓慢；② 增加相关的新产品将会显著促进现有产品的销售；③ 企业能够以有竞争力的价格提供相关的新产品；④ 新产品的销售波动周期与现有产品的销售波动周期互补；⑤ 企业现有产品处于产品生命周期的衰退期；⑥ 企业拥有强有力的管理队伍。

（2）水平多样化战略　研究生产一种能满足现有顾客需求的，但与企业现有产品的技术关系不大的新产品。适合采用该战略的条件是：① 通过增加不相关的新产品，企业从现有产品和服务中的赢利显著增加；② 企业所在的行业属于高度竞争或停止增长的行业；③ 企业可利用现有的销售渠道向用户销售新产品；④ 新产品的销售波动周期与企业现有产品的销售波动周期互补。

（3）综合多样化战略　也称跨行业多样化战略，就是开发与企业现有技术、产品和市场都毫无关系的新业务、新产品，把业务拓展到其他行业中去。适合采用该战略的条件是：① 企业的主营业务销售和赢利下降；② 企业拥有在新的行业经营所需的资金和管理人才；③ 企业有机会收购一个不相关但有良好投资机会的企业；④ 收购和被收购的企业存在资金上的融合；⑤ 企业现有产品市场已经饱和。

第二节　信息产品营销计划

一、信息产品营销计划概述

1．信息产品营销计划的含义

计划，是指企业为了实现其决策所确定的目标，预先进行的行动安排，是企业以及企业内部各个部门和员工在未来一定时期内行动的指南。信息产品营销计划，也称信息产品营销策划，是指企业在对内外部环境予以准确分析的基础上，对一定时期内企业某项营销活动的行为、方针、目标、战略以及实施方案与具体措施所进行的设计与制定。

2．信息产品营销计划的要求

信息产品营销计划是企业计划的中心，更是信息技术企业营销工作的指南，其质量的高低将决定着企业营销工作的成效。因此，在设计和制订营销计划时，应符合目的性、预见性、指导性、经济性和可行性等要求。

1）信息产品营销计划要有明确的目的性。制订信息产品营销计划，首先必须明确最终要获得什么，要解决什么问题？计划要规定一定时期内营销的任务、政策和资源预算，它们都要紧紧围绕营销目标来制定。

2）信息产品营销计划要有预见性。信息产品营销计划是为企业未来的营销活动提供依据的。因此，营销计划制定前应认真做好市场调查与预测，了解和满足未来的需求，预见可能的困难和风险，准备相应的营销对策。

3）信息产品营销计划要有明确的指导性。信息产品营销计划是企业营销人员行动的依据。因此，它必须细致地告诉营销人员该做什么、怎样做、何时做，成为营销人员行动的"锦囊妙计"，即企业的营销计划必须要有明确的指导性。

4）信息产品营销计划要符合经济性。制订信息产品营销计划需要做一系列的工作，如市场调查、市场预测和拟定方案等，需要投入一定的人力、物力和财力。增加对计划活动的投入，虽然可以提高计划的质量，但其边际收益是变化的。因此，在制订计划时，企业应考虑其经济性。

5）信息产品营销计划要具有可行性。制订出的信息产品营销计划必须切实可行，否则，就必须修改。一项可行的计划应满足：① 有实施计划的资源保证；② 有足够的实施时间；③ 获得执行计划的部门与人员的理解和支持；④ 有备用方案和应变措施。

二、信息产品营销计划的构成

1．内容提要
这是市场营销计划的开端，主要是对市场营销目标和有关建议作简短的概述。

2．背景或现状分析
背景或现状分析，是指对该产品当前的营销状况进行简要而明确的分析，包括市场形势、产品情况、竞争形势和分销情况等。

3．营销环境分析
营销环境分析，主要是指对影响企业市场营销的各种环境因素进行的分析。通过外部环境分析发现企业的营销机会和威胁；通过内部环境分析明确企业的相对优势与劣势。

4．营销目标制定
在分析市场营销活动的现状和预测未来机会与威胁的基础上，企业需确定本期的营销目标，这是市场营销计划的核心内容。营销目标包括市场占有率、销售额、利润率和投资收益率等。

5．营销策略制定
营销策略是指为达到企业营销目标所采取的具体措施与手段，包括目标市场选择、市场定位决策、市场营销组合策略和市场营销预算等。

6．营销方案制订
营销方案，是指把营销策略转化为具体的可以直接用于实施的行动方案，包括要做些什么、何时开始、何时完成、由谁负责和需要多少成本等。

7．营销预算制订

营销预算，是指对营销活动各项目进行盈利或亏损的预测，形成以货币为主要计量单位，以表格形式表现的展示企业各种营销资源配置情况的费用收支计划。

8．营销计划控制

营销计划控制，是指对营销行动方案的执行进行反馈和控制，用以监督营销行动方案的实施过程。

三、信息产品营销计划的实施

信息产品营销计划实施，是指信息技术企业为实现其战略目标，将营销战略与计划变为具体营销活动的过程。

1．制订行动方案

制订详细有效的行动方案，明确营销战略实施的关键性决策和任务，并将执行这些决策和任务的责任落实到个人或小组。

2．建立组织机构

组织机构将战略实施的任务分配给具体的部门和人员，确定职权界限和信息沟通渠道，协调企业内部的各项决策和行动。

3．设计决策和报酬制度

设计科学的决策和报酬制度，可有效地激励各部门和人员工作的积极性。

4．开发人力资源

人力资源的开发，涉及到人员的考核、选拔、安置、培训和激励等问题。

5．建设企业文化

企业文化，是一个企业内部全体人员共同持有和遵循的价值标准、基本信念和行为准则。企业文化是企业的精神力量之所在，对企业的经营思想和领导风格，对员工的工作态度和作风，均起着决定性的作用。

四、信息产品营销计划控制

信息产品营销计划控制，是对信息产品营销战略与计划实施结果进行衡量与评估，并对实施过程中发现的问题采取纠正措施，以确保营销目标得以实现的过程。

（一）信息产品营销计划控制的程序

1．明确标准

信息产品营销计划是信息产品营销计划控制的依据和基础，企业应在信息产品营销计划拟达到的目标的基础上制定出具体的控制标准。

2．绩效评估

绩效评估，是根据已明确的控制标准对营销部门和人员的工作进行检查、评估和分析，以找出实际工作绩效与控制标准的差距，并分析差距产生的原因，以便为下一步纠正偏差提供可靠依据。

3．分析原因

企业将实际绩效与预期绩效进行比较后，就要判断出主要的差异并找出和分析偏差产生的原因。偏差产生的原因可能包括管理人员素质低下；跟不上时代的发展要求；经营环境的制约；企业的目标制定得不合理；企业采用的营销策略不合理等。

4．纠正偏差

纠正偏差就是对出现的偏差采取相应的措施。纠正偏差可能分两种情况：① 如果偏差产生的原因出在营销本身，则应改进营销工作，提高绩效并消除偏差；② 如果偏差产生的原因出在营销目标或控制标准本身不合理，则应重新确定营销目标或控制标准，以消除偏差。

（二）信息产品营销计划控制的类型

信息产品营销计划控制的类型，主要包括年度计划控制、盈利能力控制、效率控制和战略控制等（见表5-4）。

表 5-4　信息产品营销计划控制类型

控 制 方 法	主要负责人	控 制 目 的	分 析 方 法
年度计划控制	中高层主管	检查计划目标是否完成	销售额分析、市场占有率分析、销售费用比率分析、财务分析、顾客绩效评分分析
盈利能力控制	营销主管	检查企业的盈利点和亏损点	各地区、各产品、细分市场、分销渠道的获利能力的分析
效率控制	主管部门 营销主管	评价和提高营销费用支出效率	销售人员、广告、促销等效率分析
战略控制	高层主管 营销审计	检查企业是否最大限度地利用了市场机会	市场营销审计

1．年度计划控制

年度计划控制，是指企业在本年度内采取控制步骤，检查实际绩效与计划的偏差，并采取必要的改正措施。一般来说，企业可以通过销售额分析（见表5-5、表5-6）、市场占有率分析、销售费用比率分析、财务分析和顾客绩效评分分析（见知识拓展 5-2）等来检查营销计划执行的绩效。

表 5-5　月份商品销售额计划表

商 品 类 别		去 年 同 月		1 月 计 划	
		销售额/万元	构成比例	销售额/万元	构成比例
畅销商品群	A				
	B				
	小计				
高利润率商品群	A				
	B				
	小计				
销售及利润率一般商品群	A				
	B				
	小计				
月度总销售额合计					

表 5-6　客户类别销售额计划表

客户类别		去 年 同 月		1 月 计 划	
		销售额/万元	构成比例	销售额/万元	构成比例
A 级客户	（1）				
	（2）				
	小计				
B 级客户	（1）				
	（2）				
	小计				
C 级客户	（1）				
	（2）				
	小计				
月度总销售额合计					

2．盈利能力控制

盈利能力控制，是指检查各种产品在不同的地区、细分市场通过不同的分销渠道销售的实际获利能力，从而决定哪些产品或营销活动应扩大，哪些应收缩或放弃。

3．效率控制

效率控制，是指通过对销售人员、广告、促销和分销活动的效率进行分析控制，寻找更加有效的办法进行管理。

4．战略控制

战略控制，是指通过市场营销审计等方法对营销实施过程的最新情况进行评价，从总体上、全局上对营销战略进行必要的修正。

知识拓展 5-2　顾客绩效评分卡

顾客绩效评分卡，是用来记录企业历年来在顾客方面的工作绩效，包括：

1）新增顾客数量占年平均顾客数量的百分比。

2）流失顾客数量占年平均顾客数量的百分比。

3）重新赢回的顾客数量占年平均顾客数量的百分比。

4）各类顾客中非常失望、失望、中性、满意、非常满意的比率。

5）重复购买顾客数量的百分比。

6）准备向其他顾客推荐企业产品的顾客的百分比。

7）目标市场中知晓或记得企业品牌的顾客的百分比。

8）认为本企业产品在同类产品中最佳的顾客的百分比。

9）相对于主要竞争者而言，顾客对本企业产品质量的理解。

10）相对于主要竞争者而言，顾客对本企业服务质量的理解。

对于以上每一项指标都要建立标准，如果当前的衡量结果超出轨道，管理层就要制定相应的措施，采取相应的行动。

（资料来源：闫国庆. 国际市场营销学[M]. 2 版. 北京：清华大学出版社，2007.）

技能训练

信息产品营销计划写作技能训练

案例背景：

广东联华计算机有限公司（以下简称联华公司）是一家民营科技企业，主要生产电脑产品，经过十多年的发展，产品在珠三角地区有了一定的知名度，年销售额上亿元。该公司决定于 2009 年 5 月投产开发专供农村家庭用的电脑，该产品具有很好的性价比，操作简单，很适合农村家庭的需求。为实现企业的飞跃性发展，快速拓展和有效占领市场，联华公司准备开拓整个广东的农村市场。

请您在对联华电脑的市场状况和竞争状况作出详细调研的基础上，为联华公司制订一份开拓广东农村市场的营销计划。

目的和要求：

1）能认识并实现组织分工与团队合作。

2）能撰写出符合格式要求的信息产品营销计划。

3）能整理总结出信息产品营销计划写作课题分析报告。

4）能清晰地口头表达出信息产品营销计划写作实训心得。

训练指导：

1）组建实训课题小组：将教学班学生按每小组 6～8 人划分成若干课题小组，每个小组指定或推选出一名小组长。

2）确定实训小组课题：每个小组根据信息产品营销计划写作背景资料的要求，完成一份信息产品营销计划的写作。

3）实施写作课题研究：各小组长根据信息产品营销计划写作的计划，调配资源，明确各组员的任务，并督促大家有效地完成任务，包括：信息产品营销计划的草拟、修改和定稿，信息产品营销计划写作课题分析报告的撰写、打印以及小组的发言等。

4）撰写实训课题报告：每个小组完成一份信息产品营销计划写作的课题分析报告。报告格式见表 5-7。

5）陈述实训心得：由各个小组推荐的发言人或小组长代表本小组陈述本小组实训课题分析报告和实训心得。

表 5-7　信息产品营销计划写作课题分析报告

第　5　次实训

班级 _____　　学号 _____　　姓名 _____　　实训评分 _____

实训时间 _____　　实训名称　信息产品营销计划写作技能训练

一、实训操作背景

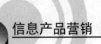

二、实训目标要求

三、实训操作内容

四、实训心得体会

五、实训评价（指导老师填写）

第六章 信息产品策略

目的要求

一、知识理解要求

1. 能叙述和掌握信息产品的整体概念。
2. 能叙述和掌握信息产品组合决策。
3. 能叙述和掌握产品品牌的内涵。
4. 能熟记和掌握品牌设计要求及其策略。
5. 能熟记和掌握信息产品品牌管理要素与模型。
6. 能熟记和掌握信息产品包装设计原则与策略。
7. 能熟记和理解信息产品开发策略与方式。
8. 能叙述和掌握信息产品生命周期的内涵。

二、实训技能要求

1. 能综合运用本章知识剖析现实案例。
2. 能依据案例背景设计信息产品品牌标识。
3. 能撰写信息产品品牌标识设计课题分析报告。

重点难点

1. 信息产品整体概念。
2. 信息产品品牌设计与管理。
3. 信息产品开发策略与方式。
4. 信息产品生命周期。

案例导引

联想下乡电脑：让农民用得放心省心开心

2009年3月4日，联想集团在此次国家"电脑下乡"项目中，凭借在中国农村市场5年耕耘的深厚积累，倾力推出了包括台式机、笔记本、一体电脑3大品类、共15个型号的产品。这些产品不仅秉承了联想一贯的创新科技实力，同时还具备针对农村电器实际使用环境和农民的使用需求而量身打造的适农特质。联想相关负责人表示，联想下乡电脑，就是要让农民用得放心、省心和开心！此次联想"电脑下乡"计划的产品包括了家悦E、家悦H等9款台式机电脑，G430、G530和IdeaPad S10等5款笔记本电脑，以及联想奥运火炬设计团队倾力打造的联想C3一体电脑。

一、应用功能丰富，全面应对三大核心需求

随着生活水平的提高，电脑越来越多地走进了农民朋友的生活，而他们对电脑的需求则主要集中在孩子学习辅导、农业生产辅助和农闲娱乐等三个主要方面。作为一个在农村市场耕耘多年的厂商，联想对农村用户有着深刻的洞察。为了让电脑真正成为农民朋友用得上、用得好的生活良伴，联想下乡电脑充分融入了历经数年研发积累而打造的"新联想100分学校"、"E教通"、"联想致富信息通"和"联想娱乐地带"等诸多领先性的特色应用功能，全面满足农民生活中的三大主要应用需求，极大地增加了用户的产品使用价值。

在孩子的教育应用方面，联想台式电脑中随机预装了学习教育辅助平台——"新联想100分学校"，整合了拥有众多优秀教育内容的厂商资源，全面满足孩子学习中的基础教育、素质培养、兴趣培养和家长沟通等各方面的需求。尤其是其中的名师直播，一举打破农村与城市之间的地域界限，让孩子可以足不出户便享受到远方名师的实时点播、指导；同时它的智能评测功能，能够及时帮助孩子发现知识薄弱点，并进行评价，甚至还能给出相应的解析指导，进行循环学习，快速提高学习成绩。笔记本产品则附加了"E教通"软件，它包括了同步训练、单元试卷、期中期末、专题检测、仿真模拟和考试真题等六大类最新试卷，涵盖了各学科各版本的讲解、教案、习题、课件、图片、音频、视频和动画等课件资源，极大地方便了学习。此外，联想电脑还具有网络不良信息屏蔽的功能，能有效防止互联网上色情、反动、暴力和迷信等有害信息，特别是杜绝黄色图像对广大青少年身心健康的侵害，营造一个绿色的网络环境。

在农业生产辅助方面，联想提供的"联想致富信息通"，拥有功能强大的务农专家系统，涵盖了农、林、牧、副、渔等10大类近200个品种在内的系统务农知识，从产品的选择，到对种植（养殖）的全面细致的解析、指导，甚至还可以根据种（养）物的临床病况进行相应的病害诊断，好比把一位知识渊博的农业专家请到农民家中，长期进行贴身的务农咨询辅助。除此之外，用户还可以通过"联想致富信息通"随时随地了解国家农业政策、市场行情，寻找农副产品销售通路等。

在农闲娱乐方面，"联想娱乐地带"集合了总数近万部的电影大片、电视剧集、动漫、

体育赛事、综艺节目和畅销音乐唱片等影音内容，仿佛一个功能强大的电影播放室，极大地丰富了农民农闲时期的娱乐生活。

二、卓越产品品质，专为农村使用环境打造

农村电压不稳、房屋建筑避雷设施不完善等客观实际，直接威胁着电脑运行的稳定和安全。为了让农民能够在家放心地使用电脑，联想以更加苛刻的标准要求产品，特别设计了超宽幅自适应稳压电源、防雷击等专门针对农村电器使用环境而精心打造的创新技术。在电源稳压适应方面，联想电脑不仅全部符合国家相关规定，还都远远优于国家供电标准 AC198～235V 的电压波动范围，尤其是联想台式机能在 AC165～264V 的电压之间稳定运行，一体电脑的适用环境也达到 AC110～242V。而抗扰度设计则充分保护了由开关和雷电瞬变过电压而引发对电脑设备的单极性浪涌冲击，从而保证电脑的正常使用，即使在闪电雷鸣的天气也不用在对电脑的安全和稳定运行提心吊胆。

除此之外，联想全部产品都采用绿色环保的材质，整机完全符合中国的 RoHS 标准（全球最严格标准），国家电磁防辐射达到 B 级（最高级），显示器能效等级一级。同时，联想电脑外壳也相当"皮实"。测试显示，联想 G 系列笔记本电脑闭合状态机身表面可以承压 35kg，而 S10 纤巧轻薄的机身也能承压 30kg，即使打开键盘也能承压 5kg，完全不惧怕农村复杂的携带和存放环境。

三、设计周密易用，切实解决维护难题

由于农村用户在电脑知识和技能方面相对较弱，电脑使用水平低，常常因为误操作导致电脑系统不能正常运行。同时，又由于偏离城市远而得不到及时的服务，极大地增加了农民使用和维护电脑的难度。因此，要让农民用得好电脑，还要先做到让电脑"好用"。对此，联想经过多年的技术创新和积累，为用户打造了一个实时的中心解决方案，让农民能更容易、更方便地解决电脑使用过程中遇到的各种动手难的问题。

首先，通过联想网络服务通（PC Carer）不仅可以对电脑的驱动程序、软件进行实时检测、修复和升级，避免农民因为误操作而引起机器罢工，也可以在线调用杀毒软件，实现软件、驱动维护和病毒查杀的一体化，还可以提供维修网点、销售网点、机器出厂配置及出厂保修期的在线查询。其次，如果电脑受到网络病毒攻击陷入险境，用户可以通过一键杀毒轻松自救，而当系统完全崩溃或不能使用时，一键恢复、一键备份等功能还对系统进行快速恢复与资料备份。周密而易用的设计，切实解决了农民由于误操作与地处偏远为系统维护与维修带来诸多不便的难题。

作为国内 PC 厂商的领导者，联想于 2004 年启动"圆梦计划"，耕耘农村市场已近五年，凭借对农村市场的深刻洞察，积累众多领先业界的适农创新技术，长期领跑新农村市场。联想此次积极响应国家"电脑下乡"的政策，携 15 款专为农村电器使用环境和农民实际需求量身打造的产品再次出击农村市场，必将为广大农民朋友带去完美的电脑使用体验和更多实惠。

（资料来源：太平洋电脑网 http://www.pconline.com.cn）

基础知识

第一节 信息产品整体概念

一、信息产品整体概念分析

从现代市场营销的观点来看，产品是指企业向市场提供的能够满足消费者和用户某种需要的任何有形物品和无形服务。有形物品包括产品实体及其品质、特色、式样、品牌和包装；无形服务包括可以给用户带来附加利益和心理上满足感及信任感的售后服务、质量保证、产品形象和销售者声誉等。这就是"产品的营销概念"，也叫"产品的整体概念"。

产品整体概念对信息产品也是适用的。信息产品营销的目的就是要确保信息产品能真正地满足消费者的需求和期望。一般认为，产品整体概念包括有三个基本层次，即核心层次，形式层次和扩大层次，这三个层次各有不同的作用，又相互联系。

1. 核心层次

核心层次，是指产品向顾客提供的基本利益和效用。它是产品整体概念最基本的层次，它集中体现了用户所需要的利益和功能，是满足顾客需要的核心内容，是顾客所要购买的实质性的东西。如购买电脑，实质是购买电脑的信息处理、存储和传递等功能。

在这一层次上，信息产品表现的特点是：它们的功能往往不是满足人们低层次的需求，而是引导人们较高层次的需求；不仅体现当代科学技术的最前沿，还开拓了社会需求的新潮流。

2. 形式层次

形式层次，是指产品实体的存在形式或外在表现形式，即指产品的核心功能实现的载体，是产品核心层次的外在特征，表现为产品的质量、特色、款式、品牌和包装等。

信息产品在这一层次上表现的特性是不能用直观的感觉去确定其质量和特点的。例如，不能用电脑的外观来判断其运行速度，也不能用加速器的构成材料来确定它的电子束的能量等。

3. 扩大层次

扩大层次，是指顾客购买产品时所获得的附加利益与服务，包括产品的安装、送货、质量保证和售后保修服务等。

几乎所有的信息产品都要为用户提供某些附加利益，这些附加利益大多不是以实体的形式出现。信息产品的技术含量高，更新速度快，价格相对而言比较高，因此，这些附加利益就显得尤为重要。

二、信息产品整体概念的意义

一方面，信息产品整体概念是以消费者需求为中心的现代市场营销观念，树立产品整体概念，有助于企业抓住消费者的核心利益，把握自己的产品策略，从各个层面上全面满足消费者的需求。

另一方面，信息产品整体概念整合了产品实体性和实质性，将产品的基本利益与非物质形态的效用有机结合起来。它为企业采用标准化或差异化的产品策略提供了依据，成为企业获得竞争优势的重要来源之一。

因此，信息技术企业可依据产品整体概念，从三个层面向顾客提供满足，尤其应在附加利益上多下功夫。

三、信息产品组合决策

1．信息产品组合概念

信息产品组合，是指信息技术企业生产经营的全部产品线、产品项目的组合搭配方式。

（1）产品线　产品线也称产品大类，是指在技术上和结构上密切相关，具有相同使用功能，规格不同而满足同类需求的一组产品。

（2）产品项目　产品项目是指产品线内不同品种、规格、质量和价格的具体产品。

2．信息产品组合决策

信息产品组合决策，是指信息技术企业根据其营销目标与市场的需要对产品组合的宽度、长度、深度和关联度进行的决策。

（1）产品组合宽度　产品组合宽度也称产品组合广度，是指企业拥有的产品线的数量。

（2）产品组合长度　产品组合长度是指企业所有产品线内不同规格的产品项目的数量。

（3）产品组合深度　产品组合深度是指产品线中每种产品所提供式样、规格、型号等的数量。

（4）产品组合关联度　产品组合关联度是指企业各产品线在最终用途、生产条件、分配渠道或其他方面的密切相关程度。

3．信息产品组合调整决策

（1）扩大产品组合策略　扩大产品组合策略是指增加新的产品线，扩大产品组合的深度，增加产品的品种、规格和型号等。

（2）缩减产品组合策略　缩减产品组合策略是指缩小产品组合的宽度、深度，实行集中经营。

（3）产品线延伸策略　产品线延伸策略是指将产品线加长，增加经营品种的档次和经营范围。

1）向下延伸　向下延伸是指企业原来生产经营高档次产品，后来增加中低档产品项目。

2）向上延伸　向上延伸是指企业原来生产经营低档次产品，后来增加中高档产品项目。

3）双向延伸　双向延伸是指企业原来生产经营中档次产品，后来同时增加高档产品项目和低档产品项目。

第二节　信息产品品牌策略

一、信息产品品牌概述

（一）品牌的内涵

品牌，是指用以识别企业的产品或服务，并使之与竞争对手的产品或服务区别开来的产品或服务的名称及其标志，通常由文字、标记、符号、图案和颜色等要素或这些要素的组合构成。品牌已不仅仅是企业或产品的标志，而是蕴含着深刻的内涵。

（1）属性　即品牌可以表示一个产品的品质、格调和性能等属性。

（2）利益　即品牌通过属性可体现出产品能带给消费者的利益。

（3）价值　即一个品牌可反映出产品的价值。

（4）文化　即通过品牌可反映出产品的文化内涵。

（5）个性　品牌代表了产品的个性。

（6）使用者　品牌代表了它的目标顾客人群。

（二）品牌的要素

品牌是一个集合概念，它包含品牌名称、品牌标志和商标等概念在内。

（1）品牌名称　品牌名称也称品名，是指品牌中可以用语言表达的部分。

（2）品牌标志　品牌标志也称品标，是指品牌中可以被认出，易于记忆，但不能用语言表达的部分。

（3）商标　商标是一个法律名词，是指企业在政府有关部门注册登记，已获得专用权并受法律保护的一个品牌或品牌的一部分。商标具有专有性、权威性、地域性和时效性等特征。企业在注册商标时，应注意防御性商标注册，即指注册相同或相似的一系列商标，具体地说就是注册一系列文字、读音、图案相同或相似的商标，以保护正在使用的商标或以后备用。

（三）品牌的效应

1．聚合效应

产品品牌在市场上有一定的占有率，知名度与美誉度都很高，促使企业不断壮大，进而企业会进入多个市场，但在进入的市场中已有许多品牌，企业可凭借其强大的品牌优势，依靠企业的规模，兼并收购已有品牌，形成品牌垄断。

2．扩散效应

企业品牌在消费者心目中有着极好的印象，进而消费者对企业产生好感与信任，当企业以原有品牌打出新产品之后，由于消费者对原有品牌及企业整体的好感与信任，进而接受企业的新产品。

3．磁场效应

企业品牌拥有很高的知名度与美誉度后，在消费者心中树立起极高的威望，表现出对品牌的极大忠诚。消费者将会重复地购买该品牌的产品，促进产品的销量，提高该品牌的市场占有率。

4．时尚效应

在特定的时间里，由于某种品牌产品知名度与美誉度很高，消费者争相购买，认为使用该品牌产品是一种新潮，不但自己购买，还劝告其他消费者前来购买，述说使用该品牌产品的好处，从而形成一种消费趋势，无形之中形成了一种时尚。

（四）品牌设计要求

1）合法性　符合国家商标法规定要求。

2）独特性　造型美观，新颖大方。例如：我国许多企业以"天坛"、"长城"和"天安门"等命名，缺乏个性，品牌的独特性不够，难以给消费者鲜明的印象。

3）启发性　显示企业特征，暗示产品属性。

4）简明性　简洁醒目，易读易记。

案例 6-1： SONY 这四个字母组合并无实际意义，但人们一见到它，就想到了索尼公司及其高品质的产品和优质的服务及对通信工业的巨大贡献。索尼公司，原名"东京通信工业公司"，盛田昭夫在发明了随身听（Walkman）后，为了命名问题大费了一番周折。经过多方征询，并查字典，他在拉丁文中找到了"SONVS"这个词，这个词是"SOVND"的原形。当时，有个词"Sonny"或"Sonny Boy"很流行，即"可爱的小家伙"。盛田昭夫撷取了两者的精华，将两个词合二为一，变成了"SONY"。于是，在新发明产品上用上了这个品牌。后来，公司把这个品牌扩展到所有的产品上，并把公司名称改为"SONY"。

5）合适性　符合传统文化和风俗习惯。例如：日本人忌荷花，意大利人忌菊花，法国人忌桃花，伊斯兰人忌熊猫图案，比利时人忌猫等。

二、信息产品品牌策略

信息技术企业通常可采用的品牌策略包括有：

1．品牌有无策略

品牌有无策略，是指企业决定是否在自己的产品上使用品牌。企业产品使用品牌，可以起到相当重要的作用。

1）有助于产品的销售和占领市场。

2）有助于市场细分，进而进行市场定位。

3）有助于新产品开发，节约新产品投入市场的成本。

4）有助于企业抵御竞争者的攻击，保持竞争优势。

案例 6-2： 英特尔公司所生产的是电脑内部核心部件，电脑使用者通常无法看到。这样，使用者或许会了解不同牌子的电脑的优劣，却很少关心 CPU 的生产厂家。然而，正是 CPU 性能上的差异，很大程度上决定了电脑的性能。英特尔决心要通过公司标志系统的建立，在使用者心目中建立起独特的品牌形象，以便同竞争对手区别开来，稳定其"市场领导者"的地位。

1991 年，英特尔公司发动代号为"Intel Inside"的多厂商合作计划，至 2001 年已投入 30 亿美元。英特尔公司印制了大量螺旋状的"Intel Inside"标签。开始，英特尔公司要求凡是使用其芯片的电脑，无论什么品牌都要在主机和机箱上贴上此标签。久而久之广大的电脑使用者习惯于以"Intel Inside"来识别电脑是否为原装正宗的世界名牌产品。水到渠成后，英特尔公司的标签就不再如此"犹抱琵琶半遮面"了，而是堂而皇之地出现在最显眼的电脑屏幕旁及各厂商的广告中。借此，英特尔公司就与"名牌"、"创新"、"高性能"、"领先"等名词紧紧联系在一起，突出了其"产业领导者"的形象。

仅使公司与竞争对手区别开来还不够，英特尔决心要使自己的产品在市场上凸现。英特尔过去一直以 386、486 这样的数字称呼其 CPU，因数字无法注册，从而造成竞争对手轻而易举地借用数字称呼自己的产品，以便"搭车"销售。为改变这种状况，1992年在第五代芯片开发出来后，英特尔决定另命新名以杜绝仿冒者。此名字要简单易读，可以注册，便于全世界使用者理解。在内部集思广益和外部专家咨询及市场测试后，英特尔公司的总裁在该年电脑展前接受新闻采访时正式对外宣布："我们下一代的 CPU 称为 Pentium 处理器！""Pentium"是新合成的名词，新词容易激发大众的好奇心；Pent 在拉丁文中是"第五"，因而名字符合其身份；新词听起来铿锵有力，又是在世界注目的电脑节前公布，因而显得格外响亮。配合其他营销攻势，在接下来的三个月内，"Pentium"在各传媒中出现的次数超过 586，顺利被市场接受。

在世界各地，英特尔通过各种版本来强化其品牌形象。在中国，"Pentium"被译为"奔腾"，与"Intel Inside"标志一起解释为"一颗奔腾的心"：既说明产品的功能——电脑的"心"，又预示着英特尔将保持不断地创新、创新、再创新。

2. 品牌归属策略

品牌归属策略，又称品牌使用者策略，是指产品是使用制造商品牌还是中间商品牌。

（1）制造商品牌　制造商品牌又称全国性品牌，即采用生产制造商自己的品牌。

（2）中间商品牌　中间商品牌又称自有品牌，私有品牌，经销商品牌，即采用销售商的品牌。

（3）混合品牌　混合品牌即同时使用制造商品牌与中间商品牌。

3. 品牌统分策略

品牌统分策略，又称家族品牌策略，是指企业对其生产的各种产品全部使用一种品牌，还是分别使用不同的品牌。

（1）统一品牌　企业所有产品都使用同一品牌。

（2）个别品牌　企业各种不同的产品分别使用不同的品牌。

（3）分类品牌　企业经营的各类产品分别使用不同的品牌。

（4）企业名称加个别品牌　企业对其不同的产品分别使用不同的品牌，而且各种产品的品牌前面都冠以企业名称。

4．多品牌策略

多品牌策略，是企业对其同一种产品，使用两种或两种以上相互竞争的品牌策略。多品牌策略，有很多的优点，表现为：

（1）多种不同的品牌在零售店可以占有更大的货架面积。

（2）多种品牌可以满足不同的顾客需要，可以吸引更多的顾客，获得更大的市场份额。

（3）有利于企业内部开展竞争，从而提高企业整体的竞争力和盈利能力。

5．品牌延伸策略

品牌延伸策略，是企业利用其成功品牌推出新产品或改良产品的策略。采用该种策略的作用表现为：

（1）有助于节省新产品促销费用。

（2）有助于新产品市场的开拓。

（3）若新产品促销失败，将影响该品牌的形象。

三、信息产品品牌管理

（一）信息产品品牌管理要素

品牌的动力是创新，品牌的核心是服务，品牌的基础是质量，品牌的实质是文化，品牌的持久靠管理。对于企业而言，建立品牌是好事，但管理好品牌才是关键。产品品牌管理的要素包括：

1．质量——品牌管理的基石

质量是产品的基础，产品没有了质量保证，则这种产品也就失去了使用价值，其他的一切都无从谈起。因此可以说品牌的竞争，其实也是产品质量的竞争，更是产品标准的竞争。

2．技术——品牌管理的推动力

品牌的竞争，也是技术的竞争。企业为了保持竞争中的优势地位，必须不断开发新技术或改进技术，以始终保持技术上的优势。

3．顾客——品牌管理的关键

顾客是企业产品的购买者或使用者，与企业有着很大的关系，企业应与他们建立良好的顾客关系，以树立形象，促进产品的销售。

4．员工——品牌管理的根本

员工关系是企业的根本。员工关系的协调有利于企业提高外张力和凝聚力。企业必须尊重员工，关心员工，倾听员工的心声，创造令员工满意的氛围。

5．包装——品牌管理必不可少环节

企业要创造品牌，包装是一个必不可少的环节。产品包装的重要意义已经远远超过了保护产品功能，而成为促进产品销售、营造品牌的重要因素之一。

（二）信息产品品牌管理模型

从顾客心理学角度讲，品牌是一种资产，是一种来源或基于顾客心理驱动所产生的资产。品牌资产由品牌的知名度、品牌的感知质量、品牌联想、品牌忠诚度以及其他品牌专有资产五部分构成。品牌管理模型就是从品牌资产的构成出发，对品牌进行有效管理。

1．提升品牌知名度，提高市场占有率

品牌知名度，是指目标顾客对品牌名称及其所属产品类别属性的知晓程度。品牌知名度高，表明顾客对其熟悉，而熟悉的品牌总是令人感到安全、可靠，使人产生好感（心理倾向），也有助于赋予品牌更多的联想。同时，品牌知名度越高，则顾客对其喜欢程度也就越高，选购的可能性就越大，其市场占有率也将越大。

2．强化品牌感知质量，夯实品牌基础

品牌感知质量，即品牌认知度，是指顾客根据特定目的，与其他品牌相比，对产品或服务的全面质量或优越程度的感知状况。这是顾客对一个品牌产品质量的主观认知。品牌感知质量是品牌的生命基础，只有其产品质量达到一定水准的品牌，才有资格参与市场竞争，并且感知质量越高，其品牌的竞争力越强。影响品牌感知质量的因素主要有：产品质量（包括性能、特色、可靠性、耐用性、适用性等）和服务质量（有形性、服务能力、响应速度、个性化服务的程度等）。

3．加强品牌联想，形成品牌心理优势

品牌联想，是指顾客由该品牌所能联想到的一切事物，并形成有意义的品牌形象。品牌联想主要包括功能利益联想、情感利益联想和体验利益联想等三个方面。一个品牌具有的联想不同，则其市场地位、竞争优势就不同。营销实践表明，只有那些与竞争品牌具有差异性，并能引起顾客共鸣的联想，才能具有竞争优势，也正是品牌联想的差异性才使一个品牌立足于市场。那些与顾客利益相关的品牌联想正是一个强势品牌的魅力所在。

4．维系品牌忠诚，持续品牌资产增值

品牌忠诚，是指顾客对品牌的满意、喜爱和信奉。它是品牌管理的核心，是衡量顾客对品牌信任和依赖程度的标准。顾客对一个品牌的忠诚度越高，以及一个品牌拥有的忠诚顾客越多，则该品牌的价值就越大。因此，品牌忠诚营销的目标任务就是不断提高顾客的忠诚程度，在维系好已有忠诚顾客的同时，不断吸引新的顾客，不断扩大忠诚顾客群体。

四、信息产品包装决策

（一）信息产品包装设计原则

信息产品包装，是指信息产品的容器或包装物及其装潢设计，是信息产品整体的一个重要组成部分。信息产品包装设计原则包括有：

1．合理性

合理性是指产品包装必须与产品的价值相适应。价值高的高档次产品配以精美的包装，而价值低的产品包装必须简略以降低包装成本。

2．形象性

形象性是指产品包装的图案、文字必须清晰，如实地反映产品的特性、功能、规格以及使用方法等。

3．艺术性

艺术性是指产品包装设计应符合消费者的审美要求，力求新颖，在图案、造型和色彩上必须考虑产品特定顾客的需要，使包装带给顾客美感享受。

4．科学性

科学性是指产品包装的形状、尺寸应该有利于运输、储存，有利于商店的陈列；包装的构造应既能保护好产品，又能使用、开启方便；包装的材料能做到既保护产品，又美化产品和降低成本。

（二）信息产品包装策略

1．类似包装策略

类似包装策略也称统一包装策略，是指企业所有产品的包装，在图案、色彩等方面，基本采用同一形式。

2．配套包装策略

配套包装策略也称组合包装策略，是指企业把若干有关联的产品，包装在同一容器中。

3．附赠品包装策略

附赠品包装策略是指在包装物中附赠有一些物品。

4．再利用包装策略

再利用包装策略是指包装物在产品使用完后，可以再作别的用处。

5．等级包装策略

等级包装策略是指不同等级的产品，采用不同的包装。

6．改进包装策略

改进包装策略是指企业改进产品质量的同时，改变产品包装的形式，从而以新的产品形象出现在市场。

第三节　信息产品开发策略

一、新产品概述

概括地说，只要是产品整体概念中的任何一部分的变革或创新，并且给消费者带来新的利益，新的满足的产品，都可被认为是一种新产品。

1．新产品的类型

（1）全新产品　全新产品是指采用新原理、新结构、新技术和新材料制成的前所未有的新产品。如1999年深圳朗科公司发明的USB闪存盘就是一种全新产品，现在它已经完全取代了软盘，成为标准的电脑移动存储器。

（2）换代产品　换代产品是指在原有产品的基础上，部分采用新技术、新材料制成的性能有显著提高的新产品。如微软公司的 Windows XP 操作系统以及各种软件的升级版本。

（3）改进产品　改进产品是指对原有产品在性能、结构、包装或款式等方面做出改进的新产品。

（4）仿制产品　仿制产品也称企业新产品，是指对市场上已有的产品仿制后加上企业自己的品牌或商标后第一次生产的产品。

2．新产品的特点

（1）优越性　优越性是指在顾客眼里新产品与现有产品相比而表现的感知优势。这就要求新产品一定要为顾客带来新的利益，新的利益越多，产品越容易为消费者所接受。

（2）适应性　适应性是指新产品应同消费者的习惯以及人们的价值观念相适应。

（3）易用性　易用性是指新产品的使用方法要力求简便易学，易使用。

（4）传播性　传播性是指针对潜在市场，新产品提供的利益或产品价值可被传播。

（5）获利性　获利性是指新产品不仅能满足消费者的需求，而且能增加企业盈利，使企业获得更大的经济效益。

二、新产品采用的过程与类型

1．新产品采用过程

新产品采用过程，是指消费者从初知新产品到采用或购买该产品所经历的阶段。消费者采用新产品的过程一般包括有五个不同的阶段：知晓、兴趣、评估、试用和采用。

（1）知晓　在此阶段，消费者初次认识新产品，并学会使用它们，掌握其新的功能。研究结果表明，在这一阶段，大众传播广告等非个人信息来源最为重要。

（2）兴趣　在此阶段，消费者对了解新产品更多的情况有足够的兴趣，他们开始将注意力集中在与新产品相关的沟通活动上，并将开展调研活动，寻求更多的信息。

（3）评估　在此阶段，消费者根据当前和未来的需要思考和评判产品利益，并基于这一判断决定是否试用该产品。

（4）试用　在此阶段，消费者开始试着选购少量新产品。

（5）采用　在此阶段，消费者正式决定使用该新产品。

2．新产品采用类型

新产品采用类型，是指在某市场中，针对每一个个体所不同的创新精神进行的一种分类。新产品采用者可被划分为五种类型；创新采用者、早期采用者、早期多数采用者、晚期多数采用者和滞后采用者见表 6-1。

表 6-1　新产品采用者类型

类　型	比　例	类　型	比　例
创新采用者	2.5%	晚期多数采用者	34%
早期采用者	13.5%	滞后采用者	16%
早期多数采用者	34%		

三、信息产品开发决策

产品是企业竞争的基础，企业只有不断开发新产品，才能在竞争中求得生存与发展。信息产品开发，是指信息技术企业从事新产品的研究、试制和投产，以更新或扩大产品品种的过程。

（一）信息产品开发策略

1．领先策略

领先策略，也称先发制人策略、冒险策略或创业策略，是指企业力图在本行业发展中始终居于领先地位，做到率先研制和采用新技术去生产新产品，从而使产品技术水平优于其他企业，取得市场竞争的优势。实施该产品开发策略，企业必须具备领先的技术、巨大的资金实力和强有力的营销运作能力。

2．追随策略

追随策略，也称后发制人策略、进取策略，是指企业紧紧追随在领先企业的后面采用新技术，并对别人已经采用的技术加以改进和提高，特别是降低产品成本和完善产品质量上付出更多的努力。实施该产品开发策略，企业新产品创新主要来源于对现有产品用途、功能、工艺和营销策略等进行的改进，形成改进型新产品、降低成本型新产品和系列型新产品等。

3．模仿策略

模仿策略，也称仿制策略、紧跟策略，是指企业紧跟本行业实力强大的竞争者，迅速仿制竞争者已成功上市的新产品来维持企业的生存与发展的产品开发策略。实施该产品开发策略的关键是及时紧跟。企业必须全面、快速和准确地获得竞争者有关新产品开发的信息，这是仿制新产品开发策略成功的前提。然而，由于竞争者对其关键技术都实施了有效保护，模仿者要进行破译是相当困难的，而且在技术市场上一般也很难购买到有竞争力的技术。因此，信息企业仅靠模仿，而不进行技术消化与创新，是不可能获得很好的发展。

案例 6-3：联想公司通过在模仿中吸收学习，成长为中国最大的电脑企业集团。在80 年代初创时，联想决定先做外国名牌电脑产品的代理商，在代理过程中联想充分了解当时的电脑技术状况，积累相关技术产品的销售经验和资金。1990 年联想开始亮出自己的联想 286 电脑，并依靠自己逐步积累起来的相对雄厚的资金实力和技术力量，紧紧跟踪世界先进技术的发展。1991 年，世界上电脑 486 芯片问世后半年，中国第一台 486 电脑在联想问世；1993 年在奔腾芯片问世 3 个月后，联想就推出了中国第一台奔腾（586）电脑；而中国第一台基于奔腾 Pro 处理器的奔腾电脑（686）于 1995 年 11 月 2 日在联想诞生时，与英特尔公司在美国的发布只差一天，表明联想在电脑技术上逐渐达到发达国家一流水平。联想在技术的进步中不断成长起来，企业也不断发展壮大，从 1984 年创建时的 20 万元资金，到 2008 年 167.8 亿美元的年销售额，成为财富全球 500 强企业之一。

（二）信息产品开发方式

1．自主创新开发

自主创新开发，是指信息企业主要通过自身努力，攻破技术难关，形成有价值的研究开发成果，并在此基础上，依靠自身的能力完成技术成果的商品化的产品开发方式。

自主创新开发是当今世界上许多著名信息技术企业推崇的产品开发方式，也是这些企业立足国际市场，保持竞争优势，不断发展壮大的重要手段。自主创新开发具有两个显著的特点：① 领先突破关键技术。自主创新，并不是要求企业在研究开发方面面面俱到，独立攻克每一个技术环节，但其中的核心技术或主导技术，企业必须依靠自身的力量，独立研究开发。② 率先开拓产品市场。技术领先并不代表经济利益领先，企业必须尽快将技术开发的成果商品化，尽早推向市场，开拓市场和抢占市场，这样才能为企业带来实际的效益。

2．技术引进开发

技术引进，是指企业开发某种主要产品时，在国际市场上已有成熟的制造技术可供借鉴，为了争取时间，迅速掌握这种产品的制造技术，尽快地把产品制造出来以填补国内空白，而向国外生产这种产品的企业引进制造技术、复制图纸和技术文件的一种产品开发方式。

技术引进是信息产品开发常用的一种方式，特别是对于产品研究开发能力较弱、而制造力较强的信息技术企业更为适用。但是，一般来说，引进的技术多半属于别人已经采用的技术，该产品已占领一定市场，特别是从国外引进的技术，不仅需要付出较高的代价，而且还经常带有限制条件，这是在应用这种新产品开发方式时不能不加以考虑的因素。因此，有条件的企业不应把新产品开发长期建立在技术引进的基础上，应逐步建立自己的产品研究开发机构，或与科研、产品设计部门进行某种形式的联合，发展自己的新产品。

3．自主创新与技术引进相结合

自主创新与技术引进相结合，是指在对引进技术充分消化和吸收的基础上，与本企业的科学研究结合起来，充分发挥引进技术的作用，以推动企业科研的发展、取得预期效果的产品开发方式。

这种方式适合于企业已有一定的科研技术基础，外界又具有开发这类新产品比较成熟的一部分或几种新技术可以借鉴。自主创新与技术引进相结合的信息产品开发方式是一种比较好的方式。一是花钱少见效快，产品又具有先进性；二是能促进企业自己技术开发的发展。因此，它为许多信息技术企业广泛采用。

4．委托开发

委托开发，是指信息企业委托有研究开发能力的组织或机构进行新产品或新技术的开发。采用委托开发方式，双方需签订委托开发合同，委托方的义务是按照合同约定支付研究开发费用和报酬，完成协作事项并按期接受研究开发成果。受托方即研究开发方的义务是合理使用研究开发费用，按期完成研究开发工作并交付成果，同时接受委托方必要的检查。

委托开发所完成的发明创造，除合同另有约定的以外，申请专利的权利属于研究开发方。研究开发方取得专利权的，委托方可以免费实施该项专利。研究开发方就其发明创造转让专利申请权的，委托方可以优先受让专利的申请权。

5．联合开发

联合开发，也称合作开发，是指信息企业联合其他的企业或组织共同投资进行某项技术或新产品的研究开发。采用联合开发方式，双方或多方应签订合作开发合同，合作各方应当依合同约定参与研究开发工作并进行投资，同时应保守有关技术秘密。

合作开发所完成的发明创造，除合同另有约定的以外，申请专利的权利属于合作开发各方共有。一方转让其共有的专利申请权的，另一方或者其他各方可以优先受让其共有的专利申请权。合作开发各方中一方声明放弃其共有的专利申请权的，可以由另一方单独申请，或者由其他各方共同申请。发明创造被授予专利权以后，放弃专利申请权的一方可以免费实施该项专利。合作开发各方中，一方不同意申请专利的，另一方或者其他各方不得申请专利。

案例6-4：四通公司的产品开发

1984年，四通公司创业初期，发现市场上的外国电脑只配有西文处理系统，而缺乏汉字处理功能，因此，公司决定开发中英文打印机。四通公司很快开发出M2024打印机，打印机由日本三井公司生产，四通的开发工作主要集中在汉字驱动程序和革新部分硬件上。首批M2024打印机面世后，很快打开销路。后来，四通公司又和日本伊藤忠公司合作，成功开发了M1570打印机，速度比M2024提高一倍半，兼有彩色打印功能。

随后，四通公司发现不少客户购买电脑，只做文字处理，浪费功能，于是又推出了MS-2400中英文打印机。在用户提出字型太少、磁带机存储不太方便和断电后无法工作的意见后，四通公司再次开发，又推出了MS-2401高级中外文打印机，几乎满足了用户对电脑打印机提出的各种要求。产品上市以后，非常畅销，并出口到香港、新加坡、瑞士、北美等十多个国家和地区。1989年四通公司又推出大屏幕、多语种的MS-2403中外文打印机，也获得了成功。

（三）信息产品开发程序

1. 新产品的构思

新产品构思，即新产品创意，是指为满足某种市场的需要而提出的新产品的设想。新产品的构思来源主要包括有顾客、企业内部、竞争者、中间商和科研院所等，其中企业应最主要依靠激发企业内部人员来寻求产品创意。新产品构思评估模型见表6-2。

表6-2 新产品构思评估模型

要素	权重	很好（10分）		好（8分）		一般（6分）		差（4分）		很差（2分）		要素评估价值
		估计概率	预期价值	估计概率	预期价值	估计概率	预期价值	估计概率	预期价值	估计概率	预期价值	
产品的卓越性	0.1											
产品的独特性	0.1											
降低消费成本	0.3											
质量优于对手	0.1											
给使用者独特帮助	0.2											
价格低于对手	0.2											
创意评估价值	1.0											

注：1）某项预期价值=该项评分值×估计概率；

2）要素评估价值=Σ（各项预期价值）；

3）构思创意评估价值=Σ（要素评估价值×权重）。

2．构思的筛选

新产品构思筛选，主要考虑两个因素，一是该构思是否与企业的战略目标相适应；二是企业有无开发该种构思的能力，包括技术能力、资金能力等。新产品构思筛选模型见表6-3。

表 6-3　新产品构思筛选模型

新产品成功的因素	各因素的相对重要性（权数）（%）	新产品筛选对各因素的适应度（各因素评分）（0—100）	加权平均分（权数×评分）
战略与目标	20		
营销经验与技术	20		
财务能力	15		
分销渠道	15		
生产能力	15		
研究开发能力	10		
供销能力	5		
合　　计	100		

注：各因素评分在0～100之间，此列由参与评估的工作人员填写。一般评分以0～49分为差，50～75分为中，75分以上为良好。一项新产品的开发需要在70分以上方可采纳。

3．形成新产品的概念

产品的构思，是从企业自己的角度来考虑的能够向市场提供的可能的产品。而产品的概念，则是从消费者的角度对这种构思做出的详细描述，包括产品的外形是否美观、使用方法是否方便、价格是否合理，消费者是否能够接受等。

4．新产品可行性分析

新产品可行性分析，是指详细分析新产品的开发方案在商业上的可行性，即详细确定产品的功能，估算可能的销售额、生产成本和销售成本、预期的损益平衡点和投资回报率等。

5．新产品设计试制

新产品设计试制，是指把产品的概念转化为产品实体，并进行内部测试的过程，包括产品设计、样品试制和小批量的试制。产品设计旨在将产品拟向消费者提供的关键利益具体化，是新产品成败的关键一环。关键利益，是指新产品将给消费者带去的最主要的好处，它决定了产品开发的指导思想，同时也决定了产品的特征。

6．新产品市场试销

新产品在通过内部测试后，便可以进行市场试销，了解市场的反映。根据市场的反映，决定以后的营销行动与策略（见表6-4）。

表 6-4　新产品试销后的行动策略

试　用　率	重复购买率	行动或策略
高	高	将产品正式上市
低	高	增加广告和促销活动
高	低	重新设计或放弃
低	低	停止发展该项产品

7. 商业性生产

经试销成功的新产品，企业可以大批量地投产，推向市场。企业进行商业性生产，应考虑推出新产品的时机、地点、目标顾客以及推广方式的选择。

案例6-5：IBM新产品推出时机的选择

IBM几乎从来没有率先在市场上推出过位居新技术前列的产品，它采取的是"后发制人"策略，即利用其雄厚的研究开发能力使其拥有大量新产品的优势，却把他们储存在"冷库"里，从而使公司在现有产品被新模式取代之前，从现有产品中榨取最大利润。但当其他电脑公司在某一市场上推出新产品时，这时就需要竞争，它便从这些公司的活动中吸取教训，然后马上将一个比其他公司更为优越的新产品投放到同一市场，与其他电脑公司竞争，以始终保持IBM公司在市场上的领先地位。

第四节　信息产品生命周期

一、产品生命周期概述

1. 产品生命周期的概念

产品生命周期，是指产品从进入市场到最终退出市场的整个销售历史。它是指产品的市场寿命或经济寿命周期，即产品在市场上生存的时间，其寿命的长短主要由市场因素来决定，如技术发展水平、产品更新换代速度、竞争激烈程度等。它与产品使用寿命是两个完全不同的概念。

产品使用寿命，也称产品自然寿命，是指产品从投入使用开始直至报废所经历的时间。其寿命的长短受产品的自然属性、产品的使用强度、维修保养程度以及自然磨损等因素的影响。产品生命周期与产品使用寿命之间不存在直接的相关关系。一般来说，信息产品的生命周期将短于其使用寿命。

2. 产品生命周期阶段

产品生命周期包括四个阶段，即导入期、成长期、成熟期和衰退期（见图6-1）。

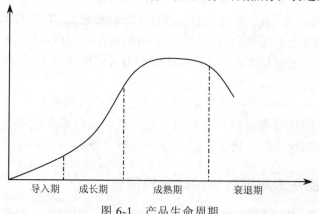

导入期　　成长期　　成熟期　　衰退期

图6-1　产品生命周期

（1）导入期　导入期是指产品刚刚进入市场，处于向市场推广介绍的阶段。

（2）成长期　成长期是指产品已为市场上的消费者所接受，销售量迅速增加的阶段。

（3）成熟期　成熟期是指产品在市场上已经普及，市场容量基本达到饱和，销售量变动较少的阶段。

（4）衰退期　衰退期是指产品已经过时，为新的更受市场欢迎的产品所替代，销售量迅速下降的阶段。

二、信息产品生命周期

信息产品生命周期，是指信息产品从完成试制，投放市场开始，直到最后被淘汰出市场为止的全部过程所经历的时间。

产品生命周期的缩短是信息产品的一个重要特征。信息产品的生命周期通常没有走过一段完整的涨落周期，它们没有衰退期或者说其衰退期很短，很快就被新的信息产品所替代。信息产品生命周期曲线描绘的是新旧技术之间的一种替代关系，表现为新旧技术的"替代周期"（见图6-2）。

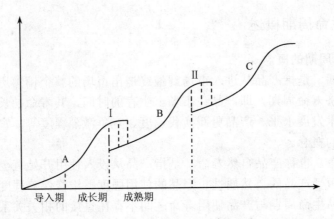

图6-2　信息产品生命周期

A、B、C分别为三个时期的三个级别的技术。由A到C，级别依次提高。A技术经过成长期进入成熟期，B技术便进入市场。由于成熟度、时滞现象等多方面影响，市场对A的需求量仍大于B，A、B进入替代期I（阴影部分）。B技术获得巨大进步，进入成长期后，开发者将处于成熟期后期的A技术停止上市；B技术进入成熟期后，C技术便进入市场，重复上述过程，B、C进入替代期II（阴影部分）。依此类推，C技术也同样要被替代。

所有级别的技术，在其进入成熟期，均呈现出"替代现象"。一方面是信息技术企业在竞争压力下，以超前行为甩掉对手；另一方面是信息技术企业以新技术的垄断地位谋取高额利润，而将旧技术毅然终止，是为保证这种高额利润的必要手段。

三、信息产品生命周期各阶段的营销策略

产品处在生命周期的不同阶段，在产品、购买者、销售额、利润、竞争者和促销手

段等各个方面均具有不同的特征，信息技术企业应根据自己产品在市场上的特征，灵活地制订相应的营销策略，使产品在市场营销中获取最佳的收益。

1．导入期的营销策略

1）快速撇脂策略　高价格、高促销费用推出新产品。

2）缓慢撇脂策略　高价格、低促销费用推出新产品。

3）快速渗透策略　低价格、高促销费用推出新产品。

4）缓慢渗透策略　低价格、低促销费用推出新产品。

2．成长期的营销策略

1）改进产品策略　改进产品的品质，提高竞争能力。

2）开拓新市场策略　寻找新的细分市场。

3）塑造品牌策略　建立产品形象，树立产品名牌形象。

4）适时降价策略　在适当时机，降低产品价格。

3．成熟期的营销策略

1）调整市场策略　发现产品的新用途，寻求产品的新用户和改变推销方式，以扩大产品销售。

2）调整产品策略　通过产品自身的调整来满足顾客的不同需要，吸引各种不同需求的顾客。

3）调整市场营销组合策略　通过对产品、定价、渠道和促销四个市场营销组合因素加以综合调整，刺激销量的上升。

4．衰退期的营销策略

1）集中策略　把企业的能力和资源集中在最有利的细分市场和分销渠道上。

2）收缩策略　抛弃那些无希望、不盈利的产品，缩小企业的生产经营战线。

3）放弃策略　放弃经营那些进入衰退期的产品。

技能训练

信息产品品牌标识设计技能训练

案例背景：

广东联华计算机有限公司是一家民营科技企业，主要生产电脑产品，经过十多年的发展，产品在珠三角地区有了一定的知名度，年销售额上亿元。为有效地开拓广东的农村市场，同时有效地树立企业及其产品的形象，公司决定为"联华"品牌征集一个有特色的标识。标识创作要求既能体现企业产品的特点，又能体现公司团结奋进、积极向上、顾客至上的经营宗旨。

若你是一名应征者，请为该公司创作一个有特色的品牌标识，并详细地写出创作的思路与标识的寓意。

目的和要求：

1）能认识并实现组织分工与团队合作。

2）能设计出符合要求的有创意的信息产品品牌标识。

3）能整理总结出信息产品品牌标识设计课题分析报告。

4）能清晰地口头表达出信息产品品牌标识设计实训心得。

训练指导：

1）组建实训课题小组。将教学班学生按每小组 6～8 人划分成若干课题小组，每个小组指定或推选出一名小组长。

2）确定实训小组课题。每个小组根据信息产品品牌标识设计背景资料的要求，完成一个信息产品品牌标识的设计。

3）实施设计课题研究。各小组长根据信息产品品牌标识设计的计划，调配资源，明确各组员的任务，并督促大家有效地完成任务，包括有：信息产品品牌标识的草拟、修改和定稿，信息产品品牌标识设计课题分析报告的撰写、打印以及小组的发言等。

4）撰写实训课题报告。每个小组完成一份信息产品品牌标识设计的课题分析报告。报告格式见表 6-5。

5）陈述写作实训心得。由各个小组推荐的发言人或小组长代表本小组陈述本小组实训课题分析报告和实训心得。

表 6-5　信息产品品牌标识设计课题分析报告

第 ___6___ 次实训

班级 _____　学号_____　姓名_____　实训评分_____

实训时间_____　实训名称　信息产品品牌标识设计技能训练

一、实训操作背景

二、实训目标要求

三、实训操作内容

四、实训心得体会

五、实训评价（指导老师填写）

第七章　信息产品价格策略

目的要求

一、知识理解要求

1. 能理解和列举影响信息产品定价的因素。
2. 能列举和运用信息产品定价的目标。
3. 能理解和列举信息产品定价的程序。
4. 能列举和分析信息产品定价的基本方法。
5. 能理解和掌握信息产品定价策略。
6. 能熟记和运用信息产品价格调整策略。

二、实训技能要求

1. 能综合运用本章知识剖析现实案例。
2. 能依据案例背景撰写信息产品投标说明书。
3. 能撰写信息产品投标书写作课题分析报告。

重点难点

1. 信息产品定价的目标。
2. 信息产品定价的基本方法。
3. 信息产品定价策略。
4. 信息产品价格调整策略。
5. 信息产品投标说明书撰写。

案例导引

1991 年，由于经济不景气，素以生产"贵族电脑"自居的康柏电脑公司出现了第一个季度的亏损。同年，具有丰富市场营销经验的菲弗尔受命于危难之中，出任康柏公司总裁。菲弗尔认真地分析了康柏公司存在的问题，提出坚持发展个人电脑，使个人电脑普及化的发展战略，并作出大胆决策，把康柏电脑售价降低 1/3。

个人电脑首次降价，而且降到了令人难以置信的价格，一时成为爆炸性新闻。以杂牌电脑的价格购买品牌电脑的市场就这样被康柏占领了许多。降价虽然降低了单位利润，但菲弗尔并非不要利润，他认识到利润与市场占有份额紧密地联系在一起。没有市场，价格定得再高，也实现不了利润。营销的关键问题在于打开市场，而要打开市场取决于两个因素：一是品牌形象好；二是价格便宜。康柏电脑在具备了品牌优势之后，要有大的发展就要降价。为保证赢利并满足日益增长的需求，菲弗尔要求生产的各个环节都要降低成本，并要求工厂连续 24h 生产。菲弗尔在向记者论及其经营之道时说："对于康柏来说，降价与降低生产成本和进行规模生产是并行的，只有这样，才能既减轻顾客的负担，又使康柏获得理想的利润。"在康柏转入批量生产时，每一道工序的造价都尽可能地降低。1993 年，当年生产量由 150 万台提高到 300 万台时，全部生产成本下降了 1 000 万美元。

当其他生产个人品牌电脑的公司醒悟到菲弗尔降价之举的道理之后，纷纷仿效，一时间，品牌电脑的售价都降了下来。然而，并不是所有的公司都经得起降价的考验。在菲弗尔挑起的价格大战面前，不少公司因财力不支而倒闭；而康柏电脑则从 1992 年的销售额世界排名第四跃升到 1993 年的世界第一，市场占有率升至 12.4%，营业额达到 72 亿美元，并成为业界少有的连年赢利的公司。

（资料来源：闫国庆．国际市场营销学[M]．2 版．北京：清华大学出版社，2007.）

基础知识

第一节　信息产品定价概述

价格，是指产品营销过程中买卖双方成交的价格。产品价格有样本价格和成交价格之分。样本价格是指价目表中标明的价格。成交价格是根据不同的交易方式、数量、时间和条件等，在样本价格的基础上适当加以调整而形成的实际价格。

一、影响信息产品定价的因素

价格是信息技术企业市场营销组合中最为活跃的因素，也是一个十分敏感的因素。

一方面它影响着消费者的购买行为，另一方面又是信息技术企业参与市场竞争实现经济利益的重要因素。产品价格不仅要反映产品的成本和利润，还要适应企业的市场环境、经营战略和消费者的心理等因素。

1．信息产品成本

信息产品价格的基础是成本，成本是信息产品价格最主要的组成部分。信息产品成本可主要分为两种类型：固定成本和变动成本。固定成本，是指不管生产或销售多少产品，其成本总额基本保持不变的成本；变动成本，是指那些随着产品生产或销售量的变动而变动的成本。

信息产品的生产前期费用投入很大，不仅需要固定资产方面的大量投资，更需要大量的研究开发费用的投入。信息产品生产的固定成本很高，但它的变动成本较低，尤其是数字化信息产品，其变动成本几乎为零。这种特殊的成本结构，表明信息产品具有巨大的规模经营效应，即产品生产销售量越多，则其平均成本就越低，产品的经济效益就越好。

2．信息产品供求状况

市场供求状况对信息产品价格会产生重要影响。在信息产品供不应求时，信息产品价格必然出现上升的趋势；当信息产品供大于求时，价格又会呈现下降的趋势。市场供求状况有时甚至会成为左右市场价格的一种外在的强制力量，信息技术企业在定价时不可不考虑这个因素。

3．信息产品竞争态势

市场竞争对信息技术企业的定价有着很大的影响。信息产品的高固定成本与低变动成本的特征决定了信息产品的市场结构表现为两种类型，即寡头垄断市场和垄断竞争市场。

寡头垄断市场是指某种产品基本上由少数几家企业所控制的市场。这些企业的产品不一定是最好的，但其凭借规模经济享受着对规模较小的竞争对手的价格优势。

垄断竞争市场是指某种产品的生产企业较多，各产品之间存在一定差别的竞争市场。在垄断竞争市场中，各企业在价格制订上有一定的自由空间，可以通过自己各具特色的营销活动，或多或少地对市场供求发生影响，但每个企业又都不能完全控制市场。

4．信息产品营销组合

价格是信息产品营销组合因素之一，价格还是信息产品市场定位的主要因素，价格决定了信息产品的目标市场、产品设计、产品特色以及生产成本的高低等。信息企业的定价策略必须与产品的整体设计、分销和促销策略等相匹配，形成一个合理的营销组合。

5．消费者心理

消费者在购买产品时，一些特定的心理因素往往会起到非常重要的作用。当消费者在心理上预期某种商品可能涨价，在短期内会增加需求，从而导致价格上升；反之，若消费者预期价格会进一步下降，在短期内会减少需求，如果供给量不变，价格会有下降的压力。

6．产品需求价格弹性

需求价格弹性，也称需求弹性，是指一种产品价格的变动对其市场需求量的影响程度。通常，创新型的信息产品的需求弹性很低，这些产品没有什么替代品，竞争对手和消费者对其价格都不如对其增加的新性能敏感；而没有多少创新的信息产品，其需求弹性就会上升，尤其是当产品相似时有价格更低的竞争者的加入，或拥有更好的性价比的新产品的出现，都会使消费者对价格更为敏感。

7. 国家相关政策法规

信息技术企业在定价时，必须严格遵守国家的法律、法规和政策，并以此作为信息产品定价的一项重要依据，包括价格法、消费者权益保护法、反不正当竞争法等。

二、信息产品定价程序

1. 明确定价目标

定价目标是指信息技术企业通过定价策略的运用需要达到的具体目标。定价目标是实现企业经营总目标的保证和手段，又是企业确定定价策略和方法的依据。信息技术企业的定价目标有很多种，包括扩展目标、利润目标、销售目标、竞争目标和社会目标等（见表 7-1）。

表 7-1　定价目标表

扩展目标	维持企业生存
	扩大企业规模
	多种经营品种
利润目标	最大利润
	满意利润
	预期利润
销售目标	增加销售量
	扩大市场占有率
	争取中间商
竞争目标	稳定价格
	应付竞争
	质量优先
社会目标	社会公共事业
	社会营销

2. 测定需求弹性

需求弹性，可用需求弹性系数来衡量。需求弹性系数是指价格变动而引起需求相应变动的比率，反映需求变动对价格变动的敏感程度，用公式表示为：

需求弹性系数＝需求变动百分比/价格变动百分比

价格弹性与销售收入的关系见表 7-2。

表 7-2　价格弹性与销售收入的关系表

销　售　收　入	需求弹性系数>1	需求弹性系数=1	需求弹性系数<1
价格上升	减少	不变	增加
价格下降	增加	不变	减少

不同的信息产品具有不同的需求弹性系数，不同需求弹性系数的信息产品，其价格制订方式应有所区别。

（1）需求弹性系数等于 1 需求弹性系数等于 1 表明价格的变动会引起需求量等比例反方向的变动。例如，某种产品提价 2%，该种产品的需求量会降低 2%。在这种情况下，价格变化对销售收入的影响不大，因此，产品价格制订时应该更多地考虑成本、竞争对手等因素的影响。

（2）需求弹性系数大于 1 需求弹性系数大于 1 表明价格的变动会引起需求量较大幅度反方向的变动。例如，某种产品提价 2%，该种产品的需求量会降低 8%。在这种情况下，价格提高将使销售收入减少很多，因此，产品价格制订时应该考虑通过低价、薄利多销来达到增加销售收入的目的。

（3）需求弹性系数小于 1 需求弹性系数小于 1 表明价格的变动仅会引起需求量较小程度反方向的变动。例如，某种产品提价 2%，该种产品的需求量仅会降低 1%。在这种情况下，价格提高将使销售收入有所增加，因此，产品价格制订时应该考虑定以较高水平的价格，以此达到增加销售收入的目的。

3．估算成本费用

产品价格的基础是成本，成本是产品价格最主要组成部分。因此，企业制订产品价格时必须估算成本。成本估算是指信息技术企业根据未来发展目标与有关资料，运用专门的方法对企业未来成本水平及其发展趋势进行的估计与测算。成本估算的具体方法主要包括高低点法、加权平均法和回归直线分析法等。

4．分析竞争状况

产品的最低价格取决于该种产品的成本，而产品的最高价格取决于该种产品的市场需求。在最低价格和最高价格的幅度内，信息技术企业能把产品的价格水平定得有多高，就取决于竞争对手的同种产品的价格水平有多高。因此，信息技术企业必须了解竞争对手的产品质量和价格，与竞争对手产品比质比价，从而制订本企业的产品价格。

5．选择定价方法

定价方法，是指企业在进行定价决策时，按照一定的程序和模型，最终制定信息产品价格的定量选择分析的方法。企业在测算了信息产品的需求弹性、估算了信息产品的成本费用和分析了信息产品的竞争状况后，就可以选择信息产品的定价方法进行产品基本价格的制订了。

信息产品的定价方法有很多，通常包括成本导向定价法、需求导向定价法和竞争导向定价法。

6．核定最佳价格

信息技术企业在制订出产品的基本价格后，还必须综合考虑产品所含技术的先进性、用户使用产品的效用、所制订的价格是否合法、所制订的价格是否与企业的定价政策相一致以及其他各方（如中间商、竞争对手、推销人员等）对拟定价格的态度等因素，力争把价格定在最佳水平。

三、信息产品定价方法

（一）成本导向定价法

成本导向定价法是指以信息产品的成本为基本依据的定价方法。成本导向定价法主要包括成本加成定价法和目标利润定价法等。

1．成本加成定价法

成本加成定价法，是指按照产品单位成本加上一定百分比的加成率来制订信息产品价格的定价方法。成本加成定价法可采用顺加法和倒扣法两种计算形式。

（1）顺加法　单位价格＝单位成本×（1＋成本加成率）；成本加成率，是指在成本基础上的加成。

（2）倒扣法　单位价格＝单位成本/（1－价格加成率）；价格加成率，是指在价格基础上的加成。

案例 7-1：假设某电脑生产厂商，其生产的固定成本为 60 000 000 元，变动成本为 2 000 元/台，预计销售量为 500 000 台，如果该厂商想获取成本20%的利润，试计算每台电脑的价格是多少？如果该厂商想获取销售价的 20%的利润，则每台电脑的价格又是多少？

分析：单位成本＝单位变动成本＋固定成本/预计销售量

$$＝2\ 000 元＋60\ 000\ 000 元/500\ 000$$
$$＝2\ 120 元$$

顺加法：单价＝单位成本×（1＋成本加成率）
$$＝2\ 120 元×（1＋20\%）$$
$$＝2\ 544 元$$

倒扣法：单价＝单位成本/（1－价格加成率）
$$＝2\ 120 元/（1－20\%）$$
$$＝2\ 650 元$$

2．目标利润定价法

目标利润定价法，是指根据损益平衡点的总成本及预期利润和估计的销售量来制订信息产品价格的方法。目标利润定价法通常需确定两种价格，即保本价格和保利价格。保本价格，也称保本价，是指企业处于保本（不盈不亏）状态时的价格；保利价格，也称保利价，是指为确保企业预先确定的目标利润能够实现的价格。

（1）保本价格＝固定成本/保本销售量＋单位变动成本

（2）保利价格＝（固定成本+目标利润）/预计销售量＋单位变动成本

案例 7-2：承案例 7-1，如果该厂商的目标利润确定为 10 000 万元，试计算每台电脑的保本价格和保利价格分别是多少？

分析：保本价格＝固定成本/保本销售量＋单位变动成本
$$＝60\ 000\ 000 元/500\ 000＋2\ 000 元$$
$$＝2\ 120 元$$

保利价格＝（固定成本＋目标利润）/预计销售量＋单位变动成本

$$= （60\ 000\ 000+100\ 000\ 000）元/500\ 000+2\ 000\ 元$$
$$=2\ 320\ 元$$

（二）需求导向定价法

需求导向定价法是指以消费者对信息产品价值的认知和需求强度为依据的定价方法。需求导向定价法主要包括认知价值定价法和需求强度定价法等。

1．认知价值定价法

认知价值定价法，又称感知价值定价法、理解价值定价法，是指企业根据消费者对产品的认知（感知、理解）价值来定价的方法。认知价值，是指消费者认为该信息产品值多少钱，或只有多少价格，消费者才愿意购买。

信息技术企业使用认知价值定价法，首先就要了解消费者对该产品的需求和认知价值，其次是要掌握竞争对手的定价。

（1）贴近顾客是认知价值定价的关键。采取认知价值定价法，企业必须要洞察目标顾客的价值取向，及时地向顾客提供至关重要并超过其期望的产品和服务。研究表明，有效开展产品服务和顾客服务的企业，其盈利始终比那些在这方面迟迟未有动作的企业高得多。

（2）了解对手是认知价值定价的基础。顾客对价值的认知，是在与同类产品的比较中确定的，因此，企业只有收集并掌握了竞争者的信息，才能理性地制订价格策略。这就要求企业必须建立一套有效的系统，以更好地获取并利用竞争对手的动态情报，清楚竞争者成功的秘诀和失败的教训，及时将自己的产品或服务与竞争者的产品或服务按性能的优劣进行排列比较，从而及时调整自己的价格。

案例7-3：克雷公司的定价方法

克雷公司（Cary），是美国一家电脑产品制造公司，多年来就一直采用根据顾客对增加价值的确认来定价的方法。当要解决不可能的计算时（这种不可能源于电脑容量的缺乏或运行速度的不稳定），被服务的客户（如武装部队系统、气象服务、研究实验室、大型金融系统等）多会开出一个高价准备购买超级电脑，这就帮助克雷公司取得了高额利润，而且即使在硬件销售中已有巨大的利润，也毫不会影响其在系统维护、技术转让上的服务利润。

2．需求强度定价法

需求强度定价法，是指企业利用需求函数，根据市场需求的强弱来定价的方法。需求函数，是在需求表、需求曲线及需求规律的基础上提炼而成的对需求规律的数学描述，它表明价格与需求之间反方向变化的关系。

（三）竞争导向定价法

竞争导向定价法，是以市场上相互竞争的同类信息产品的价格为依据的定价方法。竞争导向定价法包括随行就市定价法、拍卖定价法和招投标定价法等。

（1）随行就市定价法　随行就市定价法是指按行业现行平均价格水平来定价的方法。

（2）拍卖定价法　拍卖定价法是指拍卖行受出售者委托，在特定场所公开叫卖，引导买方报价，利用买方竞争求购的心理，从中选择最高的价格的方法。

（3）招投标定价法　招投标定价法是指卖方在买方的招标期限内，根据对竞争对手报价的估计来相应制订竞争报价的方法。公开招标，是指按照采购主管部门规定的方式向社会发布招标公告，并有至少三家以上符合投标资格的供应商参加投标。招投标定价法的程序包括以下几个方面。

1）发布招标公告　招标机构应发布招标公告。

2）开标、评标　招标机构应当在投标截止日后以公开方式开标。开标时，招标机构应当邀请评标委员会成员、供应商代表和有关单位代表参加。评标由评标委员会负责，评标委员会由采购人、招标机构代表和技术、经济、法律等方面的专家组成，总人数为5人以上的单数，其中专家评委应占有一定的比例。与供应商有利害关系的个人不得作为评标委员会成员。

3）签订采购合同与支付价款　投标活动结束后，采购人与中标人应当按照《中标通知书》指定的时间、地点，并根据招标文件和中标的投标文件签订采购合同。

4）监督检查　采购主管部门应当加强对采购的监督，定期对采购进行检查。检查内容有：采购活动是否依采购计划进行、采购项目是否符合政府规定、采购方式和程序是否符合法律规定、采购合同的履行情况等。

第二节　信息产品定价策略

信息产品定价策略是指信息技术企业在进行定价决策时，按照一定经验，在作出最终价格选择分析时所依据的原则与技巧。定价策略对信息技术企业十分重要，企业针对不同的产品、不同的阶段应采取不同的定价策略，只有这样，才能真正做到以可靠的质量、满意的价格吸引广大的消费者。

一、新产品定价策略

新产品定价策略是指用于指导新产品定价的原则与技巧。新产品定价策略包括撇脂定价策略、渗透定价策略和锁定定价策略等。

1. 撇脂定价策略

撇脂定价策略，也称高价格策略，是指在信息产品生命周期的最初阶段，新产品上市时，把产品的价格定得很高，以获得较高利润的定价策略。

对于创新型信息产品，刚刚推出时，市场上还没有相同的产品或替代产品与之竞争，企业可以采用这种定价方法，用高价把新产品卖给市场上急需这种产品的用户。当用户满足程度逐步饱和或有换代产品推出之后，再逐步降低产品价格，以至让该产品逐步退出市场。采用该方法，企业可以得到最大的超额利润，尽快收回产品的研究开发费用，提供下一轮技术开发创新的资金。

采用撇脂定价策略应具备的条件包括：① 有专利保护，独具特色，给人以优质高价印象的产品；② 市场有足够多的消费者能够接受这种高价产品；③ 产品从设计到生产需要较长时间，竞争者在短时间内无法进入。

案例7-4：英特尔的定价策略

英特尔公司总会在每一种新产品推向市场时，制订一个相对高价。这个价格会让目标市场顾客觉得物有所值，同时也会让英特尔公司获得高额利润。而当公司另有性能更好的新产品推出时，原有产品就会主动降价，吸引下一个对价格敏感的顾客群。这样公司每回都是既取得了高额的市场利润，又取得了较高的市场份额。

2．渗透定价策略

渗透定价策略，也称低价格策略，是指企业把新产品的价格定得相对较低，以吸引大量顾客，提高市场占有率的定价策略。

对于仿制型信息产品，由于没有显著的特色，市场竞争激烈，产品的需求弹性较大，企业应采取渗透定价策略，以便产品能迅速为市场所接受，扩大销量，增加产量，从而获得一定的规模经营优势。

采用渗透定价策略应具备的条件包括：① 产品需求弹性较大，低价可以刺激市场需求迅速增长；② 产品具有较大的规模经济性，生产成本能随销售量的上升而降低；③ 低价格可以阻止潜在竞争者进入。

案例7-5：金山超低价营销在日引起轰动

日本杀毒软件市场长期以来一直保持寡头垄断的局面，诺顿、趋势、McAfee及SourceNext四强基本占据了94%以上的份额，市场容量基本是中国市场的三倍。

2005年9月14日，金山日本分公司在东京正式挂牌成立，宣布正式进入日本市场，并同时发布了金山毒霸日文版，这也是国内首家通用软件公司进入日本市场。金山公司一登陆日本当即表示，金山毒霸日文版的前100万下载用户将会享受1年的免费查、杀病毒及升级服务，按照收费后的价格980日元/年来计算，金山毒霸在日本市场等于让利投入了10亿日元。980日元/年的收费在日本是一种极具"杀伤力"的价格，只是竞争对手收费的零头。

中国市场司空见惯的低价策略乃至"体验营销"，在日本却引起惊人关注。日本NHK电视台、日经新闻社等80多家媒体对此次金山超低价营销活动进行了报道。数据显示，金山毒霸发布当天，有超过两万的用户对其进行了下载。

3．锁定定价策略

对于消费者来说，当考虑从使用某种品牌的产品转移到使用另一种品牌产品时，如果转移成本非常高时，就产生了锁定。转移成本就是指消费者转移到使用其他产品所付出的代价。锁定定价策略，就是指通过提高信息产品的转移成本来定价的策略。企业锁定消费者的方法包括：

（1）使顾客很容易升级企业的产品，从而加深顾客对该产品的忠诚度；

（2）针对该产品，对顾客进行低费用甚至免费的培训，在提高顾客对该产品的认识的同时，加深顾客的认识锁定，有了针对产品的培训，转移成本就会随时间而增加；

（3）为顾客提供免费的产品信息和相应的数据库，从而增加顾客对该产品的使用依赖性；

（4）在完善的安装基础平台上，向顾客推荐互补产品，吸引顾客再投资，从而再次增加顾客的转移成本。

案例 7-6： 微软的操作系统 Windows 覆盖了 PC 机操作市场 97%的份额，是该市场的绝对垄断者。但在这块市场上，还有 Unix、Linux 和大名鼎鼎的 Mac 苹果系统。试用过所有这些操作系统的人都知道，比起 Windows，后三者的稳定性是最好的，而且 Linux 的代码是完全公开的，世界上所有精通电脑的高手都可以通过互联网实现自己对它的修改，来更好的适应自己的电脑应用，而不是像微软 Windows 的用户那样，只能被动地接受微软工程师们的设计，在自己的电脑上装上庞大的 Windows，而只用到其中不到 10％的功能，牺牲了电脑的工作效率。

然而，如果 Windows 的用户想使用稳定出色的 Mac 操作系统，所付出的代价，便是要更换自己的电脑，抛弃 PC 电脑而选择 Mac 架构的电脑，并且还要花时间重新学习 Mac 电脑的使用。更为严重的是，PC 电脑中的 WORD 文档将因为不兼容而成为一堆垃圾，高额的转移成本将 97%的用户锁定在了 PC 世界里，使用着虽不稳定但很普及的 Windows。

二、产品组合定价策略

产品组合定价策略，是指当信息技术企业的某些产品成为一个产品组合时，对这组产品中的各产品的基本价格进行适当修订的定价策略。

1．系列产品定价

系列产品是指企业赋予同一品牌且基本功能相同的产品，以不同的外观、特征形成一个系列的产品组合。系列产品定价策略，就是针对系列产品而采取的定价策略。

系列产品定价的关键是决定价格档次的幅度。企业需要决定价格最低的产品及其价格，以及决定价格最高的产品及其价格，以此形成系列产品的价格区间。价格区间和系列产品数量确定之后，价格差异化的工作就是在最低的产品价格基础上按比例常数向上加，得出下一个价格。随着价格的上升，系列产品中的价格差异应当逐渐加大。

2．互补产品定价

互补产品，是指主要产品需要与配套产品一起使用的产品组合。互补产品定价策略，就是针对互补产品而采取的定价策略。对于互补产品，企业可以有意识地降低购买频率低、需求弹性大的产品的价格，同时提高购买频率高、需求弹性小的产品的价格。

3．互替产品定价

互替产品，是指能够相互替代使用的产品组合。互替产品定价策略，就是针对互替产品而采取的定价策略。对于互替产品，企业应当适当提高畅销品的价格，降低滞销品的价格。

三、心理定价策略

心理定价策略是指依据消费者的购买心理，来确定产品价格的策略。

1）整数定价，是指将产品价格定为整数的定价策略。

2）尾数定价，是指保留价格尾数，以零头数结尾的定价策略。

3）声望定价，是指企业针对消费者"一分钱一分货"的心理，对在消费者心目中享有声望、具有信誉的产品制订较高的价格，即针对消费者求名心理进行定价的策略。

4）习惯定价，是指根据消费者购买商品的习惯性标准来定价的策略。

5）招徕定价，是指企业将产品价格调整到低于价目表价格，甚至低于成本费用，以招徕顾客促进其他产品销售的定价策略。

案例 7-7：思科公司在路由器市场拥有 80%的市场份额，思科的网络产品技术无疑是最优秀的，同时网络产品必须能够互通互联，所以客户由于担心不同企业产品之间的通信出现障碍，往往愿意购买思科的产品。依托这种巨大的优势，思科长期推行高定价策略。思科最受欢迎的产品扣除了 20%～25%的折扣，其价格还比竞争对手同类产品高出 70%，产品利润率长期保持在 50%以上，有时甚至达到 70%。

苹果公司也是同样，苹果公司的 iPod 产品是最近几年来最成功的消费类数码产品，一推出就获得成功，第一款 iPod 零售价高达 399 美元，即使对于美国人来说，也是属于高价位产品，但是有很多"苹果迷"还是愿意花钱，纷纷购买。不到半年，苹果公司又推出了一款容量更大的 iPod，价格更高达 499 美元，销售仍然很好。

四、折扣定价策略

折扣定价策略，是指企业为鼓励买主及早付清货款，大量购买，淡季购买以及配合促销，给予一定的价格折扣与让价的策略。

1）现金折扣，是指企业为鼓励买主及早付清货款而给予一定的价格折扣与让价的策略，即提前付款的价格减让。

2）数量折扣，是指企业为鼓励买主大量购买而给予一定的价格折扣与让价的策略，包括累进数量折扣与非累进数量折扣。

3）职能折扣，也称贸易折扣，是指企业为担负相应贸易职能的经销商给予的折扣。

4）季节折扣，是指企业为鼓励买主在淡季购买而给予一定的价格折扣与让价的策略，即过季产品的价格折扣。

5）价格折让，是指企业开展现场促销活动或产品因质量、规格不符合要求时，给予顾客一定的折扣，包括以旧换新折让和促销折让。

五、差别定价策略

1．差别定价策略

差别定价策略，是指企业对同一产品或服务制订出两种或多种不同的价格。即企业依据需求的不同时间、地点、产品及不同类型的顾客的差别来决定在基础价格上是加价或是减价，而价格本身并不一定反映成本上的差异。差别定价的形式包括以下几个方面。

（1）顾客差别定价　同一种产品或服务以不同价格销售给不同顾客。

（2）产品差别定价　不同形式的同一产品分别制订不同价格。同一信息产品可以通过不同的载体表现为不同的形式。

（3）时间差别定价　不同时间或时点销售的同一产品其价格不同。信息产品的消费，具有很强的时效性，通常越早获得的信息产品，对消费者而言，其获得的价值越大。

（4）地点差别定价　处于不同地点销售的同一产品或服务，其价格也不同。如微软公司的 Windows 操作系统，在美国以低价销售，在中国以高价销售。因为美国国内操作系统竞争激烈，消费者对价格比较敏感；但中国国内没有开发出自己的操作系统，消费者对该操作系统比较依赖，对其价格变动不敏感，需求弹性很小。

（5）容量差别定价　依据信息产品存储容量的不同而制订不同的价格。如电子邮箱的分配就是按信息存储量进行了差异化，网络企业免费为客户提供一定容量的电子邮箱，而向付费用户提供存储量更大、保密性和安全性更好的电子邮箱。

（6）附加服务差别定价　依据信息产品的附加服务的差异化而制订不同的价格。信息产品在消费过程中往往还需要提供技术支持等附加服务，这可以作为差别定价的依据。最常见的是杀毒软件，可以从网上免费下载试用版，但这些试用版的产品是不能像正式销售的产品那样得到升级和技术支持服务的，而且试用版的产品通常都会有试用期限，另外在同一台机器上只能安装一次。

2．差别定价应具备的条件

（1）市场能够根据需求强度的不同进行细分。

（2）细分后的市场在一定时期内相互独立、互不干扰，高价产品市场上不会出现低价竞争者。

（3）细分市场和控制市场的成本费用不得超过实行价格差异所得到的收入。

（4）价格差异适度，不会引起消费者反感。

（5）价格差异符合有关价格管理的法规和条例。

六、产品生命周期定价策略

产品生命周期定价策略，是指依据信息产品的生命周期来规划销售，制订产品不同生命周期阶段价格的定价策略。在产品生命周期的各个阶段都会出现一个拐点，拐点前后的定价策略会出现剧烈变动，企业能否正确认识到这个拐点以及能否及时调整定价策略，将会导致完全不同的竞争结果。

1．导入期定价策略

在产品生命周期的导入期，信息产品作为新产品刚刚推向市场，企业可以根据信息产品的创新性、技术含量的多少以及市场竞争态势，选择撇脂定价策略、渗透定价策略或锁定定价策略。

2．成长期定价策略

在产品生命周期的成长期，企业可采取差别化定价或个性化定价策略。个性化定价，是指根据每个消费者的个性特征及对产品价值的认同与偏好程度的不同，分别制订不同的价格。个性化定价可以使企业向每个消费者收取他愿意为每单位产品支付的最高的价格，从而获得最大利润。

3．成熟期定价策略

在产品生命周期的成熟期，企业可选择捆绑定价和限制定价策略。

（1）捆绑定价策略　捆绑定价策略是指企业将多种信息产品捆绑在一起以低于各产品单价总和的价格进行销售的策略。捆绑销售是信息产品销售的重要方式之一，如图书与光盘等产品捆绑销售。捆绑销售最大的优点就是它减少了消费者支付意愿的分散，增加了供应商的销售收入，提高了消费者获得的利益。捆绑定价是信息产品进入成熟期阶段，获取最大利润的一种最有效的手段，也是产品竞争加剧的结果。

案例 7-8：捆绑定价销售最为成功的例子就是微软公司的 Office 办公系统，目前它取得了 90% 的办公市场份额。其成功的原因就在于它集成的 8 个办公组件可以共享文件，可以选择安装，并且比用不同版本的组件占用更小的空间，更为有效。

（2）限制定价策略　限制定价策略是指企业凭借其先行的优势和规模优势，牺牲一些短期利益，适当地降低价格，把利润压到使潜在竞争者望而却步水平的定价策略。

限制定价策略的目的是使现有市场利润对潜在的进入者不具有那么大的吸引力，阻止潜在竞争者进入，达到长期占领市场的目的。此外，也可以进行降价的预期管理，就是面对新的潜在进入者，建立一种在未来某个时期产品即将降价的信息传递机制，使潜在竞争者相信进入该行业以后的利润不足以收回巨额的固定成本，从而放弃进入的选择，维持该产品现有的市场领导地位。

4．衰退期定价策略

在产品生命周期的衰退期阶段，企业应处理旧产品，快速开发与推广新产品。此时，企业可以采用低价策略向要求不高的用户提供产品，也可以实行新老产品捆绑销售。

第三节　信息产品调价策略

信息技术企业处在一个动态的市场环境中，其产品价格的制订与调整都不是一劳永逸的。企业必须根据市场环境的变化，不断地对价格进行调整。

一、主动调价策略

主动调价策略，即主动变价策略，是指信息技术企业根据市场条件的变化主动地降低产品价格或提高产品价格的策略。

1．主动降价策略
（1）生产能力过剩需要扩大销售，但企业无法通过产品改进和加强销售等来扩大销售。
（2）在强大的竞争压力下，企业的市场占有率大幅度下降。
（3）企业的成本费用比竞争对手低，企业可通过降价来掌握市场，提高市场份额。

2．主动提价策略
（1）通货膨胀导致企业成本费用提高，企业无法单独对付。
（2）产品供不应求，不能满足所有顾客的需要。

二、应对调价策略

应对调价策略，即应对变价策略，是指信息技术企业针对竞争对手的价格变动而进行的被动的调价策略。

1）维持原价。当保持价格不变，市场占有率不会下降太多时，可以选用维持原价。

2）维持原价，但运用非价格手段来反攻。如提高产品质量或增加服务项目。

3）降价。降价时，应当尽力保持产品质量和服务水平，以维持或提高市场占有率。

4）提价，同时推出新品牌或更廉价的产品，以围攻竞争对手的品牌。

三、调价幅度的确定

调价幅度有两种表现形式，即绝对数形式和相对数形式。绝对调价幅度，是指调价后的价格与调价前价格的差额；相对调价幅度，是指绝对调价幅度与调价前价格的百分比例。

调价幅度可以采用利润无差别点法来确定。利润无差别点法，是指利用调价后的预计销售量与利润无差别点销量之间的关系，确定调价幅度的方法。利润无差别点的价格，即为调价后的价格，是指在确保原有盈利水平的条件下，为达到预定销售量水平而制订的价格。调价幅度确定的公式为：

利润无差别点价格＝单位变动成本＋（固定成本＋调价前利润）/调价后预计销售量

绝对调价幅度＝利润无差别点价格－调价前价格

相对调价幅度＝绝对调价幅度/调价前价格×100%

案例7-9：某信息技术企业生产经营的 A 产品的售价为 1 000 元/件，可销售 100 000 件，固定成本为 30 000 000 元，单位变动成本为 600 元，实现利润为 10 000 000 元，企业现有最大生产能力为 210 000 件。企业准备降低产品价格，以扩大产品销售量，提高市场份额，假设降价后预计产品的销量将提高到 200 000 件水平，试计算在保证原有利润水平条件下企业调价的幅度为多少？

分析：

利润无差别点价格＝单位变动成本＋（固定成本＋调价前利润）/调价后预计销售量

＝600 元＋（30 000 000＋10 000 000）元/200 000

＝800 元

绝对调价幅度＝利润无差别点价格－调价前价格

＝（800－1 000）元

＝－200 元（即降价 200 元）

相对调价幅度＝绝对调价幅度/调价前价格×100%

＝－200 元/1 000×100%

＝－20%（即降价 20%）

技能训练

信息产品投标书写作技能训练

案例背景：

广东联华计算机有限公司在汕头市教育信息网上阅读到一则有关广东省碧江教育集

团公司电脑采购招标公告，结合公司现有的实力与条件，公司决定投标碧江教育集团公司电脑的采购项目。请根据碧江教育集团公司电脑采购招标公告资料以及企业的经营状况，为广东联华计算机有限公司制作一份电脑产品投标书。

<h2 style="text-align:center">碧江教育集团公司电脑采购招标公告</h2>

根据广东省碧江教育集团公司物资采购管理的有关规定，对教学用电脑等进行邀请招标。欢迎有资质的、合格的供应商参加投标。

1．招标编号：BJ2009006

2．招标货物名称及数量：教师机 100 台、学生机 500 台。

3．标书发售：招标文件将在碧江教育集团公司发售，每份 20 元。

发售日期：2009 年 6 月 25 日上午 9:00～11:30；

发售地址：碧江教育集团公司行政楼 306 办公室

4．投标日期：2009 年 6 月 30 日上午 9:00～11:30；逾期收到或不符合规定的投标文件恕不接受；电报、电话、传真形式的投标概不接受。

投标地址：碧江教育集团公司行政楼 306 办公室

5．开标日期：2009 年 7 月 2 日上午 9:00；

开标地址：碧江集团公司行政楼 801 会议室

6．联系人：李京明

联系电话：0754-65855855/65855866

传真电话：0754-65855855/65855866

联系地址：广东省汕头市碧江大道 1 号

邮政编码：515076

7．投标文件说明：

（1）投标文件的组成。投标书、投标货物报价表、主要设备出现故障后的临时替代措施及售后服务方案、技术支持方案、法定代表人身份证复印件以及法定代表人委托书（法定代表人投标，不用此委托书）。

投标方资格证明文件：企业法人营业执照原件及副本（注册资金须 150 万元以上）、税务登记证原件及复印件。

投标方应将投标文件装订成册，在封面上填写"投标文件资料清单"。

（2）投标文件格式。投标方需按招标文件提供的投标文件格式编写投标文件，对货物进行投标，不得将内容拆开投标。

（3）投标报价。投标报价中包括辅助材料、随机软件、包装、运杂、保险、安装和调试等全部费用。一个标的只允许有一个报价，招标方不接受任何有选择性的报价。

（4）投标有效期：投标文件从开标之日起，有效期为 10 天。

（5）投标文件的签署及规定。投标应准备一份正本和四份副本，在每一份投标文件上要明确注明"正本"或"副本"字样，一旦正本和副本有差异以正本为准。

投标文件正本须打印并由投标方法定代表人或投标方法定代表人委托人签字并加盖单位公章（副本可复印，但须加盖单位公章）。

（6）投标保证金。投标方应向招标方提供 10 000 元投标保证金。

投标保证金应以支票、汇票或现金形式提交，并于 6 月 30 日上午 11:30 前（支票、汇票 6 月 29 日 17:30 前）交至招标方。

收款人：广东省碧江教育集团公司

账号：33258224090000009134

开户行：中国建设银行碧江路支行

未按规定时间和数额提交投标保证金的投标，将被视为无效投标。未中标的投标方投标保证金将在开标会议结束后两周内退还，中标的则转为合同签约与履行等保证金。

投标方投标之后在开标之前撤销投标，须向招标方交纳投标保证金 25% 的手续费。投标方在开标后要求撤销投标时，投标方的投标保证金不予退还。

（7）投标文件的递交。为方便开标评标，投标方应将正副本的投标书（技术标）、投标货物报价表（商务标）单独密封，并在信封上标明，然后再装入招标文件密封袋中。外密封袋应标明招标项目名称并加盖单位骑缝章。每一个信封上注明"于 2009 年 7 月 2 日 9:00 前不得启封"字样。

投标方投标时需提供与投标一致的样机，以供评标参考。

8．产品具体要求：

（1）教师机配置

CPU：CORE E2200/1G/160G（至少双分区）/集成显卡/集成百兆网卡/300W 防雷电源/标准 USB 光电鼠标和防水键盘/DVD 16X /高品质耳麦/支持一键备份，一键恢复（一键恢复的镜像文件中必须包含甲方在不同工作环境下工作所要求安装的各种常用软件）/3 年硬件免费质保，24 小时内免费上门维修。

（2）学生机配置

CPU：CORE E2200/1G/160G（至少双分区）/集成显卡/集成百兆网卡/ 300W 防雷电源/ 标准 USB 光电鼠标和防水键盘/高品质耳麦/硬盘保护卡（保护卡是与 PC 同品牌的原装产品、支持底层增量数据同传）/支持一键备份，一键恢复（一键恢复的镜像文件中必须包含甲方在不同工作环境下工作所要求安装的各种常用软件）/3 年硬件免费质保，24 小时内免费上门维修。

（3）机房设备

超五类网络线 3 箱、水晶头 51*2 个、3*2.5 电源线 50 米、3*1 电源线 100 米、PVC 管 50 米、86 插座及明盒 51＋2 个、漏电保护开关 4 个、24 口交换机三台、多孔插座 51 个。

9．投标文件格式：投标书、法定代表人委托书、投标报价表

投 标 书

致：广东省碧江教育集团公司

根据贵方电脑采购的招标邀请，签字代表_____（全称、职务）经正式授权，

并代表投标方＿＿＿＿＿＿＿＿（投标方名称、地址）提交下述文件正本一份，副本一式四份。文件包括：

（1）投标书

（2）投标报价表

（3）交货一览表

（4）售后服务表

（5）资格证明文件

据此函，签字代表宣布同意如下：

（1）所附投标方案设计的投标价为＿＿＿＿＿＿＿＿（人民币）。

（2）投标方将按招标文件的规定履行合同责任和义务。

（3）投标方已详细审查全部招标文件，包括修改文件（如有的话）以及全部参考资料和有关附件。我们完全理解并同意放弃对这方面有不明及误解的权利。

（4）投标文件从开标之日起，有效期为 10 天。如果投标方在中标后未能按合同履行职责，其投标保证金将被贵方没收。

（5）投标方同意提供按照贵方可能要求的与其投标有关的一切数据或资料，完全理解贵方不一定要接受最低价的投标或收到的任何投标，并同意贵方评标小组所做出的决定。

（6）与本投标有关的一切正式往来通讯请寄：

地址：＿＿＿＿＿＿＿＿＿　　邮编：＿＿＿＿＿＿＿＿＿

电话：＿＿＿＿＿＿＿＿＿　　传真：＿＿＿＿＿＿＿＿＿

E-mail：＿＿＿＿＿＿＿＿＿　代表名称：＿＿＿＿＿＿＿＿＿

投标单位：（公章）

全权代表人：（签字）

2009 年 6 月 10 日

法定代表人委托书

广东省碧江教育集团公司：

兹委托＿＿＿＿＿＿＿＿＿参加贵单位组织的电脑设备项目招标活动，全权代表我单位处理有关事宜。附全权代表情况：姓名：＿＿＿＿＿＿＿＿＿；性别：＿＿＿＿＿＿＿＿＿；年龄：＿＿＿＿＿＿＿＿＿；职务：＿＿＿＿＿＿＿＿＿；身份证号码：＿＿＿＿＿＿＿＿＿；详细通讯地址：＿＿＿＿＿＿＿＿＿；电话：＿＿＿＿＿＿＿＿＿；传真：＿＿＿＿＿＿＿＿＿；邮政编码：＿＿＿＿＿＿＿＿＿

单位名称（公章）

法定代表人（签字）

2009 年 6 月 10 日

投标报价表

投标人名称（盖章）

序号	设备名称	品牌型号及配置	数量	投标单价	投标总价	质保期	产地
1	教师机		100				
2	学生机		500				
3	24口交换机		3				
4	辅材	网络线、电源线、水晶头、PVC管、86明盒及插座、网络机柜、漏电保护开关					
5	安装调试费用						
合　　计							

备注：

1. 投标时必须标明所投品牌型号及完整的技术指标，产地栏必须填写，产品详细配置可另列表说明；

2. 因实际需要配备而目前本清单中未列明的软硬件及完成系统安装调试所需附件，可由投标人自行延长上表列入，并须于上表"备注"栏中注明所投设备为新增加及其增加理由；

3. 如果投标人所投产品与本招标文件要求存在着偏离，必须另列偏离表说明偏离情况。

法定代表人或法定代表人授权代表签字或盖章：

目的和要求：

1）能认识并实现组织分工与团队合作。

2）能撰写出符合格式要求的信息产品投标书。

3）能整理总结出信息产品投标书写作课题分析报告。

4）能清晰地口头表达出信息产品投标书写作实训心得。

训练指导：

1）组建实训课题小组。将教学班学生按每小组6～8人划分成若干课题小组，每个小组指定或推选出一名小组长。

2）确定实训小组课题。每个小组根据信息产品投标书写作背景资料的要求，完成一份信息产品投标书的写作。

3）实施写作课题研究。各小组长根据信息产品投标书写作的计划，调配资源，明确各组员的任务，并督促大家有效地完成任务，包括：信息产品投标书的草拟、修改和定稿，信息产品投标书写作课题分析报告的撰写、打印以及小组的发言等。

4）撰写实训课题报告。每个小组完成一份信息产品投标书写作的课题分析报告。报告格式见表7-3。

5）陈述实训心得。由各个小组推荐的发言人或小组长代表本小组陈述本小组实训课题分析报告和实训心得。

表 7-3　信息产品投标书写作课题分析报告

第 ____7____ 次实训

班级_____　　学号_____　　姓名_____　　实训评分_____

实训时间_____　　实训名称　信息产品投标书写作技能训练

一、实训操作背景

二、实训目标要求

三、实训操作内容

四、实训心得体会

五、实训评价（指导老师填写）

第八章　信息产品渠道策略

目的要求

一、知识理解要求

1. 能列举和掌握信息产品分销商的层次。
2. 能理解和掌握信息产品分销渠道模式的设计。
3. 能理解和列举影响信息产品分销商选择的因素。
4. 能列举和运用信息产品分销商选择的方法。
5. 能列举和熟记信息产品分销商评价的标准。
6. 能理解和运用信息产品分销商的激励。
7. 能理解和运用信息产品分销渠道的控制与整合。

二、实训技能要求

1. 能综合运用本章知识剖析现实案例。
2. 能依据案例背景写作信息产品销售代理协议书。
3. 能撰写信息产品销售代理协议书写作课题分析报告。

重点难点

1. 信息产品分销渠道模式的设计。
2. 信息产品分销商标准。
3. 信息产品分销商的激励。
4. 信息产品分销商的控制与整合。

案例导引

1937 年成立的佳能是生产影像与信息产品的综合集团，业务多样化，以三大领域为主：个人产品、办公设备和工业设备，主要产品包括数码相机、打印机、复印机、传真机、广播设备及半导体生产设备等，在世界各地拥有子公司近200家，雇员超过10万人。佳能在2004年全球财富500强的营业额排名中列第165位，并在电脑及办公设备行业类公司的排名中名列第五。2004年佳能集团净销售额达到333.45亿美元，由于连续几年的出色业绩，佳能于2004年初被《财富》杂志列入"最受赞赏的公司"，并成为唯一一家首次入选"全明星排行榜"的亚洲公司。

佳能连续几年以较大的份额在市场中处于领先地位，是其渠道成功的写照。在20世纪90年代初，佳能就开始在国内培育市场。1996～1999年，佳能在市场快速增长阶段加大渠道管理，根据经销商销售业绩开始对其进行星级认定，从而确立了经销商的地位。2000年，佳能将渠道分为零售商和批发商两大类。随着销量的进一步增长，佳能尽量控制经销商的层次，以达到渠道扁平化的目的，同时合理增加经销商的数目。进入21世纪，佳能开始建立分公司，形成了覆盖全国的销售和服务网络。

佳能重视与经销商的关系，两者共生共赢，经销商的作用对于佳能来说就是这样的地位。佳能根据经销商的销售对象和经营状况对经销商进行划分，有效地引导了它们的发展。每年都开展对全国经销商的培训，由佳能优秀的市场人员授课，内容包括产品培训、技术培训和销售策略培训。所有经销商的销售人员、技术支持人员和经营管理人员都有机会参加，在考核成绩合格后，能得到认证资格证书。这种支持对于佳能的经销商意义重大，因为培训后的经销商在对产品技术的了解和熟悉上会有较大的提高，对佳能的产品也会有深刻的理解，同时在培训当中，他们还学到了相应的销售技术，这样就能向用户推荐最合适的产品，提供完善的售前服务，从而建立良好的销售信誉。让经销商与佳能同呼吸，达成共同的理念，是保证良好销售业绩的重要因素。

佳能公司还为渠道成员设定了全年奖励制度，激励其积极性，业绩越好，获得奖励越多，这样有助于在利润普遍较低的市场形势下，能够有力地保证做好服务。凭借完善的渠道管理，为分销商提供了全方位的支持，整条供应链呈现出蓬勃生机。

基础知识

第一节 信息产品渠道概述

一、信息产品分销渠道概述

（一）分销渠道的本质

分销渠道，是指产品由生产者向消费者或用户转移过程中所经过的途径和路线。分销渠道的起点是生产者，终点是消费者或用户，连接他们的中间环节是中间商。

未来的竞争，已不仅仅是产品的竞争，更是分销渠道的竞争，拥有稳定、高效的分销渠

道是企业具备核心竞争力的体现之一。"得渠道者得天下"一直以来都是企业奉行的准则。

1．分销渠道是企业与顾客的桥梁

在现代商品经济条件下，生产者与顾客是分离的，二者之间存在一条难以逾越的鸿沟，商品的生产者必须跨越它，才能实现其价值。联系生产者与顾客的分销渠道，作为"产销鸿沟"上的一座桥梁，把产品从生产者转移到顾客，实现商品的价值与使用价值。

2．分销渠道是企业的无形资产

对企业来说，分销渠道起到物流、资金流、信息流和商流的作用，完成企业很难完成的任务，成为企业的无形资产。一个企业拥有四通八达的分销网络，就等于拥有了决胜市场的控制权。

3．分销渠道是企业竞争优势的来源

随着竞争的加剧，企业越来越重视通过渠道策略获得长久竞争优势。企业通过组织重组、流程再造和柔性生产等方法削减成本和增值的空间越来越小，企业必将寻求外部资源的协同效果，分销渠道就是其中最佳的资源之一。企业通过对各种渠道的整合、渠道扁平化等手段，加强对渠道行为的控制，有效提高渠道的效率和降低渠道成本。分销渠道一旦建成，可以给予企业丰厚的回报，成为企业持久竞争优势的来源。

（二）分销渠道的层次

分销渠道的层次，即分销渠道的环节，是指产品从生产者向消费者或用户转移的过程中，对产品拥有所有权或负有分销责任的中间机构。

1．直接渠道、一层渠道、二层渠道和三层渠道

分销渠道长度，是指构成分销渠道层次的中间机构的数目。根据分销渠道长度来划分，分销渠道可分为直接渠道、一层渠道、二层渠道和三层渠道等四种类型。

（1）直接渠道　直接渠道也叫零级渠道，是指生产商直接把产品销售给最终用户。

（2）一层渠道　一层渠道也叫一级渠道，是指生产商通过一层中间环节销售产品。

（3）二层渠道　二层渠道也叫二级渠道，是指生产商通过两层中间环节销售产品。

（4）三层渠道　三层渠道也叫三级渠道，是指生产商通过三层中间环节销售产品。

2．宽分销渠道和窄分销渠道

分销渠道宽度，是指分销渠道每一层次使用相同类型中间商的数目。根据分销渠道宽度来划分，分销渠道可分为宽分销渠道和窄分销渠道两种类型。

宽分销渠道，是指在同一渠道层次中，生产商通过许多相同类型的中间商来销售自己的产品。

窄分销渠道，是指在同一渠道层次中，生产商只通过很少相同类型的中间商销售自己的产品。

案例 8-1： 在一个竞争激烈的市场上，得渠道者得天下。作为后来者的华硕，在服务器渠道建设方面厚积薄发，从 2002 年开始，经过三年的苦心经营，渠道体系已基本覆盖全国。但总代理制的垂直管理模式，使其无论在深度和广度，还是在灵活性与应变性上，都存在一些问题，严重阻碍了华硕服务器业务的发展，变革势在必行。在这种情况下，华硕于 2005 年 3 月推出了"磐石"计划。

"磐石"计划的具体举措有三：第一，全面实施"扁平+增值"的渠道发展策略，特别加大了对 VAR（增值渠道）群体的拓展力度，争取在年底前实现大部分渠道都能提供包括产品、技术、服务和行业解决方案等在内的增值服务；第二，加强渠道培训，通过定期对渠道商进行行业和技术培训，提升渠道商的素质；第三，推出"亮店工程"，即在全国范围内筛选出 20～30 家具有一定实力的渠道商，由华硕出资帮他们建立华硕服务器体验店；同时，华硕在技术、价格和产品等方面给予他们更多的支持。

经过近一年的实施，"磐石"计划取得了良好的效果，华硕服务器销售业绩有了明显提高，渠道商的服务能力普遍得到了提升，特别是在网游、教育和中小企业等三个市场上表现更为突出。

二、信息产品分销渠道的特点

信息产品分销渠道，是指信息产品由生产者向消费者或用户转移过程中，取得这种产品的所有权或帮助其所有权转移的所有企业和个人。信息产品的独特性决定了信息产品的分销渠道不同于传统产品的分销渠道，具有自己独有的特性。

1．信息产品分销渠道是并行式渠道

信息产品并行式渠道，是指信息产品的分销渠道是技术本体的流通渠道与技术载体的流通渠道并驾齐驱的流通渠道。信息产品技术含量高，技术的价值可以独立地体现，因此，技术本体的独立流通就成为必然。

在许多情况下，技术本体的分销商们还必须对技术本体自主进行二次开发，以满足千变万化的"衍生性需求"。所谓"二次开发"，亦称增值服务，指的是对技术本体（有时包括技术载体）的某些构成要素，如应用程序或结构进行重新设计、适当改造和局部修正等增补删减活动，使信息产品更切合用户的实际需要。实践证明，越是技术含量高的信息产品，就越需要进行二次开发。

2．信息产品分销渠道对分销商的素质要求很高

信息产品的技术含量高，必然要求承担信息产品技术本体和技术载体流通的分销商的技术素质很高，他们对技术本体的理解与宣传能力往往是他们取得开发商授权资格，并取得销售成功的关键。信息产品分销商的基本素质要求与基本职能见表 8-1。

表 8-1　信息产品分销商的基本素质要求与基本职能

序　号	基本素质要求	基 本 职 能
1	具备所经营产品的专业理论知识	市场研究
2	具备所经营产品相关专业的理论知识	宣传推广
3	具备所经营产品的应用技能或主要操作方法技能	培训安装
4	具备所经营产品的安装、调试能力	协调使用
5	具备所经营产品的二次开发能力	反馈信息
6	具备管理信息系统（MIS）的操作与分析能力	二次开发

3．信息产品分销渠道管理体制要求先进

信息产品分销商素质要求与职能的特殊性决定了他们在建立营销体制上要有别于普通产品，必须强化营销体制的科技含量。为此，应建立三套既并行又相互依存的管理体制。

（1）即时行销系统　信息产品的更新换代速度非常快，分销商如果不能将库存压缩至最低点（甚至零库存），就可能在开发商不断的更新换代中形成自己的积压。如果中间商有了自己的二次开发成果，那么因积压造成的损失就更大。因此，分销商必须借助于JIT（Just in Time）的管理思想与方法，增加对换代产品的快速反应力与适应力。

即时行销的直意是：以最短的时间、最少的库存将产品销售给最需要的顾客。

1）最短的时间　是指从发现需求与需求者到组织适宜产品，再经必要的配置后，销到需求者手中所经过的时间最短。这主要考察分销商销售网点的快速反应能力。

2）最少的库存　是指分销商需要将库存商品压缩至最低点（甚至零库存）。这主要考察分销商的库存管理能力与产品周转能力。

3）最需要的顾客　是指分销商应将信息产品销售给该产品的目标顾客群，满足他们的急需。

（2）信息反馈系统　分销商的信息反馈模式包括两个层次：一是对客户信息的反馈，这类信息既要反馈给自己，也要反馈给开发商。前者可用于调整营销策略和二次开发活动，后者用于调整开发商的开发活动和营销策略。二是对开发商信息的反馈，以求掌握开发者营销策略变动，跟踪新技术，并最大限度地应用到对用户的服务中，改善服务的质量。

（3）横向配置系统　横向配置，是指分销商应处理好与信息产品开发商之外的其他信息产品开发商和分销商的关系。通过横向配置系统，分销商可从其他有关的开发商和其他分销商那里，取得对自己用户有用的产品信息与服务，拓宽自己的服务范围，为用户进行全方位的配置。

总之，信息产品营销渠道中的分销商应当有不同于普通产品分销商的素质要求，信息产品营销渠道也应有与普通产品营销渠道不同的配置与建设，只有这样才能顺利地承担起信息产品营销的任务。

案例 8-2： 来自终端用户的反馈让联想网御看到了教育行业对网络安全解决方案的迫切需求。然而，如何把需求变成应用，并在实际应用中帮助客户创造更高的价值呢？联想网御认为想要更好地提升客户价值，除了要具有产品优势外，还需要广泛的渠道覆盖和完善的售前售后服务体系。因此，渠道和售前售后服务建设就成为联想网御工作的重点之一。

应该说，在国内网络安全厂商中，联想网御是最重视渠道建设的厂商之一，也是渠道规模最大的厂商之一。据联想网御渠道发展部总监介绍，从 2006 年起，联想网御就启动了"渠道蓝海战略"。在 2008 年规划中，联想网御更是将"渠道发展"作为公司战略创新的重要一环。在继续深入推进"渠道蓝海战略"的基础上，联想网御于 2008 年又推出了渠道发展"御风行动"计划，即在细分市场、细分客户的前提下，进一步加强渠道精细化管理，在提高渠道覆盖率的同时，有选择地向行业纵深发展。该计划的出台使得联想网御高质量的核心渠道扩大到 300 多家，重要战略合作伙伴增加至百余家，激活交易的渠道合作伙伴达到 1 000 多家。

尽管发展迅速，但也应该看到，随着用户信息安全需求的不断升级，对系统集成能力、安全服务水平的要求也日益提高。联想网御在渠道建设方面仍有一些工作要做，尤其是在提升核心渠道增值能力方面。为此，2009 年，联想网御又推出一些新的渠道建设举措，包括进一步优化总部各业务端口的扁平化支持；组建市场支持中心，对渠道伙伴的行业拓展、方案拓展和产品拓展进行全方位配合，与他们共同制订基于对客户需求深度理解之上的解决方案与战略计划；全面提升渠道合作伙伴的增值能力、方案实施能力和售前售后服务能力，让他们具有为用户优化网络安全解决方案的能力，从而实现厂商、渠道和用户三赢。

三、信息产品分销渠道的设计

（一）影响信息产品分销渠道设计的因素

1．市场因素

市场因素包括潜在市场的大小、销售量的大小、消费者的地区分布、当地的渠道结构、竞争者的分销渠道和当地经济发展水平等。

2．产品因素

产品因素包括产品价值的高低、产品物理化学性能、产品的体积与重量、产品的时尚性、产品的复杂性与技术性、产品生命周期的长短和产品标准化的程度等。

3．购买行为因素

购买行为因素包括顾客购买量；顾客购买季节性；顾客购买频度；顾客购买探索度（选择程度）等。

4．企业因素

企业因素包括企业的规模与资金实力；企业的营销水平与管理能力；企业控制渠道的愿望；企业渠道管理水平等。

（二）信息产品分销渠道设计的原则

1．畅通高效原则

这是信息产品分销渠道设计的首要原则。畅通高效的分销渠道，应以消费者需求为导向，将产品尽快、尽好、尽早地通过最短的路线，以尽可能优惠的价格送达消费者方便的地点。畅通高效的分销渠道，不仅可以让消费者买到满意的产品，还可提高分销的效率，降低分销的成本，赢得竞争的时间和成本优势。

2．覆盖适度原则

这是指信息技术企业在设计分销渠道时，还应考虑产品是否足以覆盖目标市场，既要避免覆盖面扩张过度，分布范围过宽、过广，也应避免覆盖面过窄。

3．稳定可控原则

信息技术企业的分销渠道一经确定，便需花费相当大的人力、物力和财力去建立和巩固，整个过程往往是复杂而缓慢的，因此，企业应保持渠道的相对稳定，不要轻易更换渠道成员，更不要随意转换渠道模式。

4．协调平衡原则

信息技术企业在设计和管理分销渠道时，不能只追求自身利益的最大化而忽略其他渠道成员的利益，应合理地分配各个渠道成员间的利益，统一、协调、有效地引导渠道成员充分合作，鼓励渠道成员之间有益的竞争，减少渠道冲突发生的可能性，确保企业总目标的实现。

5. 发挥优势原则

信息技术企业在设计分销渠道时，要注意发挥自己各个方面的优势，将分销渠道模式的设计与企业的产品策略、价格策略和促销策略等结合起来，增强营销组合的整体优势。

案例 8-3：海尔与经销商、代理商合作的方式主要有店中店和专卖店，这是海尔营销渠道中颇具特色的两种形式。海尔将国内城市按规模分为五个等级，即，一级：省会城市；二级：一般城市；三级：县级市、地区；四、五级：乡镇、农村地区。

在一、二级市场上以店中店、海尔产品专柜为主，原则上不设专卖店；在三级市场和部分二级市场上建立专卖店；四、五级网络是二、三级销售渠道的延伸，主要面对农村市场。同时，海尔鼓励各个零售商主动开拓网点。目前海尔已经在国内建立营销网点近 10 000 个，但在中小城市特别是农村地区建立的销售渠道有限。

为了加强对各个网点的控制，海尔在各个主要城市设立了营销中心。营销中心负责网点的设立、管理、评价和人员培训工作。

（1）对店中店和电器园的控制　海尔在选择建立店中店的商家上是十分慎重的，采取的原则是择优而设。为了加强对店中店和电器园的控制，使其能够真正地成为海尔集团的窗口和发挥主渠道作用，海尔采用的是在当地招聘员工派入店中店或电器园担任直销员的方法。

直销员的职责是现场解答各种咨询和质疑，向顾客提供面对面的导购服务。每一个直销员每天必须按规定做好当日的日情报告，每周必须到当地的营销中心参加例会，接受新产品知识和营销知识培训等。同时，海尔对派驻各个网点的直销员实行严格的考评制度。

（2）对专卖店的控制　海尔设立专卖店的初衷是因为在一些二、三级地区和农村市场中找不到具备一定经营规模、能够达到海尔标准的零售商。

在对专卖店的管理中，海尔倾注了非常大的力量。海尔营销中心通过一系列的工作加强对专卖店的指导，从而为各地专卖店在当地扩大网络和销量发挥了极大作用。为了提高专卖店经销海尔产品的积极性，营销中心还特意制订了海尔专卖店激励政策。

在指导专卖店工作方面，营销中心每月编制《海尔专卖店月刊》，内容涉及对专卖店的评价，前期专卖店工作的总结，最重要的是介绍专卖店的先进经验在全国推广。海尔采取各种措施鼓励所有的专卖店利用自身便利条件向下属的乡镇和农村开拓新的营销网点。

为了加强对专卖店的监督和管理，海尔每年对专卖店进行一次动态调整，不符合要求的将被取消专卖店资格，这实际上是海尔对专卖店这一营销渠道的定期评价和调整。

（三）信息产品渠道结构的设计

1. 渠道长度的设计

（1）长渠道　长渠道是指分销渠道所经过的环节较多的渠道。

（2）短渠道　短渠道是指分销渠道所经过的环节较少的渠道。

（3）零渠道　零渠道是指分销渠道不经过中间环节，直接由生产商向最终消费者销售产品的渠道。

2. 渠道宽度的设计

（1）密集性分销　密集性分销也称广泛分销，是指在同一渠道层次上，使用尽可能多的中间商分销企业的产品。

（2）选择性分销　选择性分销是指选择少数几个精心挑选的、最合适的中间商分销企业的产品。

（3）独家分销　独家分销是指仅选择一家中间商分销企业的产品。

3．渠道广度的设计

（1）单渠道　单渠道是指企业的全部产品都由自己直营，或全部交给某一分销渠道分销。

（2）多渠道　多渠道也称混合分销渠道，是指对同一或不同的市场采用多条分销渠道分销。表现为两种形式：一是企业通过多种渠道销售同一品牌的产品；二是企业通过多种渠道销售不同品牌的产品。

案例 8-4：IBM 的混合销售渠道

IBM 是成功使用混合销售渠道的典型例子。1992 年以前，IBM 一直通过自己的销售力量销售电脑。但是，当小型、低成本电脑市场急剧膨胀时，特别是由于销售成本太高，这种单一渠道已不再适合了。在快速分化的电脑市场中，为了满足众多细分市场形形色色的需要，IBM 在不到 10 年的时间里添置了 18 条新渠道。例如，IBM 销售电脑产品和配件除了通过自己的销售力量之外，还通过 IBM 直销店（IBM-Direct）和电话营销经营部进行销售。消费者购买个人电脑还可以到 IBM 经销商那儿去，或者到任何一家大零售店，如沃尔玛连锁店。此外，还有由 IBM 经销商和增值转售商把 IBM 电脑卖给各类特殊商业细分市场。

4．渠道系统的设计

（1）垂直渠道系统　垂直渠道系统是指由信息产品生产企业、批发商和零售商组成一个统一系统。该种分销渠道系统表现为三种形式：一是公司式垂直系统，是指一家公司拥有和统一管理若干工厂、批发机构和零售机构，控制分销渠道的若干层次，甚至整条分销渠道；二是管理式垂直系统，是指制造商和零售商共同协商管理业务，其业务涉及销售促进、库存管理、定价、商品陈列和购销活动等；三是契约式垂直系统，是指不同层次的独立制造商和经销商为了获得单独经营达不到的经济利益，而以契约为基础实行的联合体。

契约式垂直系统主要采取特许经营的方式来组织管理。特许经营，是指特许人将所拥有的商标、商号、产品、专利、专有技术和经营模式等以特许合同的形式授予受许人使用，受许人按照合同约定，在特许人统一的业务模式下从事产品或服务的经营活动。

（2）水平渠道系统　水平渠道系统是指分销渠道同一层次的制造商之间、批发商之间、零售商之间采取横向联合起来的渠道系统。这种渠道系统可整合各自的资源和优势，发挥群体的作用，共担风险，从而实现共赢。

（四）信息产品渠道模式的设计

1．直营渠道模式

直营渠道模式，是指信息企业自己建立营销渠道（如分公司、办事处）来分销产品，并通过分公司直接与零售商签订合同，面向零售商铺货。

采用直营渠道模式，企业可以快速、有效地掌控零售终端，避免渠道波动；可以更好地控制窜货现象，从而提高公司渠道利润水平；可以创造卖场有利位置，统一店面布置、规范人员管理以及快速的意见反馈；销售人员直接参与零售店的经营活动，经常与零售商和顾客接触，对市场反应迅速，提高了市场应变能力。

2．经销渠道模式

经销，是指中间商企业通过签订合同，取得生产企业的授权，在一定时期、一定区域范围内经营销售（批发、零售）该生产企业的全部或部分产品的经营行为。经销包括总经销和分经销两种形式。

（1）总经销　总经销也称包销，是指分销商在一定时间、区域拥有委托人指定产品的独家经营权，但不能同时、同地经营其他来源的竞争性产品，也不能把产品向其他地区转售；同时，委托人也不得在该时、该地自行销售或把这一产品卖给其他分销商。

（2）分经销　分经销是指经销商不享有独家经营的权利，委托人在该时期、该地点可自行经营或交由其他经销商销售该产品。

3．销售代理模式

销售代理，是指分销商接受信息产品制造商的委托代销其产品的经营行为。销售代理根据代理商是否有独家代理权分为独家代理与多家代理；根据代理商是否有权授予分代理分为总代理与分代理。

（1）独家代理与多家代理　独家代理，是指信息产品制造商授予代理商在某一市场（可以地域、产品或消费者群等区分）独家权利，制造商的某种特定的产品全部由该代理商代理销售。

多家代理，是指信息产品制造商不授予代理商在某一地区、产品上的独家代理权，代理商之间并无代理区域划分，都为制造商搜集订单，无所谓"越区销售"，制造商也可在各地直营、批发产品。

（2）总代理与分代理　总代理，是指该代理商统一代理信息产品制造商某产品在某地区的销售事务，同时它还有权指定分代理商，有权代表制造商处理部分事务。总代理商必须是独家代理商，但独家代理商不一定是总代理商，独家代理商不一定有指定分代理商的权力。

分代理，是指由信息产品制造商直接指定的，或是由总代理商选择并上报给制造商批准的，受总代理商指挥的代理商。

第二节　信息产品渠道管理

信息产品渠道管理，是指信息产品制造商为实现公司制订的分销目标而对现有的渠道成员进行的管理和控制。

一、信息产品分销商的管理

（一）信息产品分销商的选择

1．分销商选择应考虑的因素

（1）市场覆盖范围　市场，是选择分销商最重要的因素。一方面要考虑所选分销商的经营范围所覆盖的地区与企业产品的预期销售地区是否一致，另一方面要考虑分销商的销售对象是否是企业所希望的潜在顾客，即目标市场是否相一致。

（2）分销商的信誉　分销商的信誉，在当前市场经济条件下是相当重要的，它不仅关系到企业产品销售的收款情况，还直接关系到企业产品的市场网络的支持。

（3）分销商的历史经验　分销商经营某种商品的历史和成功经验，是分销商自身优势的一种表现。经营历史较长的分销商，拥有一定的市场影响和一批忠实的顾客，且积累了比较丰富的专业知识和经验，将有利于企业产品的销售。

（4）分销商的合作意愿　合作意愿强的分销商，将会积极、主动地推销企业的产品，因此，企业必须认真考察被选分销商对企业产品销售的重视程度和合作态度。

（5）产品组合情况　在经销产品的组合关系中，如果分销商当前经销的产品与企业的产品是竞争产品，将不利于企业产品的销售，应尽量避免。

（6）分销商的财务状况　企业应尽量选择资金雄厚、财务状况良好的分销商，以保证能及时付款，或在财务上向企业提供一些帮助。

（7）分销商的区位优势　分销商的区位优势，即指分销商的地理位置优势。理想的分销商的位置应该是顾客流量较大的地点。

（8）分销商的促销能力　分销商推销商品的方式及运用促销手段的能力，直接影响企业产品的销售规模。在选择分销商之前，必须对其所能完成某种产品销售的市场营销政策和技能做全面的评价。

2．分销商选择的方法

分销商的选择，一般采用评分法进行选择。评分法，就是对拟选择作为合作伙伴的每个分销商，就其从事商品分销的能力和条件进行打分评价，根据评分的多少选择合适分销商的方法（见表 8-2）。

表 8-2　信息产品分销商的选择方法

评价因素	权数	分销商 1		分销商 2	
		评分	加权分	评分	加权分
1．市场覆盖范围	0.20	85	17	70	14
2．信誉	0.15	70	10.5	80	12
3．历史经验	0.10	90	9	85	8.5
4．合作意愿	0.10	75	7.5	80	8
5．产品组合情况	0.15	80	12	90	13.5
6．财务状况	0.15	80	12	60	9
7．区位优势	0.10	65	6.5	75	7.5
8．促销能力	0.05	70	3.5	80	4
总　分	1.00	615	78	620	76.5

案例 8-5：2005 年初，富士通开始扩充笔记本电脑渠道，以提升销量。首先，它们对分销商做了调整；其后，它们针对经销商推出了"众星"计划。"众星"计划分为三期：一期的目标是，三个月内在全国建立 100 家富士通笔记本电脑核心经销店，其中 25 家为

专卖店，75 家为店中店。专卖店将从原有的富士通笔记本电脑经销店中选出，并享有许多新的支持。二期的目标是，把富士通笔记本电脑核心经销店扩大到 200 家以上。三期的目标是，使富士通笔记本电脑核心经销店达到 330 家以上。

富士通将从店面面积、位置、销售能力和有无专业销售人员等方面，对申请建立富士通笔记本电脑核心经销店的经销商进行考查、评估。同时，富士通承诺给予入选的经销商各种奖励和支持，包括"经销商店面支持"、"零售管理奖励"、"销售奖励"、"Top 店长奖励"等。

在"经销商店面支持"方面，富士通将为专卖店提供房租、入场费，为专卖店和店中店提供装修费和店面展示物。

在"零售管理奖励"方面，富士通承诺凡是达到店面考评标准、完成承诺销量并于网上填报且回寄保修卡的经销商，均可获得数额不菲的现金奖励。

在"销售奖励"方面，富士通承诺凡销量达标并于网上填报且回寄保修卡的一线销售人员，即可获得销售奖励。

为了实施"众星"计划第一期和第二期，富士通分别投入 400 万元与 1 500 万元专项资金。在"众星"计划一期中，富士通共建立了 135 家核心经销店；在"众星"计划二期中，这一数字超过了 200 家。与此同时，富士通笔记本电脑的销量有了明显提高。

（二）信息产品分销商的评价

1．分销商评价的标准

（1）经济性标准　经济性标准是指分销渠道的经济效益。在三项评价标准中，它是最重要的评价标准。

（2）控制性标准　控制性标准是指企业对分销渠道的控制程度。一般来说，自建销售队伍的可控制性要强于销售代理商。

（3）适应性标准　适应性标准是指企业所选分销渠道的适应性。每一种分销渠道都有经销时期的约定。

2．分销商评价的指标

分销商评价的指标包括：销售绩效、财务绩效、分销商的忠诚、分销商的增长、分销商的创新、分销商的竞争和顾客满意度。

分销渠道评价与管理表，见表 8-3～表 8-7。

表 8-3　信息产品营销部门业绩目标管理表

项　　　目	部　门 1	部　门 2	部　门 3	部　门 4
目标额				
实绩额				
收款额				
排名				

表 8-4　信息产品业务员业绩目标管理表

项　目		目　标	实　绩	说　明
营业额回收货款	每日平均接受订货量			
	营业额			
	利润率			
	回收货款率			
	新产品（重点产品）营业额			
顾客管理	每日平均访问客户数量			
	总访问次数（每月）			
	每一客户平均访问时间			
	每一客户平均访问次数			
	负责客户数			
	每一客户平均营业额			
开发新客户	访问客户数			
	访问次数			
	契约成立数量			
	每一客户平均营业额			
情报管理	竞争对手动向报告			

表 8-5　信息产品经销商业绩目标管理表

辖　区	经销商名称	组　别	目　标　额	实　绩	评　核	原　因

表 8-6　信息产品区域销售目标管理表

产品类别	内　销			外　销	合　计
	区域 1	区域 2	区域 3		
产品甲					
产品乙					
产品丙					
合　计　.					

表 8-7　信息产品销售目标管理表

区　域	内　销	外　销	合　计
区域 1			
区域 2			
区域 3			
合　计			

（三）信息产品分销商的激励

信息产品分销商的激励，是指对信息产品分销渠道中的各个渠道成员所进行的激励。

分销商的激励包括直接激励和间接激励两种方式。

1．直接激励

直接激励，是指通过给予中间商物质、金钱的奖励来激发中间商的积极性，从而实现公司的销售目标。直接激励主要包括三种形式：返利、价格折扣和开展促销活动。

（1）返利　采用返利方式激励时应注意：① 返利标准一定要分清品种、数量、坎级和返利额度。② 返利形式一定要注明是现金返，还是货物返，或是二者结合。对于货物返，能否作为下期的销售任务数，也要注明。③ 返利时间是月返、季返，还是年返，应根据产品特征、流转周期而定。④ 返利附属条件，如严禁跨区域销售、严禁擅自降价、严禁拖欠货款等。

（2）价格折扣　价格折扣方式包括：数量折扣、贸易折扣、现金折扣和季节折扣。

（3）开展促销活动　开展促销活动应注意：① 促销目标一定要明确，如销售额增加多少，渗透终端店多少等。② 促销力度既要考虑是否能刺激中间商，又要考虑企业成本的承受能力。③ 促销内容，如赠品、抽奖、派送和返利等，一定要吸引人。④ 促销何时开始，何时结束，必须让所有顾客都知道。⑤ 促销费用申报。⑥ 促销活动管理。⑦ 对促销效果进行考评。

2．间接激励

间接激励，是指通过帮助中间商获得更好的管理、销售方法，从而提高销售绩效。

（1）帮助中间商做好进销存管理　帮助中间商做好进销存管理，是指帮助中间商建立进销存报表，做好安全库存数和先进先出库存管理。

（2）帮助中间商进行零售终端管理　帮助中间商进行零售终端管理，是指帮助中间商整理货架，设计商品陈列形式等终端管理工作。

（3）帮助中间商管理其客户网络　帮助中间商管理其客户网络，是指帮助中间商建立客户档案，包括客户的店名、地址和电话等，并根据客户的销售量将它们划分等级，据此告诉中间商对待不同等级客户应采用不同的支持方式等。

（4）实施伙伴关系管理　实施伙伴关系管理，是指制造商与中间商结成合作伙伴，风险共担，利益共享。伙伴关系管理，即伙伴营销，其基本构成要素为：共享利润、相互信任、相互尊重、相互联系、诚实反馈、相互合作、灵活多样和相互理解。在伙伴营销中，制造商与中间商作为合作者，共同致力于提高产品质量、降低管理成本，相互参与对方的产品开发、存货管理与销售过程。伙伴营销的建立多以长期合同为基础，双方着眼于未来交易和长期利益，将为共同的目标而努力。

案例 8-6：康柏公司分销渠道伙伴关系管理

分销渠道一直是康柏公司成功的保证与象征，康柏公司也一直把渠道建设作为全面建设中的重中之重。1998 年初，康柏公司在中国提出了"全面合作伙伴"发展战略，打破了传统意义上厂商和代理商之间单一的买卖关系，把代理商当作伙伴看待，加大对他们的全方位投入，增强代理商的增值服务能力，保证代理商在市场中的竞争能力，从而创造出更大的发展空间。经过多年的努力，建立起来并仍在不断扩大的经销体系，是康柏公司面向未来市场发展的基础。

为了进一步加强、巩固和提高分销渠道的力量，1999 年 5 月康柏公司建立了新的渠道市场部，全面负责管理和支持康柏公司的经销商队伍，负责制订市场推广计划并付诸实施。康柏公司渠道市场部成立后，出台了新的渠道政策与发展目标；建立了更强大的经销商队伍；改善了渠道销售能力；实现了国内提货；简化了运作程序；完善了奖励计划；帮助代理商减少库存；投资于地区市场，扩大地区需求量；以严谨的管理措施保持市场价格的稳定；通过严格管理和培训，提高代理商的增值能力，帮助代理商和经销商从单纯的销售转化为高效的解决方案供应商。

二、信息产品分销渠道的控制

（一）渠道冲突的类型及其化解对策

1．渠道冲突的类型

渠道冲突，是指分销渠道成员由于利益之争而引起相互间的矛盾与冲突，即分销渠道中的一方将另一方视为对手，对其进行伤害、设法阻挠或在损害该成员的基础上获得稀缺资源。渠道冲突包括以下几种方式。

（1）水平渠道冲突　水平渠道冲突是指某渠道内同一层次中的成员之间的冲突，如同级批发商或零售商之间的冲突，表现为跨区域销售、压价销售等。

（2）垂直渠道冲突　垂直渠道冲突是指同一条渠道中不同层次之间的冲突，如批发商与零售商之间的冲突，表现为信贷条件的不同、提供服务的不同、进货价格的不同等。

（3）多渠道冲突　多渠道冲突也称交叉冲突，是指两条或两条以上渠道之间的成员间发生的冲突，如代理商与经销商之间的冲突等。

2．渠道冲突化解对策

（1）销售促进激励　销售促进激励是指加强对渠道成员的激励，以物质利益刺激他们求大同，存小异，大事化小，小事化了，如价格折扣、数量折扣和按业绩奖励制度等。

（2）进行协商谈判　进行协商谈判是指为实现解决冲突的目标而进行的讨论沟通。成功的、富有艺术的协商谈判能够将原本可能中断的渠道关系引向新的成功之路。它是营销渠道管理常用的、有效的方法之一。

（3）清理渠道成员　清理渠道成员是指渠道成员不遵守规则屡教不改的，或该成员的人格、资信、规模和经营手法未达到成员的资格与标准，应被列为不合格的成员，而被清除出联盟。

（4）采取法律手段　采取法律手段是指当渠道系统中存在冲突时，一方成员按照合同或协议的规定要求另一方成员行使既定行为的法律或仲裁手段。法律手段应当是解决冲突的最后选择。

（二）窜货的类型及其治理对策

1．窜货的类型

窜货，也称倒货、冲货，是指产品越区销售，它是渠道冲突的一种典型的表现形式。

（1）自然性窜货　自然性窜货是指分销商在获取正常利润的同时，无意中向自己辖

区以外的市场销售产品的行为。

（2）良性窜货　良性窜货是指分销商不仅在其辖区内销售产品，而且将产品销售到其他非重要或空白市场的行为。

（3）恶性窜货　恶性窜货是指分销商为获取非正常利润，蓄意向自己辖区以外的市场销售产品的行为。

2. 窜货的治理对策

不是所有的窜货都具有危害性，也不是所有的窜货现象都应及时加以制止，但是对于恶性窜货现象，企业必须严加防范和坚决打击。对于窜货现象，企业可采取的对策有以下几个。

（1）归口管理，权责分明　企业分销渠道管理应该由一个部门负责，制定一整套的管理制度，如代理商的资格审查、设立市场总监和建立巡视员工作制度以及建立严格的奖惩制度等。

（2）签订不窜货协议　制造商与各地经销商、代理商之间是平等的企业法人关系，需要通过签订经销或代理合同来约束各分销商的市场行为。在合同中明确加入"禁止跨区销售"的条款及违反此条款的惩处措施。

（3）加强销售通路管理　销售管理人员对销售通路管理应做到：① 积极主动，加强监控，检查有无窜货现象发生；② 信息沟通渠道畅通，以便及时掌握市场窜货状况，并及时处理；③ 一旦确认为窜货现象，必须严肃处理。

（4）外包装区域差异化　企业对销往不同地区的产品可在外包装上进行区别，这是解决窜货的一个有效办法。① 给予不同的编码，采用批次编号，不同地区销售的产品批次编号不同；② 利用条码，对销往不同地区的产品外包装上印刷不同的条码；③ 通过文字标识，在每种产品的外包装上，印刷有"专供**地区销售"的字样；④ 采用不同颜色的商标，在保持其他标识不变的情况下，采用不同的颜色加以区分。

（5）建立合理的价差体系　企业的价格政策要有利于防止窜货。① 每一级代理的利润设置不可过高，也不可过低；② 管理好促销价，且对促销时间和促销货品的数量严加限制；③ 价格政策要有一定的灵活性，并且还要严格监控价格体系的执行情况，并制订对违反价格政策的处理办法，使分销商不至于因价格差异而窜货。

（6）加强营销队伍的建设与管理　营销人员自身的素质对窜货的管理至关重要。① 严格人员招聘、甄选和培训制度；② 制订人才成长的各项政策，使各业务员能人尽其才；③ 严格推销人员的考核，建立合理的报酬制度，考核时应注意销售区域的潜量以及区域形状的差异、交通条件和地理状况等，力争从多方面杜绝窜货现象的发生。

三、信息产品分销渠道的调整与整合

（一）信息产品分销渠道的调整

1. 渠道成员功能调整

渠道成员功能调整，是指重新分配分销渠道成员所应执行的功能，使之能最大限度地发挥自身潜力，从而达到整个分销渠道效率提高的目的。

2．渠道成员素质调整

渠道成员素质调整，是指通过提高分销渠道成员的素质与能力来提高分销渠道的效率。素质调整可以用培训的方法永久地提高分销渠道的素质水平，也可以用帮助的方法暂时提高分销渠道成员的素质水平。

3．渠道成员数量调整

渠道成员数量调整，是指增加或减少分销渠道成员的数量，以提高分销渠道的效率。

4．个别分销渠道调整

个别分销渠道调整，是指增加或减少某些分销渠道。这是分销渠道调整的较高层次，具体可采用两种方法：① 某个分销渠道的目标市场重新定位，即考虑将该分销渠道用于其他目标市场；② 某个目标市场的分销渠道重新选定，即考虑重新选择新的分销渠道占领目标市场。

（二）信息产品分销渠道的整合

分销渠道的整合，是指将所有分销渠道成员整合成一个互动联盟。该联盟能通过优势互补，营造成增势的效果，从而在纵深两方面强化渠道的竞争能力。

1．渠道扁平化

渠道扁平化，是指增加渠道的跨度而减少渠道的层次。渠道扁平化绝不是简单地减少某一渠道层次，而是指优化企业的供应链，真正减少供应链中不增值或增值很少的环节。

2．渠道品牌化

分销渠道与产品、服务一样，需要建立品牌。渠道品牌化，就是树立整个分销渠道的品牌知名度和美誉度，利用渠道的品牌优势推进产品的销售。

3．渠道集成化

渠道集成化，是指把传统渠道和新兴渠道完整地结合起来，充分利用两者各自的优势，共同创造一种全新的经营模式。

4．渠道伙伴化

渠道伙伴化，是指通过渠道整合，建立渠道成员间伙伴型的关系，各渠道成员不仅是利益共同体，而且是命运共同体。伙伴方式包括联合促销、信息共享和互相培训学习等。

5．决胜终端

决胜终端，是指企业以终端市场建设为中心来运作市场。一方面通过代理商、经销商和零售商等环节的服务和监控，使得各自的产品能够及时、准确而迅速地通过各渠道环节到达零售终端，提高产品市场的展露度，使消费者买得到；另一方面在终端市场进行各种各样的促销活动，提高产品的出货率，激发消费者的购买率。具体措施包括：

1）激励零售商的积极性，直接返利到零售商场。

2）对导购员队伍进行科学激励和绩效管理，加强对导购员的产品知识及素质的培训。

3）完善对终端基层管理者的产品知识、导购技巧、售点陈列维护和沟通技巧等业务培训。

4）贴心服务到终端及当地市场。

5）规范定期市场巡视制度，确保终端售点始终保持在最佳状态。

6）推行文化营销，整个销售队伍为共同愿景和统一的文化平台而奋斗。

案例 8-7：联想集团成立于 1984 年，由中科院计算机所投资 20 万元人民币、11 名科技人员创办，到今天已经发展成为一家在信息产业内多元化发展的大型企业集团。

联想集团的销售渠道是相当强大的，鉴于联想集团的 IT 产品极为丰富，再加上在国内市场打拼多年，对国内的情况了如指掌，渠道自然做得好。联想集团实现了 IT 渠道、OA 渠道和专业打印机渠道和谐发展的厂商。目前，联想集团 IT 渠道、OA 渠道、专业打印机渠道的组成比例大致为 6:2:2，区域分销、产品包销等多种模式并存，在 18 个分区都有自己的产品营销和渠道管理队伍，近年在五、六级市场增长得很快。

联想集团在 1999 年提出了"店面为王"的销售理念，讲究的就是在营销过程中重视发挥渠道终端的作用，尤其是在开发新市场时，更应重视渠道终端的建设。在 2000 年提出了渠道优化的策略，提出了渠道要走专业化发展的道路。联想集团在终端建设上可谓下足了功夫，建立了覆盖 600 余个县级地区的 4 000 多家专卖店，使得联想集团"店面为王"的销售理念得到了很好的体现。

联想集团的 PC 业务如火如荼，2005 年并购了 IBM 的 PC 业务后，公司对渠道进行整合，用两条腿来走路：一条是传统的渠道销售模式，另一条是直营模式。虽然说办公室产品的销售模式和 PC 业务的销售模式有一定的差异，但是这样的模式对于其办公室产品是受益非浅的，可以借助既有的渠道模式进行全方位的整合。

技能训练

信息产品销售代理协议书写作技能训练

案例背景：

广东联华计算机有限公司拟通过销售代理方式开拓广东省的农村市场。公司拟在广东省内寻求一个销售总代理合作伙伴，总代理公司联华牌电脑的销售。很快，广东省南方计算机连锁超市有限公司应征合作。为明确企业与总代理商的权利与义务，切实保障各自的权益，公司拟与南方计算机连锁超市有限公司签订一份信息产品销售代理协议书，合作期限暂定为一年，自 2009 年 6 月 1 日到 2010 年 5 月 31 日。协议约定，若合作成功，公司将续签两年。

试根据以上背景资料，为联华公司制定一份信息产品销售代理协议书。

目的和要求：

1）能认识并实现组织分工与团队合作。

2）能撰写出符合格式要求的信息产品销售代理协议书。

3）能整理总结出信息产品销售代理协议书写作课题分析报告。

4）能清晰地口头表达出信息产品销售代理协议书写作实训心得。

训练指导：

1）组建实训课题小组：将教学班学生按每小组 6～8 人划分成若干课题小组，每个小组指定或推选出一名小组长。

2）确定实训小组课题：每个小组根据信息产品销售代理协议书写作背景资料的要求，完成一份信息产品销售代理协议书的写作。

3）实施写作课题研究：各小组长根据信息产品销售代理协议书写作的计划，调配资源，明确各组员的任务，并督促大家有效地完成任务，包括：信息产品销售代理协议书的草拟、修改和定稿，信息产品销售代理协议书写作课题分析报告的撰写、打印以及小组的发言等。

4）撰写实训课题报告：每个小组完成一份信息产品销售代理协议书写作的课题分析报告。报告格式见表 8-8。

5）陈述实训心得：由各个小组推荐的发言人或小组长代表本小组陈述本小组实训课题分析报告和实训心得。

表 8-8　信息产品销售代理协议书写作课题分析报告

第　8　次实训

班级_____　　学号_____　　姓名_____　　实训评分_____

实训时间_____　　实训名称 信息产品销售代理协议书写作技能训练

一、实训操作背景

二、实训目标要求

三、实训操作内容

四、实训心得体会

五、实训评价（指导老师填写）

第九章 信息产品促销策略

目的要求

一、知识理解要求

1. 能叙述和理解信息产品促销的作用和组合。
2. 能叙述和列举信息产品促销的导向与特点。
3. 能理解和运用信息产品人员推销策略。
4. 能理解和运用信息产品广告策略。
5. 能理解和运用信息产品营业推广策略。
6. 能理解和运用信息产品公共关系策略。

二、实训技能要求

1. 能综合运用本章知识剖析现实案例。
2. 能依据案例背景策划信息产品促销方案。
3. 能撰写信息产品促销方案策划课题分析报告。

重点难点

1. 信息产品人员推销策略。
2. 信息产品广告策略。
3. 信息产品营业推广策略。
4. 信息产品公共关系策略。
5. 信息产品促销方案的策划。

案例导引

华硕笔记本的成功之道

在中国，笔记本市场依然处于成长期，用户对笔记本产品已经非常熟悉，现有的笔记本品牌都有相当的知名度，联想、IBM、惠普、戴尔以及东芝这样的品牌已经牢牢地掌握了相当一部分的市场份额，品牌的影响力逐渐加大，那么这个时候，新兴的品牌如何对市场造成"冲击"，这是关键的因素。华硕这个品牌 1999 年就已经入市，一开始在市场上的表现较为平平，在 2003 年下半年才开始颇有建树，华硕是在 2003 年选择用软性宣传开始打市场的。

1. 零点行动

熟悉笔记本的人都记得，华硕的"零点行动"——华硕对全系列笔记本电脑提供无亮点承诺。凡在 2003 年 3 月 1 日后购买华硕笔记本电脑的用户，如果发现笔记本屏幕有亮点，30 天内通过华硕免费客户服务专线可获得更换无亮点 LCD 屏幕的服务。

这是华硕在笔记本市场非常有冲击力的一次公关，因为即使到现在，大多数笔记本厂商依然对消费者说"在 5 个亮点以下的 LCD 屏幕，就算是合格的屏幕"。正如以往的促销活动，都是直接对用户说，"我给你怎样的优惠，你来买我的产品吧"。而华硕则温情许多，用产品质量的承诺，来奠定其在消费者心目中的形象。

2. 事件行销

在 2004 年，华硕的事件行销就一直保持不断，几乎每个月，华硕都有相应的公关活动。2004 年 3 月，华硕轻薄之道的产品发布会，奠定了华硕以轻薄作为它的产品的卖点；5 月份，华硕 15 周年庆典活动体现了其扎根于电脑产品的历史悠久；接下来一连串的市场公关活动，包括：与中国击剑队、中科院的亚马逊流域的生态考察，华硕杯中韩电子竞技对抗赛，"闪硕我的大学"，"轻薄之旅——与华硕笔记本同行"，支持北极科考的 7+2 活动等等，使得华硕的市场公关活动丰富多样。也就是在这段时间，各笔记本品牌的事件行销开始丰富多样起来，似乎笔记本品牌一夕之间明白了，原来公关活动并不只靠促销。其实，事件行销各个品牌或多或少都有一些，而只有华硕，一直在坚持进行，通过事件来保证其媒体曝光率和关注度，对其笔记本的产品形象作出良好的烘托。

3. 产品的品质宣传

华硕对其品质一直有"坚若磐石"的宣传，正如北京的用户一进海龙，就能在电梯口最显眼的地方看到这个宣传海报。华硕是获得德国 IF 设计金奖的唯一的亚洲品牌，以及在 CeBIT 亚洲展会的 2005 年第三届中国设计 Top 10（十佳）大奖的中获得 3 个席位。

产品的宣传和公关活动是每个品牌致力于其宣传的重点。但像华硕一样做成一个"事业"，甚至是一个乐趣的，却并没有几家。在产品宣传的同时，华硕抓住了品牌的灵魂，这正是华硕产品宣传的成功之道。

基础知识

第一节　信息产品促销概述

一、信息产品促销概述

1．促销的含义

促销，是指信息技术企业通过人员和非人员方式将所经营的产品或提供的服务的信息传递给消费者，激发其购买欲望，影响和促进其产生购买行为的方法。

促销的本质是信息的传播与沟通，即通过向消费者传递企业及其产品的相关信息，影响他们接受企业及其产品，以便直接或间接地促进产品的销售。

2．促销的作用

（1）提供商业信息　促销活动的开展，可以向顾客提供企业生产经营的产品、品牌、功能、特点、销售点和购买条件等信息。

（2）提高竞争能力　促销活动的开展，可以有效地提高企业产品和品牌的知名度，促使顾客加深对企业产品和品牌的认识与喜爱，增强信任感，从而提高竞争能力。

（3）巩固市场地位　促销活动的开展，可以树立良好的企业形象，从而培养和提高顾客的品牌忠诚度，巩固和扩大企业产品的市场占有率。

（4）拓展目标市场　促销活动的开展，可以引起顾客对企业产品的兴趣，诱导其需求，引导顾客的消费，从而为产品拓展市场提供有效帮助。

3．促销策略

（1）拉引策略　拉引策略是指企业以最终消费者为主要促销对象，通过广告、营业推广等直接面向消费者的强大促销攻势，把企业产品或服务介绍给最终市场的消费者，使之产生强烈的购买欲望，形成急切的市场需求，然后拉引中间商纷纷要求经销该种产品的策略。

（2）推动策略　推动策略是指企业以中间商为主要促销对象，通过人员推销的手段，争取中间商的合作，利用中间商的力量把企业产品或服务推向市场，推向消费者的策略。

4．促销组合

促销组合，是指企业有目的、有计划地将多种促销方式配合起来综合利用，形成一个整体的促销策略系统。促销组合的方式见表9-1。

表9-1　促销组合的方式

促销方式	优　点	缺　点
人员推销	直接沟通信息、反馈及时、针对性强、可当面促成交易	占用人员多、费用高、接触面窄
广告	传播面广、形象生动、节省人力	只针对一般消费者、难以立即成交、广告支出较大
营业推广	吸引力大、激发购买欲望、可促成消费者即时冲动购买行动	接触面窄、有局限性、有时会降低产品价格
公共关系	影响面广、信任度高、可提高企业知名度和声誉	花费力量较大、效果难以控制

二、信息产品促销策略的导向

促销策略的导向，即促销策略的定向，是指在一定时期内，以什么样的因素来左右和引导促销策略的制订。具有一定导向的促销策略可以引导消费者去认识、购买和使用商品。

1．利益导向

利益导向，是指在促销策略中贯穿一种利益关系，使消费者充分感受到，如果购买使用某种产品或服务，可以从中获得某种实惠，获得某种物质和精神上的满足。

比如电脑的促销。一般的做法是一而再、再而三地宣传电脑的内在品质，电脑的使用给用户带来的利益等，但进一步了解才会发现，要使消费者成为企业产品的用户，还必须教会他如何去驾驭电脑，如何得心应手地去操作它。此时，促销策略的利益导向就发生了变化，其做法就应有所改变。

2．品牌导向

消费者对信息产品的品牌偏好，是消费者对信息产品品质的期望和寻求一种心理上的满足。品牌导向可以起两个作用：一是可以使消费者在众多的竞争产品中甄别出企业的产品，使之成为企业的顾客；二是可以使消费者对企业未来的新产品更加关注，率先创造出一批潜在的顾客。

案例 9-1：英特尔芯片从无品牌到"奔腾"芯片，从无品牌的工业型号系列，如 8086、80286、80386 和 80486 发展到"奔腾"品牌系列，就是力求使企业的芯片技术以鲜明的"个性"，从众多开发者竞相仿造的"数字游戏"中脱颖而出，给消费者选择的方便。这是品牌导向作用的表现。

3．创新导向

技术创新不仅是一种技术行为，更是一种市场行为，是以营利为目的的行为。技术的成长是在不断地解决问题和提高集成度的相互作用下实现的。不断地发现问题并通过不断地提高集成度解决问题，实质上既是一个企业寻求市场机会，赢得市场机会的过程，也是一个用户寻求满意的过程。因此，在促销策略中向社会公众，包括中间开发者、中间商和最终用户宣传技术创新的这种社会意义和市场价值，其号召力是非常大的。

案例 9-2：在电脑业中，过去一些名不见经传的中小型企业，例如 Sun、Oracle 等公司之所以能如日中天，正是创新导向的结果。他们首先让公众认识到电脑网络时代将成为发展主流这一历史趋势，告诉公众对 PC 机及应用软件的投资将无限的"膨胀"这一难题，然后 Sun 公司推出了"JAVA"网络软件，而 Oracle 公司推出了"NC"网络电脑，极高的性价比令千千万万的消费者折服了。

4．竞争导向

所谓竞争导向，是指信息技术企业把竞争对手的行为作为自己促销策略设计的主要参照系，制订出一套动态的针对竞争对手的促销策略。构成竞争行为参照系的要素包括：① 竞争对手的 R&D（研究与开发）动态；② 竞争对手产品的缺陷；③ 竞争对手产品的上市速度；④ 竞争对手的反应模式；⑤ 竞争对手促销策略的强度等。

三、信息产品促销的特点

1. 信息产品促销是一种知识营销

信息产品的主要特点（技术性、快速更新性和创新性等）对企业促销战略的制订将产生重要影响。首先，产品的高技术性要求企业阐明产品的特性是如何满足消费者的需求和愿望；其次，产品的快速更新性要求企业向消费者说明产品的适用性；第三，产品的创新性要求企业向消费者解释采用的新技术和为消费者提供的新增的价值。因此，信息产品的营销就是一种知识营销。

案例 9-3：比尔·盖茨的先教电脑，再卖电脑的做法就是典型的知识营销。他斥资 2 亿元，成立盖茨图书馆基金会，为全球一些低收入地区的图书馆配备最先进的电脑，又捐赠软件让公众接受电脑知识。

知识营销要求信息技术企业的营销人员专家化，使用训练有素的技术人员代替传统的推销队伍。要求营销人员不仅要具备营销人员的素质和能力，而且要具备丰富的专业知识，通晓产品的性能、用途、使用方法和相对竞争对手产品的优势，并掌握现代信息手段。

知识拓展 9-1　知识营销

知识营销，是指向大众传播新的信息技术以及它们对人们生活的影响，通过科普宣传，让消费者不仅知其然，而且知其所以然，重新建立新的产品概念，进而使消费者萌发对新产品的需要，达到拓宽市场的目的。

随着知识经济时代的到来，知识将成为发展经济的资本，知识的积累和创新，将成为促进经济增长的主要动力源。因此，作为一个信息技术企业，在做信息技术开发的同时，还要进行知识的推广，使一项新产品研制成功的市场风险降到最小，而要做到这一点，就必须运用知识营销。

2. 信息产品促销首要任务是令消费者安心

消费者选购信息产品的决策标准除了价格因素之外，主要就是对企业的信任以及产品的性能和质量。因此，信息产品的促销首要的是给消费者予以指导，以使消费者安心，而不能像传统产品促销那样去鼓励和吸引消费者。

3. 信息产品促销更要讲究促销艺术

信息产品在技术上的复杂性和应用上的专门化，使其与丰富的人类精神生活形成鲜明反差。为抵消这一不良影响，信息产品的广告促销和营业推广都应更具有情感特点，以情动人。例如，联想集团的著名广告"人类失去联想，世界将会怎样"就发人深省，令人倍感亲切。

四、信息产品促销的程序

1. 制订促销目标

促销目标，是指信息技术企业促销活动开展应达到的目标。它是一种阶段性的目标，必须服从信息技术企业的整体营销目标。制订促销目标应力求准确性、现实性和科学性。

2．明确促销主题

设计的促销主题，必须要能引起消费者的注意，激发消费者的购买欲望。促销主题应鲜明生动、通俗易懂并结合流行热点和焦点。

3．选择促销创意

促销创意必须求新、求奇和求特，使消费者感到好奇、新鲜，感到特别，感到与众不同，这样的促销活动才会有吸引力。

4．拟定促销方案

拟定的促销方案必须是具有可操作性的具体实施方案，促销方案必须明确促销地点、时间、方式、口号、促销品种、促销人员分工及要求以及礼品发放和回收优惠券等工作。拟定促销方案时，应注意考虑的因素有以下几个。

（1）促销时机　应根据消费需求时间的特点并结合企业市场营销战略来确定。

（2）促销期限　应综合信息技术企业产品特点、消费者购买习惯、促销目标和竞争者策略等因素来确定。

（3）促销对象　应根据不同的促销对象选择不同的促销方式。

（4）促销预算　拟定促销方案时，必须考虑促销活动的每一环节、每一步骤，对其总开支应有一个规划和控制，尽量做到少花钱多办事。

（5）应急方案。在拟定促销方案时，应制订一套应急方案，针对各种可能出现的意外情况制订相应的解决办法。

5．实施促销方案

实施促销方案应在促销活动开展前做好各种准备工作，并在执行过程中考虑好每一个细节，包括现场商品整理陈列、库存的检查、及时的调货、销售资料的记录、活动落实的检查以及出现问题后的改进等。

6．评价促销效果

促销方案执行后，信息技术企业应认真地总结其经验与教训，评价促销活动的效果，为以后促销活动的开展提供资料与帮助。

第二节　信息产品人员推销策略

一、信息产品人员推销概述

信息产品人员推销，是指信息技术企业派出推销人员直接向顾客传播和沟通信息，推介信息产品，使其产生购买行为，促成产品实现销售的促销方式。

（一）信息产品人员推销的任务

1．推销产品

推销产品，是信息产品人员推销的基本任务，即通过与顾客的直接接触，有效地分

析顾客的需求，运用销售的技巧，诱导其购买，从而实现信息产品的销售。

2．寻找客户

推销人员在推销信息产品的过程中，要善于从市场中挖掘和发现新的潜在的顾客需求，捕捉企业新的市场机会。

3．传播信息

推销人员应及时地将企业的产品信息传递给目标顾客，诱导和激发顾客的购买欲望。

4．收集信息

推销人员应时刻保持敏锐的营销意识，善于收集各种现实或潜在的顾客需求信息，并及时反馈给企业的决策部门。

5．提供服务

推销人员在与顾客一对一接触过程中，应始终如一地为顾客提供各种售前、售中和售后服务，如产品咨询、技术支持、资金融通和解决存在问题等。

（二）信息产品人员推销的形式

1．上门推销

上门推销，是指由推销人员携带样品、说明书和订货单等资料走访顾客，实现产品销售的方式。这是一种被企业和公众广泛认可和接受的推销形式。

2．柜台推销

柜台推销，是指由营业员接待进入商店的顾客，向顾客介绍信息产品，回答询问，促成交易的推销方式。

3．会议推销

会议推销，是指利用各种会议的形式介绍和宣传信息产品，开展推销活动，如推介会、订货会和展销会等。

二、信息产品人员推销的程序与策略

（一）信息产品人员推销的程序

1．寻找顾客

推销人员可以通过信息查询法、介绍寻访法等方法寻找新的顾客和潜在顾客。

2．推销准备

开展推销之前，推销人员应充分做好相关资料的准备，包括市场资料、顾客资料和信息产品资料等。

3．访问顾客

推销人员开始（第一次）与顾客进行接触，要让顾客留下深刻和良好的印象。

4．推销洽谈

在推销洽谈过程中，要介绍信息产品的整体优势和突出特点，重点说明信息产品能给顾客带来的利益。

5．处理异议

推销人员在顾客产生异议时，应随机应变地排除异议，说服顾客。

6．达成交易

当顾客被说服时，推销人员应及时与顾客签订购销合同，达成交易。

7．跟踪反馈

在信息产品销售后，推销人员还应及时了解顾客使用产品后是否满意、是否有问题需要解决等，并积极、及时地做好售后服务。

（二）信息产品人员推销的策略

1．刺激—反应策略

刺激—反应策略，也称试探性策略，是指当推销人员不了解顾客需求时，运用事先精心设计的主题，与顾客进行渗透性交谈，通过试探，了解顾客需求后，再进行推销的策略。

2．配方—成交策略

配方—成交策略，也称针对性策略，是指当推销人员掌握了顾客的需求后，有针对性地宣传、展示和介绍信息产品，以引起顾客的兴趣和好感，从而达成交易的策略。

3．诱发—满足策略

诱发—满足策略，也称诱导性策略，是指推销人员在推销时，能因势利导，有意识地诱发、唤起顾客对某种信息产品的需要，促使顾客产生想满足这种需要的欲望，然后不失时机地宣传、介绍和推荐所推销的产品，从而实现成交的策略。

案例9-4：诺基亚手机销售技巧

诺基亚公司辅导其经销商推介产品有特色鲜明。其"目标用户群"和"独有卖点"的推销方法，是诺基亚公司在其长期的营销实战中总结出来的营销经验。"目标用户群"和"独有卖点"推销方法如下：

在推销每款手机时，诺基亚公司一直强调其销售人员首先要清楚知道："目标用户群"，即每款手机的各种潜在顾客。如诺基亚3330中文的"目标用户群"为：① 年龄在20～40岁之间，以20～25岁的年轻人为主；② 喜爱社交的年轻人；③ 心理、精神上年轻的人；④ 喜欢娱乐及自我展示的用户。

只有清楚地知道诺基亚品牌手机的"目标用户群"结构，那么在销售时就能针对各种不同顾客，介绍相应的各款手机，从而避免盲目的推销。找到目标用户群是第一步，跟着就是要向顾客介绍手机的"独有卖点"。如诺基亚3330中文机的独有卖点为：① 移动互联网服务；② 动画屏幕保护，并且可下载；③ 新游戏"弹珠台"；④ 内置电话簿100个，并可复制。

各款手机的"独有卖点"可从手机的包装盒上得知，一般情况下，机盒上标明此款手机的特别功能即是此款手机的"独有卖点"。找到"独有卖点"后，那么在推销时就可按"功能——优点——好处"这样的顺序向顾客推介手机，即先介绍此款手机有什么功能，接着说明这些功能的优点，最后介绍这些功能会给顾客带来什么好处。只要顺着这个顺序向顾客介绍手机，就能一步一步引导顾客从不认识到熟悉，从浅到深地认识你所介绍的手机，从而让顾客对你所介绍的手机爱不释手，最后决定购买，从而达到成功销售的目标。

三、信息产品推销人员的选择与培训

（一）信息产品推销人员的组织结构

信息技术企业的推销人员可以采取三种形式，一是建立自己的销售队伍，使用本企业的推销人员来推销产品，这是信息技术企业推销人员的主要组成部分；二是使用专业合同推销人员，如销售代理商、经纪人等；三是雇用兼职的售点推销员，开展产品操作演示、咨询介绍等。企业的推销人员根据组织结构形式的差异，可形成不同的结构。

1. 区域式结构

区域式结构，是指企业将目标市场划分为若干个销售区域，每个推销人员负责一个区域内的全部产品推销业务的组织结构形式。

2. 产品式结构

产品式结构，是指企业将产品分成若干类，每个推销人员或每几个推销人员为一组，负责推销其中一种或几种产品的组织结构形式。

3. 顾客式结构

顾客式结构，是指企业将其目标市场按顾客的属性进行分类，不同的推销人员负责向不同类型的顾客进行产品推销的组织结构形式。

4. 复合式结构

复合式结构，是指当企业的产品类别多、顾客的类别多而且分散时，综合考虑区域、产品和顾客因素，按区域——产品、区域——顾客、产品——顾客或区域——产品——顾客等来分派推销人员的组织结构形式。

（二）信息产品推销人员的选择

1. 信息产品推销人员的素质要求

（1）富有责任感的职业道德　推销工作是一项具有挑战性的艰辛的工作，推销人员需要有积极向上、勇于进取的精神，强烈的事业心和高度的责任感。

（2）宽广的知识结构　推销人员必须具有开阔的知识面，应该具备多方面的基本知识，包括政治法律知识、经济学、市场营销学、社会学、心理学知识等。

（3）随机应变的沟通能力　顾客的购买意图往往若隐若现，成交信号也是稍纵即逝，且不同顾客的需求存在着差异性，因此，推销人员必须具备随机应变的沟通能力。

（4）乐观自信的个性和亲和力　推销人员应该具备热情奔放、乐观自信、当机立断的外向型性格特征，经常保持乐观主义的精神面貌，使人产生平易近人的亲和力。

2. 信息产品推销人员的选择方法

（1）专业知识测验　主要对应聘者进行推销知识方面的测验，旨在衡量应聘者是否具备所需的推销基本知识，可以采取笔试或口试方式。

（2）心理素质测验　主要是对应聘者进行智力、个性、兴趣和素质等心理特征的测验。智力测验主要测定应聘者的智力系数，包括记忆、思考、理解、判断和辩论等能力；

个性测验主要测定应聘者的脾气、适应力、推动力和感情稳定性等个性；兴趣测验主要测定应聘者的学习或工作方面的兴致所在；素质测验主要测定应聘者的推销才能、社交才能等方面的潜在素质。

（3）环境模拟测验　主要是采取模拟工作环境的各种情况的办法，测验应聘者在若干推销工作压力下怎样做出反应。主要方式有推销实习、挫折处置和实地试验等。推销实习，是指提供给应聘者一切有关资料，要求应聘者表演如何向购买者进行推销，然后由主持测验人做出评判。挫折处置，是指由面谈人利用批评、阻碍或表示应聘者已经落选等方式给出一种挫折的情形，就如同在推销工作中遇到挫折一样，看应聘者如何应付和处理。实地试验，是指让应聘者随同推销员一起工作，使其能观察实地工作情形，面对真正的顾客，看应聘者应付顾客的能力和对待工作的兴趣与态度等。

（三）信息产品推销人员的培训

推销人员的培训内容一般包括：企业、产品、用户、市场等知识和推销技巧、推销程序、推销责任等。培训的方法包括课堂培训、会议培训、模拟培训和实地培训等方法。

1．课堂培训

这是一种正规的课堂教学培训方法，一般由推销专家或有丰富销售经验的推销人员采取讲授的形式将知识传授给受训人员。

2．会议培训

这种方法也称专题讨论，一般是组织推销人员就某一专门议题进行讨论，会议由主讲老师或推销专家组织。

3．模拟培训

这是一种由受训人员亲自参与并具有一定实战感的培训方法，具体做法可以是实例研究、角色扮演和业务模拟等。

4．实地培训

这是一种在工作岗位上练兵的培训方法，一般是由有经验的推销人员带几周，然后才逐渐放手，让其独立工作。

四、信息产品推销人员的考核与激励

（一）信息产品推销人员的考核

对推销人员的激励是建立在对他们的推销成绩进行考核和评估的基础上，企业对推销人员的考核和评估，不仅是为了表彰先进，也是为了发现推销效果不佳的市场和人员，分析原因，找出问题，加以改进。推销人员的考核评估指标可分为两个方面：

1）直接的推销效果，如推销产品的数量与价值、推销的成本费用和新客户销量的比重等。

2）间接的推销效果，如访问顾客人数与频率、产品与企业知名度的增加程度和顾客服务与市场调查任务的完成情况等。

（二）信息产品推销人员的激励方式

1）环境激励　环境激励是指企业创造一种良好的工作氛围，使推销人员能心情愉快地开展工作。

2）目标激励　目标激励是指为推销人员确定一些拟达到的目标，以目标来激励推销人员的上进心和积极性。

3）物质激励　物质激励是指对做出优异成绩的推销人员给予晋级、奖金、奖品和额外报酬等实际利益，以调动推销人员的积极性。

4）精神激励　精神激励是指对做出优异成绩的推销人员给予表扬，颁发奖状，授予称号等，以此来激励推销人员的上进心和积极性。

（三）信息产品推销人员的报酬制度设计

1）纯薪金制度　纯薪金制度是指无论推销人员的销售额多少，均可于一定的工作时间之内获得一定的报酬，即固定报酬的薪金制度。

2）纯佣金制度　纯佣金制度是指推销人员的报酬与一定期间的推销工作成果或数量直接有关的，即按一定比率给予佣金的薪金制度。

3）薪金加佣金制度　薪金加佣金制度是指以单位销货或总销售金额的较少比率作佣金，每月连同薪金支付，或年终结束时累积支付的薪金制度。

4）薪金加奖金制度　薪金加奖金制度是指推销人员除了可以按时收到一定薪金外，还可获得较多的奖金的薪金制度。

5）薪金加佣金再加奖金制度　薪金加佣金再加奖金制度指兼顾薪金、佣金和奖金三种方法，利用佣金及奖金，以促进工作成效的薪金制度。

6）特别奖励制度　特别奖励制度是指规定报酬以外的奖励，即额外给予奖励的薪金制度。

第三节　信息产品广告策略

一、信息产品广告概述

信息产品广告，是指信息技术企业以向大众媒体支付一定费用的方式将信息产品的有关信息传递给社会公众，以促进和扩大信息产品销售的促销方式。

（一）信息产品广告的特征

1）公众性　公众性是指信息产品广告是一种高度大众化的促销手段。

2）渗透性　渗透性是指信息产品广告可将促销信息多次重复传播，向目标受众反复渗透，加深其印象并使其接受。

3）表现性　表现性是指信息产品广告是一种具有表现力的信息传播方式，它可以借助声音、图像以及各种艺术形式生动地表达促销信息。

（二）信息产品广告的目标

信息产品广告的最终目标就是通过广告宣传，提高企业产品的知名度，从而促进信息产品销售。但具体到不同的时期，其具体目标也是有所不同的，具体包括以下几个。

1．通知性广告目标（创牌广告目标、开拓性广告目标）

（1）广告目的　在于介绍新产品和开拓新市场。

（2）广告诉求重点　通过对产品的性能、特点和用途的宣传介绍，提高消费者对产品的认识程度，提高消费者对新产品的知名度、理解度和品牌商标的记忆度。

（3）适用范围　产品生命周期的介绍期（导入期）和成长期的前期。

2．劝说性广告目标（竞争广告目标、比较性广告目标）

（1）广告目的　在于加强产品的宣传，提高产品市场竞争能力。

（2）广告诉求重点　宣传企业产品较同类其他产品的优异之处，创立企业产品品牌，树立企业形象和产品形象，培养顾客对本企业品牌的忠诚度。

（3）适用范围　产品生命周期的成长期后期和成熟期。

3．提示性广告目标（保牌广告目标）

（1）广告目的　在于巩固已有市场阵地，并在此基础上深入开发潜在市场和刺激购买需求。

（2）广告诉求重点　着重保持消费者对企业产品和品牌的好感、偏爱和信心。

（3）适用范围　产品生命周期的成熟期后期和衰退期。

二、信息产品广告主题与设计

（一）信息产品广告主题

广告主题，是指广告将对消费者产生的预期认识、情感和行为反应。

1）理性主题　理性主题是指直接向目标顾客和公众诉诸某种行为的理性利益，或显示产品能产生人们所需要的功能利益与要求，以促使人们做出既定的行为反应，例如，恒基伟业的"科技让你更轻松"、中国电信网络快车的"越了解宽带，越信赖网络快车"。

2）情感主题　情感主题是指试图向目标顾客诉诸某种情感因素，以激起人们对某种产品的兴趣和购买欲望，例如，TCL 公司的"为顾客创造价值"、中国联通的"我只在乎你真正的满意"。

3）道德主题　道德主题是指以道义诉诸广告主题，使广告接收者从道义上分辨出什么是正确的或适宜的，进而规范其行为。

（二）信息产品广告设计要求

1）概念明确　广告设计时，对于要推销的产品要有明确的概念，要使广告的接受者一接触广告便能清晰地知道他看到或听到的是什么。

2）印象深刻　一则成功的广告，必须在短短数秒钟内给人以深刻的印象，这样才能使消费者深深地记住其内容。

3）引起兴趣　广告的设计，要使消费者从无意注意转为自觉有意注意，使广告对消费者产生巨大的影响。通常能引起人们兴趣和注意的事物主要包括新奇的、自然的、轻捷的、真实的和浓烈的事物。

4）信息充足　广告在内容设计时应尽可能向消费者全面而准确地介绍产品。但一般情况下，广告应以突出重点的方式，把所宣传的产品或服务的最引人注目之处，或最与众不同之处重点介绍给消费者。

5）推动力强大　一则好的广告，必须充分揭示产品的功效，强调产品与消费者需求的联系，这样才能对消费者产生强大的推动力，使人在看了或听了之后产生强烈的购买欲望。

三、信息产品广告决策

（一）信息产品广告预算决策

信息产品广告预算，是指信息技术企业对信息产品广告活动所需费用的匡算。广告预算对广告活动具有计划和控制作用。作为计划手段，它以经费形式说明广告活动计划；作为控制手段，它在财务上决定广告计划执行的规模和进程。

1. 广告预算的内容

广告预算的内容包括广告调查费用；广告制作费用；广告媒体费用和其他相关费用。

2. 广告预算的方法

广告预算的方法包括：① 量力而行法：根据企业的财力大小决定广告的开支预算；② 百分率法：根据销售额百分率或利润额百分率来确定广告的预算；③ 竞争对抗法：比照竞争者的广告开支决定企业广告的预算；④ 目标任务法：根据广告目标的要求制订广告预算；⑤ 投资利润率法：将广告支出视为一种投资，先预测出广告的投资利润率，以此制订广告预算。

3. 广告预算的分配

广告预算的分配可以采用的方式有：① 按广告的产品分配：按产品的种类来分配广告预算。② 按广告的媒体分配：按广告传播媒体的种类来分配广告预算。③ 按广告的地区分配：按不同地区来分配广告预算。④ 按广告的时间分配：包括长期性、短期性、突击性、均衡性和阶段性广告预算。⑤ 按广告的机能分配：包括广告媒体、广告设计、广告制作和广告调研费用等。

（二）信息产品广告媒体决策

1. 广告媒体的形式

广告媒体的形式包括：① 印刷媒体：报纸、期刊等媒体；② 视听媒体：电视、广播等媒体；③ 交通媒体：车、船和飞机等媒体；④ 户外媒体：霓虹灯、路牌等媒体；⑤ 其他广告媒体：邮寄广告、橱窗广告等媒体。

2. 影响媒体选择因素

（1）产品特性　不同的产品特性对媒体有不同的要求。技术性能高的，可采用报纸、杂志做详细的文字说明，也可以用电视短片做详细介绍；需要表现外观和质感的产品，则需要借助具有强烈色彩性的宣传媒体，如电视、杂志等。

（2）消费者的媒体习惯　有针对性地选择为消费者所接受并随手可得、到处可见的媒体，是增强广告促销效果的有效措施。

（3）媒体的影响力　媒体的影响力，主要体现在媒体的传播范围与权威性上。全国性的媒体，一般来说其影响力是大于地区性的媒体，但对于地区性销售的产品，选择地方媒体，其影响力将更大，效果更好。

（4）媒体的成本　选择广告媒体时，必须考虑其成本费用。不同媒体所需成本是不同的，电视是最昂贵的媒体，而报纸相对较便宜。

（5）竞争态势　广告产品竞争对手的有无及其选择媒体的情况和所花费的广告支出，对企业的媒体选择有着显著的影响。若无竞争对手，则企业可从容地选择自己所需的媒体和安排广告费用。否则，企业必须考虑竞争对手的广告媒体选择与广告支出金额。若企业实力强大时，可以选择正面交锋，否则选择迂回战术或其他媒体。

3．广告媒体选择策略

（1）无差别策略　无差别策略也称无选择策略，是指选择所有媒体同时展开立体式广告攻势，即不计时间段、不计成本的地毯式广告。

（2）差别策略　差别策略是指有针对性地选择个别媒体进行广告宣传。

（3）动态策略　动态策略是指根据广告媒体的传播效果和企业目标市场需达到的需求状态灵活地选择广告媒体。

（三）信息产品广告时间与频率决策

1．信息产品广告时间决策

信息产品广告时间决策，是指对信息产品广告发布时间所做的决策。

（1）集中时间策略　集中时间策略是指企业集中力量在短期内对目标市场进行突击性的广告攻势。

（2）均衡时间策略　均衡时间策略是指企业有计划地反复地对目标市场进行广告的策略。

（3）季节时间策略　季节时间策略是指对于季节性强的产品，依据销售季节的特点，在销售旺季的到来之前开展广告宣传活动的策略。

（4）节假日时间策略　节假日时间策略是指企业在节假日时间来临之前或节假日期间加强进行广告宣传的策略。

2．信息产品广告频率决策

信息产品广告频率决策，是指决定一定广告周期内信息产品广告发布的次数。

（1）固定频率　固定频率是指每个广告周期内的广告次数固定。固定频率可分为：① 均匀序列型，是指广告的频率按时限平均运用；② 延长序列型，是指广告频率固定，但时间间隔越来越长。

（2）变动频率　变动频率是指每个广告周期内发布广告次数不等。变动频率可分为：① 波浪序列型，是指广告频率由少到多，又由多到少的起伏变化；② 递升序列型，是指广告频率由少到多，到高峰时停止；③ 递降序列型，是指广告频率由多到少，跌到最低时停止。

（四）信息产品广告效果评估

信息产品广告效果评估主要包括广告销售效果和广告诉求认知效果评估两个方面。

1．广告销售效果评估

广告销售效果评估，是指衡量通过广告促销，信息企业销售额的增长情况。广告销售效果衡量的指标包括销售量增加率、广告费用比率和广告销售效果比率等。

（1）销售量增加率＝（广告后的销售量－广告前的销售量）÷广告费用

（2）广告费用比率＝广告费用÷销售量

（3）广告销售效果比率＝广告产品销量增加量÷广告费用增加量

2．广告诉求认知效果评估

广告诉求认知效果评估，也称广告沟通效果评估，是指评估广告是否将信息准确传递给了目标市场的消费者和公众。广告诉求认知效果衡量的指标包括以下几个。

（1）阅读率　在广告媒体受众中，有多少比率的人阅读过该广告。

（2）注目率　在看到该广告的人中，有多少比率的人能够辨认出该广告。

（3）好感率　在看过该广告的人中，有多少比率的人对企业及其产品产生好感。

（4）知名率　在看过该广告的人中，有多少比率的人了解企业及其产品。

第四节　信息产品营业推广策略

一、信息产品营业推广概述

信息产品营业推广，是指所有旨在短期内迅速刺激消费者冲动性购买，促成中间商与厂家达成交易及促进推销工作的非常规的优惠性促销活动。

（一）营业推广的特征

1．非连续性

营业推广一般是为了某种即期的促销目标而专门开展的一次性的促销活动，必须是非周期性、非规则性地使用和出现。

2．形式多样

营业推广的方式多种多样，包括优惠券、竞赛、抽奖、加量不加价、折价、包装促销、赠送和免费样品等。

3．即期效应

营业推广往往是在一个特定的时间里，针对某方面的消费者或中间商提供的一种特别优惠的购买条件，能给购买方以强烈的刺激作用。

（二）营业推广的功能

1）沟通功能　沟通功能是指企业通过各种营业推广方式，通知、提醒和刺激可能的消费者，使消费者体验到产品的实际效用，获得对该产品的了解，达到加强与消费者沟通的目的。

2）激励功能　激励功能是指企业运用营业推广方式，向顾客提供某些额外的利益，以此达到吸引产品的新试用者和报答忠于企业的老顾客的目的。

3）协调功能　协调功能是指企业运用营业推广方式，如购买馈赠、交易补贴和批量折扣等，来影响中间商，协调企业与中间商的关系，从而保持与中间商稳定的购销关系。

4）竞争功能　竞争功能是指企业运用营业推广方式，来抵御和击败竞争者，以达到稳定和扩大企业的顾客队伍，促使顾客增加购买数量和购买频率的目的。

（三）营业推广适用范围

1）在推出一种新的品牌或新的产品时。

2）为争取中间商合作，鼓励他们大量进货时。

3）当需要强化广告宣传的效果时。

二、信息产品营业推广策略

（一）针对消费者的营业推广

针对消费者的营业推广方式有很多，根据营业推广方式涉及的不同主题，可以将它们概括为以价格、赠送、奖励和展示为核心的四个主题群。

1．以价格为核心的营业推广

以价格为核心的营业推广，是以产品的价格变化（通常是价格减让）作为刺激消费者消费的主要手段。一般来说，以价格为核心的营业推广，其优惠的幅度在 15%～20% 左右，比较容易吸引顾客。若优惠幅度超过 50%，则必须说出令人信服的理由，否则顾客会怀疑它是假冒伪劣产品。以价格为核心的营业推广的常见应用形式有以下几个。

（1）折价销售　这是对消费者运用最普遍的营业推广方式之一。它是指信息企业在一定的时间内进行价格上的减让（如产品七折、八折销售），特定时间一过，又恢复原价。

（2）优惠卡券　这是一种证明减价的凭证，持有者凭券或卡可在购买产品时享受一定数量的减价优惠。优惠卡具体表现为贵宾卡、会员卡等形式。

（3）特价包装　特价包装是指信息企业对其产品的正常零售价格以一定幅度的优惠，并将优惠金额标示在产品包装或价格标签上，如在价格标签上标示"原价 280 元，优惠价 180 元"。

（4）退款优惠　退款优惠是指顾客在购买商品后，凭借指定的"购物证明"可得到信息产品制造商提供的、按照约定的折让给予的现金返还。

（5）以旧换新　以旧换新是指顾客在购买商品时，交出同类产品的废旧品，便可享受一定价格折扣的优惠。以旧换新通常有两种做法：一是新旧商品的品牌要求相同；二是新旧商品只要求类属相同，品牌可以不同。

案例 9-5：AOC 冠捷"三连击"打破市场僵局

2005 年 4 月，冠捷科技行政总裁宣建生正式发布"从世界第一到中国第一"的宣言；AOC 冠捷中国区总经理段振华由此提出了"三步走"品牌战略和"补短板"的战术思想。

为了实现"三步走"品牌战略的第一步——"销售破局"，AOC 冠捷推出了"三连击"暑促活动。

序曲："帝国风暴"席卷大屏液晶市场

2005 年 6 月 25 日，AOC 冠捷针对市场热点——19 英寸大屏液晶显示器展开全国范围的大幅降价行动，入门级的 191V 一举降至 2 699 元，创造一线品牌 19 英寸液晶显示器价格新低；主流产品 193F 降至 2 799 元，以优雅的造型、优异的性能和丰富的"随心技"吸引主流用户购买。

高潮："AOC 请你 Q 一夏"主力会战告捷

2005 年 7 月 1 日至 8 月 31 日，AOC 冠捷携手腾讯 QQ，在全国开展"AOC 请你 Q 一夏"主题连环促销。"五重惊喜连环送，好礼不断惊喜连连"——在全国的暑期市场掀起一股 AOC 冠捷"Q"旋风。

尾声：学生液晶普及行动推动主力液晶销售

在"AOC 请你 Q 一夏"活动期间，借助全国性的促销热潮，AOC 冠捷又在 2005 年 7 月 30 日开始针对学生族推出 17 英寸 8ms 主力液晶显示器 176S，并以 2 299 元的特惠价销售、卖场活动和全方位广告宣传与"Q 一夏"穿插进行，将 AOC 冠捷的品牌攻势最大化，同时也实现了 17 英寸主力液晶显示器销售业绩的提升。

以降价促销量、以活动促品牌、以宣传促形象，AOC 显示器通过"帝国风暴"、"AOC 请你 Q 一夏"和"学生液晶普及行动"连环出击，最终取得的叠加效应远远超过了事先针对单个活动所拟定的销售目标，不仅成功地实现了显示器销量的飞跃式增长，更有力地拉升了 AOC 冠捷的品牌形象，进一步巩固了渠道伙伴的信心，激发了合作伙伴的旺盛斗志。

2. 以赠送为核心的营业推广

赠送，是指信息技术企业为影响消费者的行为，通过馈赠或派送便宜的商品或免费品，来介绍产品的性能、特点和功效，建立与消费者之间友好感情联系的一种营业推广方式。以赠送为核心的营业推广关键在于赠送品的吸引力及赠送时机的选择。以赠送为核心的营业推广主要包括以下几个。

（1）赠品　赠品是指在消费者购买某种商品后，免费或以较低的价格向顾客提供的商品。赠品可以是商品本身，也可以是与商品无直接关系的纪念品。

（2）赠券　赠券是指当消费者购买某一商品时，企业给予一定数量的交易赠券，消费者将赠券积累到一定数量时，可到指定地点换取赠品。

（3）样品　样品是介绍新产品最有效的方法之一。样品，是指在新产品导入期，通过向消费者免费提供样品供其试用，使之亲身体验产品所带来的利益，而后促使消费者购买的促销活动。

3. 以奖励为核心的营业推广

奖励，是信息技术企业为激励消费者的购买行为而提供的现金、实物、荣誉称号或旅游券等奖励方式。以奖励为核心的营业推广关键在于创造浓厚的参与氛围，使顾客乐于参与。以奖励为核心的营业推广主要包括以下几个。

（1）竞赛　竞赛是指由企业制定竞赛规程，让消费者按竞赛要求参与活动并获得预定的现金、实物、荣誉称号或旅游奖券等奖项。竞赛的内容一般要求与企业的自身特征或产品相关。

（2）抽（摇）奖　抽奖是指顾客进行消费时，为其提供一个获奖的机会，获奖者可以由抽取票号来确定，也可以由摇转数码来确定。中奖者可获得丰厚的奖金或免费旅游机会。

（3）猜奖　猜奖是指让消费者猜测某一结果，猜中者给予奖励。采用猜奖方式，在设定奖项时要作充分的准备，以防消费者中奖后却得不到企业承诺的奖励品。

（4）现场兑奖　现场兑奖是指消费者根据消费额的多少领取奖票，现场刮号或揭底，中奖者可现场得奖。现场兑奖通常需要将具有较强吸引力的奖品展示在销售现场，形成强烈的现场刺激，营造旺盛的人气。

4．以展示为核心的营业推广

展示，是指让商品直接面对消费者，使商品与消费者进行心灵对话的直观性促销方式。采用该方式，要求企业产品的质量必须绝对过硬，经得起消费者力求完美细致入微的挑剔，并力求外形美观、包装精致、质感精良。以展示为核心的营业推广主要包括以下几个。

（1）组织展览　组织展览是指企业将一些能显示企业优势和特征的产品集中陈列，边展边销。

（2）售点陈列　售点陈列是指在超级市场、百货商场、连锁店、杂货店等零售店的橱窗里、过道、货架、柜台以及天花板上，设置的以消费者为对象的彩旗、海报、招牌等陈列。

（3）现场示范　现场示范是指销售人员在现场对产品的用途与操作进行实际地演示和解说，以吸引消费者注意，消除消费者对产品的疑虑。

案例9-6：海尔"润眼电脑"差异化市场推广

海尔认识到，如果不能在差异化营销方面做出彩儿来，在品牌形象树立和业务规模扩大方面实现质的飞跃，就很难在IT领域做大做强。海尔通过调查发现，我国小学生近视眼率为22.78%，中学生为55.22%，高中生为70.34%。不注意视力健康是现代青少年近视率大增的主要原因，而日益普及的电脑正逐渐成为影响青少年视力健康的一大杀手。同时，办公人群、游戏玩家也对电脑屏幕提出了更高的要求。找到需求后，海尔商流推进本部的部长高以成三下广州，会同研发人员研发产品。新产品采用黑晶高温烧结工艺，在普通液晶屏幕之上添加一层滤清屏，并采用了ARC抗反光涂层和Hi-TM高透明体反光技术，使透光率提高30%，反射减少50%。

为了推广"润眼电脑"，海尔在市场推广活动方面下了很大功夫。

第一步：亮相青博会。青博会是国内最重要的消费电子展会之一，也是新品亮相的最佳场所。海尔让首批"润眼电脑"样机在2005年青博会上亮相，引起媒体与消费者的关注。"润眼电脑"的名字初步为人所知。

第二步：百团大战。在青岛上市成功后，海尔在全国选择了8家重点分公司力推"润眼电脑"。他们组织了"百团大战"活动，即在8家重点分公司下属的100个重点店面搞样机展示、宣传资料发放等活动，使消费者迅速接受润眼电脑。

第三步：联合促销。海尔联合英特尔开展"芯动百分百"300家3C终端活动；联合百脑汇开展"十城联动"活动。在两个活动中，"润眼电脑"都是主打产品。

第四步：媒体造势。海尔对"润眼电脑"信心十足，让其参加了一系列媒体对产品横向评测，通过媒体的视角展示"润眼电脑"。

由于定位明确，摸准了用户对显示屏的需求，加之将海尔在家电领域的技术优势巧妙地嫁接到了电脑上，"润眼电脑"的销售情况很好，多次出现断货。

（二）针对中间商的营业推广

（1）批发回扣　批发回扣是指企业为争取中间商多购进产品，在某一时期内给予购买一定数量本企业产品的中间商以一定的回扣。

（2）销售竞赛　销售竞赛是指企业通过设立销售奖金，奖励购买数额领先或比例增加最大的中间商，以提高中间商的销售积极性。

（3）推广津贴　推广津贴是指企业为促使中间商购进本企业产品并帮助企业推销产品，支付给中间商一定的推广方面的补贴。

（4）零售补贴　零售补贴是指信息技术企业降低产品零售价后，为了弥补零售商的损失，而在给零售商的供货价上实行价格补贴，维持降价前零售商的利润。

1）无条件补贴　企业对零售商进行补贴而不对零售商提出任何要求，包括购买补贴、免费附赠补贴和延期付款等。

2）有条件补贴　带有附加条件的补贴，包括返点补贴、广告补贴和集中展示补贴等。

（三）针对销售人员的营业推广

（1）销售竞赛　销售竞赛是指在推销员中发动销售比赛，对销售额领先的推销员给予奖励，以此调动推销员的积极性。

（2）销售红利　销售红利是指事先规定推销员的销售指标，对超过指标的推销员提成一定比例的红利，以鼓励推销员多推销商品。

（3）销售回扣　销售回扣是指从销售额中提取一定比例作为推销员推销商品的奖励或酬劳。

三、信息产品营业推广控制

1. 激励规模

一般来说，一定量的激励规模才能使营业推广活动一开始就引起足够的注意，但超过一定水准时，较大的激励规模将以递减率的形式增加销售反应。最佳的激励规模要依据费用最低、效率最高的原则来确定。

2. 激励对象

营业推广的激励对象是企业的潜在顾客，且必须是与企业的利益无关的人员。企业必须严格限制本企业的职工或其家属成为营业推广的对象。

3. 激励力度

激励力度，是指营业推广为消费者和中间商提供的刺激力度。激励力度太小，难以引发顾客的购买行为；力度太大，企业的财力承载能力有限。因此，企业事先应确定一个适宜的激励力度。

4．送达方式

送达方式，是指企业通过什么方式让激励对象来参与活动。企业应根据激励对象，以及每一种激励方式的成本和效率来选择送达方式。

5．活动期限

活动期限，是指营业推广活动所经历的时间。企业必须事先规定一定期限，不宜过长或过短，具体应综合考虑产品的特点、消费者购买习惯、促销目标和竞争者策略等因素。

6．时机选择

一般来说，营业推广时机的选择，应根据消费需求的特点，结合企业总的市场营销战略来决定。日程的安排应注意与生产、分销、促销的时机和日程协调一致。

7．预算及其分配

营业推广活动是一项较大的支出，事先必须进行筹划预算，做好各项开支的分配。

8．营业推广效果评估

营业推广活动结束后，企业必须做好营业推广效果的评估，为以后活动的开展提供经验与参考。

第五节　信息产品公共关系策略

一、信息产品公共关系概述

（一）公共关系的内涵

公共关系，是指信息企业利用各种传播手段，有意识地与内外公众进行信息的双向交流，塑造良好的企业形象，建立稳定融洽的顾客关系，以有效促进营销目标实现的活动。

1．以公众为对象

公共关系的沟通对象就是公众，包括社会公众和企业员工。公共关系就是要维护好企业与公众之间的相互合作、相互促进和共同发展的关系。

2．以美誉为目标

公共关系是一门"内求团结，外求发展"的经营管理艺术，它通过建立和维护各种关系，建立和保持与公众的良好沟通，赢得公众的理解、信任和支持，对内形成强大的凝聚力，对外形成强大的吸引力，从而塑造企业良好的形象，提高企业的美誉度。

3．以真诚为本

公共关系活动的开展必须贯彻真诚原则，企业只有真诚坦白才能赢得社会公众的信

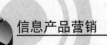

任合作，才能实现与社会公众的双向沟通，维持和巩固企业形象。

4．以沟通为手段

公共关系的本质就是企业与其相关公众之间的有效信息沟通。沟通是形成和发展企业与公众关系的桥梁。

5．以长远为方针

公众对企业的认识与评价是在长期的沟通中逐渐形成的。公共关系应着眼于企业的长远利益，不计一时得失，更要着眼于平时的努力，通过平时点点滴滴执着地为社会公众谋利益的工作，逐渐建立起企业的良好形象。

6．以互惠为原则

公共关系必须坚持互利互惠原则。企业与其相关公众都有各自的利益，企业只有在满足社会公众利益的基础上实现企业的利益，才能促进企业与社会公众的关系得以长期、稳定和健康发展。

（二）公共关系的特征

1．可信度高

公共关系活动的开展，不是直接宣传企业产品和服务，它更多的是维护社会公众的利益，因此，在顾客心目中其可信度很高。

2．影响面广

公共关系活动的对象，是广大的社会公众，因此，公共关系的覆盖面较广，影响力较大。

3．影响持久

公共关系活动的宣传，在于塑造企业良好的形象，提高企业的美誉度。良好的公共关系环境，将使企业获得持久的生命力。

4．促销效果好

消费者对广告或人员推销经常是不予理睬或反感的，但对维护社会公众利益的公共关系活动是不会有反感的，在心理上不必担心上当受骗。因此，其促销效果显著。

案例 9-7：明基携手"五月天"娱乐行销

红遍中国台湾地区的"五月天"演唱组合亟待开拓祖国大陆市场。BenQ 经过缜密调查后发现，借力"五月天"推广品牌不能仅局限于影视传播、网络宣传、明星广告等形式，还要走进校园、街头、店面等"一线场所"，进行高密度、强力度的"落地活动"。恰逢"五月天"举办 2005 年世界巡回演唱会，BenQ 瞄准这个时机，决定选择祖国大陆重点城市冠名其演唱会，再组织其在另外一些城市举行"落地活动"。

自 2005 年 4 月签约，短短 8 个月，明基与"五月天"已在全国各地频繁举行各种"落地活动"近 40 场。这是 BenQ 自诞生以来第一次在国内进行如此大规模的整合娱乐行销。期间，"BenQ 五月天"可谓无处不在：

在文宣品方面，纪念杯、票套等印有"BenQ 五月天"的物品，成为"五迷"收藏品；而交流 BenQ 五月天的故事、分享 BenQ 产品使用心得，已成为一种时尚。

在事件行销方面，BenQ 掌握天时、地利、人和，8 个月内跨北京、上海、广州和成都等地连续举行签售会、校园演唱和歌迷见面会等"落地活动"近40场。

赞助"五月天"，BenQ获益匪浅：在品牌层面，BenQ的影响力日益扩大；在产品层面，除了用演唱会门票直接拉动销售外，更重要的是其增强了渠道的信心，促进了"Club BenQ"的运作。以首站上海为例，在"五月天"举办演唱会前2个月，带有BenQ冠名和产品的演唱会海报共派发了7 500余张，此外还有大量的"五月天"纸杯和相框被送出。

BenQ与五月天合作，是IT品牌与艺人品牌的彼此助益。五月天原创摇滚、形象健康，富有音乐才华与理想，与BenQ原创生动、真诚快乐的个性相契合，具有目标一致性。五月天奋斗的故事可以影响青年人努力学习，为理想打拼。BenQ的个性也借此日积月累，正逐步影响大众生活。

二、信息产品公共关系策略

（一）信息产品公共关系的目标

1. 建立产品的知晓度

公共关系通过有意识地制造一些公关事件，以吸引人们对某产品、服务、人员、组织或创意的注意。

2. 树立企业的可信度

公共关系通过塑造企业良好的口碑，提高企业的信誉和美誉，从而增加企业的可信度。

3. 刺激销售队伍和分销商

公共关系运用得当可以有效地把产品推向终端市场，从而能极大地激励销售队伍和分销商的销售热情。

4. 创造和维持忠诚顾客

公共关系能有效地维护企业与公众的长期稳定关系。

5. 问题解决与危机处理

问题解决，是指企业公关部门对可能会给企业带来潜在有利或不利影响的宏观或微观环境的作用因素进行分析、评估和预测，并制订相应的应对方案；危机处理，是指企业公关部门面临突发事件和不利影响时，采取灵活有效的对策，化解危机。

（二）信息产品公共关系手段

信息产品公共关系决策的内容主要包括确定公关目标、选择公关信息和载体、实施公关计划和评估公关效果等。其中公关手段（载体）的选择包括以下几个。

（1）公开出版物　公开出版物包括年度报告、文章、杂志、企业商业信件、录像和录音等。

（2）事件　事件包括记者招待会、郊游、展览会、竞赛、周年庆祝活动和研讨会等。研讨会是一种特别适用于信息产品的有教育性质的公关工具。一次研讨会可以清楚地阐明一项新技术到底是什么，并全面地展示其功能。研讨会应将注意力集中于消费者而不是产品本身，因为其目标是为了打消消费者对创新产品的反抗，并提供所有必要的说明。

案例9-8：Oracle（甲骨文）公司是美国软件业的领先者，它将研讨会这种宣传模式标准化了，每年都会为其7.5万个已有的或潜在的客户组织600次以上的研讨会。在研讨会上，企业可以向客户详细彻底地介绍每一项新技术，客户可以在使用之前就熟悉这种技术。

（3）新闻　新闻是指发展或创造对企业、产品或公司员工有利的新闻。

（4）演讲　演讲是指企业的各级领导人员或新闻发言人在企业外部或内部所做的富有影响力的谈话、演说。

（5）公司参观　公司参观是指信息技术企业组织企业现有的或潜在的客户到公司参观，使客户和公众对公司设施设备有所了解，提高公众对企业的认识，树立企业良好的形象。公司参观是信息技术企业开展公共关系的一种经济有效的方法。

（6）公共服务活动　公共服务活动指企业通过某些公益事业向社会组织或个人捐赠一定的金钱，提供一定的服务，以提高企业的公众信誉，树立良好的形象。

（三）信息产品公共关系策略

（1）宣传性公关策略　宣传性公关策略是指通过各种大众传播媒介，向广大公众特别是顾客，传播有关企业发展、服务社会和产品创新等信息，以控制舆论，树立形象。

（2）交际性公关策略　交际性公关策略是指通过开展各种社会交际活动，如举办各种联谊会，建立与顾客亲和融洽、长期稳定的关系。

（3）服务性公关策略　服务性公关策略是指向社会与顾客提供各种服务，使顾客获得实实在在的利益，以取悦公众与顾客，促进营销目标的实现。

（4）社会性公关策略　社会性公关策略是指企业通过积极参与社会公益事业，为社区发展做贡献等形式，扩大企业影响，树立企业形象，以有利于企业市场营销目标的实现。

（5）征询性公关策略　征询性公关策略是指企业通过民意调查，征求用户意见，开展消费咨询等方式，扩大影响，促进销售。

三、信息产品危机公关

信息产品危机公关，是指当信息技术企业遭遇突发事件或重大事故，其正常生产经营活动受到影响，特别是原有的良好企业形象受到破坏时，如何从公共关系的角度来应对和处理，以使企业以尽可能低的成本渡过经营危机的公关活动。

（一）危机公关的基本原则：诚信与责任

1. 诚信原则

信息企业面对突发的公关危机，赢得社会公众的理解与同情的最有效手段是通过有效的沟通向公众传递企业的善意、诚信和责任心，让公众感觉到即使企业在最困难的时候，他们的利益仍然是企业关注的根本。

2. 责任原则

对公关危机事件所造成的损失和伤害，企业要勇于承担责任，并尽力争取公众和当事人的原谅。树立负责任和坦诚面对事实的态度，通过负责任地坦诚面对消费者，使用一切可利用的手段来加强与消费者的沟通，才能获得消费者的理解和宽容。

（二）危机公关活动开展

1. 切实做好危机初期的公关工作

在危机发生后的前 24h 内，信息企业必须成立由企业多个相关部门组成的公关危机管理机构（公关危机控制小组），各部门各司其职，各负其责，尽快拿出应对措施，以防危机扩大化。

2. 坚持企业形象高于成本的思想

在危机处理过程中，信息企业通常需要付出高额的资金成本，企业近期的效益将受到严重损害，但企业一定要有长远眼光，放弃眼前利益，坚持形象高于成本的原则，维护企业良好的公众形象。

3. 努力搞好企业内部公关

（1）搞好企业员工的公关　员工是信息企业危机公关的重要对象，员工的理解与配合是企业顺利渡过危机的重要条件。危机发生后，企业必须及时召开员工大会，告知员工危机事件的经过，企业解决危机的对策，以统一认识、稳定情绪，争取员工的理解、配合与支持。

（2）搞好企业股东的公关　股东是信息企业公关的内部对象，作为投资者，股东追求投资回报的最大化。一旦企业经营遭遇风险致使投资收益前景不妙，股东投资的信心就会动摇，严重时可能会撤资。因此，危机发生后，企业应搞好股东的公关，说服投资人，增强其对公司的投资信心。

4. 切实做好企业外部公关

（1）做好消费者的公关　消费者是信息企业的衣食父母。如果危机的发生对消费者利益产生影响，企业必须要勇于承担责任，承诺企业不惜一切代价保护消费者的利益，争取消费者和社会公众的理解。

（2）做好分销商的公关　信息企业与分销商之间是一种既竞争又合作的关系，企业只有以诚待之，才能赢得分销商的合作。危机发生后，企业应及时联系分销商说明情况，并向分销商承诺，给分销商造成的损失，企业将承担弥补责任，以争取分销商的支持与忠诚。

（3）做好政府部门的公关　政府是企业依法竞争的监督者，企业必须不折不扣地执行政府的命令，从而在政府和公众面前展示企业守法经营的良好形象。

（4）做好媒体的公关　信息企业在危机事件处理过程中必须以一种坦诚而理性的态度处理与媒体的关系，不遮掩、不回避，立即举行媒体沟通会，表明企业立场，努力揭开危机事件的真相，用事实说话，用权威的检测报告说话。

技能训练

信息产品促销方案策划技能训练

案例背景：

广东联华计算机有限公司经过调查发现，寒暑假是学生购买电脑的旺季，尤其是暑假。现在的家长，不管是城市的，还是农村的，对小孩的教育投资是绝不吝啬的。为了能有效地促进小孩的学习，多数家长都愿意为小孩购买电脑。为有效配合国家电脑下乡的行动，该公司决定在今年的暑假在广东农村开展一次全面的促销活动。

活动的主题是：联华电脑、快乐学习！活动的时间为：6 月 15 日至 8 月 15 日；活动的对象是农村的大中学生。

试根据以上背景资料，为该公司策划一份暑期电脑促销方案。

目的和要求：

1）能认识并实现组织分工与团队合作。

2）能撰写出符合格式要求的信息产品促销方案。

3）能整理总结出信息产品促销方案策划课题分析报告。

4）能清晰地口头表达出信息产品促销方案策划实训心得。

训练指导：

1）组建实训课题小组：将教学班学生按每小组 6～8 人划分成若干课题小组，每个小组指定或推选出一名小组长。

2）确定实训小组课题：每个小组根据信息产品促销方案策划背景资料的要求，完成一份信息产品促销方案的策划。

3）实施策划课题研究：各小组长根据信息产品促销方案策划的计划，调配资源，明确各组员的任务，并督促大家有效地完成任务，包括：信息产品促销方案的草拟、修改和定稿，信息产品促销方案策划课题分析报告的撰写、打印以及小组的发言等。

4）撰写实训课题报告：每个小组完成一份信息产品促销方案策划的课题分析报告。报告格式见表 9-2。

5）陈述实训心得：由各个小组推荐的发言人或小组长代表本小组陈述本小组实训课题分析报告和实训心得。

表 9-2 信息产品促销方案策划课题分析报告

第 _9_ 次实训

班级_____ 学号_____ 姓名_____ 实训评分_____

实训时间_____ 实训名称 _信息产品促销方案策划技能训练_

一、实训操作背景

二、实训目标要求

三、实训操作内容

四、实训心得体会

五、实训评价（指导老师填写）

第十章　信息企业服务营销

目的要求

一、知识理解要求

1. 能叙述和理解信息企业服务的特点和内容。
2. 能熟记和理解顾客满意度与忠诚度的含义与类型。
3. 能列举和叙述信息企业服务质量构成要素。
4. 能列举信息企业服务质量差距表现与改进方法。
5. 能叙述和理解信息企业合作营销的含义和途径。
6. 能列举和运用信息企业客户服务管理的内容和原则。

二、实训技能要求

1. 能综合运用本章知识剖析现实案例。
2. 能依据案例背景撰写信息产品三包协议书。
3. 能撰写信息产品三包协议书写作课题分析报告。

重点难点

1. 顾客满意度与忠诚度。
2. 信息企业服务质量差距。
3. 信息企业合作营销。

案例导引

思科系统公司（Cisco Systems）是目前 IT 业界管理最优秀的公司之一，它对服务和网络界发生的变化有着及时全面的理解，有着高瞻远瞩的战略眼光，知道如何利用领先的产品技术迅速对市场变化做出反应。

作为全球领先的互联网设备和解决方案供应商，思科公司被称为网络时代的管道工和泥瓦匠，也就是新经济基础设施的建设者。在今天的互联网上，80%的数据流量是由思科公司的设备传送。思科公司获得各界的好评，不仅在于它的技术开发能力，更在于它的管理文化和对客户近乎信仰的关注以及同外部积极合作的伙伴关系。

在企业管理文化方面，思科公司认为新时代的市场竞争规则要求企业的组织应建立在变化之上、网络之上，而不是等级森严的金字塔组织，应建立以相互信赖为基础的伙伴关系，而不是一味强调自力更生。公司总裁钱伯斯认识到同员工直接沟通交流的重要性，每年公司所有的员工都要被邀请参加他的生日宴会，在季度的员工聚会上系上围裙托着果盘穿梭在员工之间。钱伯斯相信团队的力量，相信无等级平等的企业文化对团队协作的重要性。

在与外部建立伙伴关系方面，思科公司认为新经济下企业的重要竞争优势是塑造培育与发展企业伙伴关系，使之成为像核心产品与服务同样重要的竞争优势。1997年，思科公司与微软公司合作18个月就开发了一项使网络更智能化的新技术，使得双方都得以更快的速度开拓了市场，这项技术若是思科公司自己独立开发可能要用几年的时间也不一定能开发成功。

在对客户的关注方面，思科公司把客户的需求置于公司决策的中心地位。客户是决策的指向，公司的战略发展方向并不单单由公司内部的高层领导来决定，公司的大客户也拥有发言权。思科公司的第一次并购就源于其客户波音公司和福特公司的一次发言。1993年思科公司为了满足这两家客户未来的需求，并购了地区网络交换制造商Crescendo公司，这一项并购使思科公司进入了一个新的业务领域，现在每年为它带来28亿美元的收入。正是从客户那里让思科对服务和网络界发生的变化有了更快速更全面的理解，知道如何利用领先的产品技术更迅速地对市场变化做出反应，始终领先对手，成为网络之王。

（资料来源：张德斌，关敏. 高新技术企业营销策略[M]. 北京：中国国际广播出版社，2002.）

基础知识

第一节　信息企业服务营销概述

信息技术的发明、推广和应用，使得信息产品的高技术含量和附加值增多了，消费者对产品的理解、认识、购买、使用和感受更依赖于企业提供的高质量、全方位的服务。因此可以说，信息产品的竞争，归根到底是信息企业服务的竞争。

一、信息企业服务概述

（一）服务的特点

服务，是指一方能够向另一方提供的基本上是无形的任何行为或绩效，并且不导致任何所有权的产生。它的生产可能与某种物质产品相联系，也可能毫无联系。服务不同于实体产品，其特点主要有：

1. 无形性

服务的性质及组成元素很多时候都是无形无质的，让人不能触摸或凭肉眼看得见其存在。同时，享用服务后所得到的利益也是很难被察觉或是要在一段时间后才能被感觉到。

2. 不可分割性

服务的提供与其消费对象紧密相连，不可分离，即营销服务的生产过程与消费过程是同时同地进行，营销服务人员提供营销服务的同时，也就是消费者消费营销服务之时。

3. 可变性

服务的构成成分及其质量水平经常变化，很难统一界定。营销服务是以人为中心的产业。由于人的个性的存在，使得对营销服务质量的检验很难采用统一的标准，即其标准化和统一化程度是很低的。

4. 不可储存性

服务的无形性以及服务的生产与消费的同时进行，使服务不可能像有形产品那样被储存起来。

（二）服务的内容

信息产品营销服务是信息产品营销中的重要环节。信息产品营销服务能保证信息产品的正确使用，降低不正确使用的风险性；又能收集用户对企业产品的反馈意见，增加企业对目标顾客群的了解，从而及时对产品进行改进和革新。信息产品营销服务的内容包括以下几个。

1. 售前服务

售前服务，是指在产品销售前给顾客提供的服务，主要表现为帮助顾客准确制订需求计划，购买合适的信息产品，具体包括：广告服务、咨询服务、消费信贷服务、精心布置购物环境和合理安排营业时间等。

2. 售中服务

售中服务，是指在销售产品过程中给顾客提供的服务，表现为帮助顾客正确选购信息产品，具体包括：良好的态度接待顾客、热情周到地介绍产品、现场操作示范、耐心地解答顾客疑难、商品包装服务和送货服务等。

3. 售后服务

售后服务，是指在产品售出后给顾客提供的服务，主要表现为帮助顾客解决其使用过程中存在的问题，具体包括：安装调试服务、为顾客提供专门培训、产品维护维修服务、退货换货服务、电话回访和人员回访、建立顾客档案和妥善处理顾客投诉等。

案例 10-1：IBM 就是服务

尽管 IBM 公司的产品具备了技术先进、品种齐全、更新及时和声誉卓越等优势，但 IBM 还有句口号"IBM 就是服务"。IBM 公司曾做过调查，发现用户购买电脑不仅是购买进行计算的工具、设备，而主要是购买解决问题的服务，用户需要使用说明软件程序，快速简便的维修方法等。因此该公司率先向用户提供一整套电脑体系，包括硬件、软件、安装、调试和传授使用与维修技术等一系列附加服务。用户一次购买就能满足计算方面的全部需求。同时，IBM 在售前坚持做到深入了解用户的问题和需要，由专家为用户提供咨询；在售中，绝不以各种方式向用户提供过分昂贵和不适合用户用途的产品，即使用户提出要购买某些产品，但 IBM 经调查确认这些产品不适合用户的需要，也会冒着丧失生意的危险向用户提出建议，劝其购买更适合的产品。IBM 公司靠这种系统销售和对用户负责的服务精神在竞争中取得了巨大成功。

（三）服务的作用

1．提高顾客的满意度

顾客满意，是指一个人对一种产品感知到的效果与他的期望值比较后，所形成的愉悦或失望的感觉状态。期望值，主要基于顾客过去的购买经验、朋友和伙伴的种种言论以及营销者的承诺。如果效果低于期望值，顾客就不会满意；如果效果和期望值相当，顾客就满意；如果效果高于期望值，顾客就会高度满意或欣喜。

顾客满意考虑问题的起点是顾客，它要建立的是企业形象，是企业为顾客服务，使顾客感到满意的系统。企业实施顾客满意的营销战略，主要包括：开发顾客满意的产品、提供顾客满意的服务、进行顾客满意观念的教育和建立顾客满意分析方法体系。

2．提高顾客的忠诚度

顾客忠诚，是顾客满意的行为化，是指顾客对某一企业、某一品牌的产品或服务的认同与信赖。顾客忠诚是顾客满意不断强化的结果，是顾客在理性分析基础上的肯定、认同和信赖。

（1）顾客忠诚的层次

① 认知忠诚　认知忠诚是指基于产品或服务满足了顾客的个性化需求而形成的忠诚。

② 情感忠诚　情感忠诚是指基于使用产品或服务获得持久满意而形成的对该产品或服务的忠诚。

③ 行为忠诚　行为忠诚是指基于企业提供的产品或服务成为顾客不可或缺的需要和享受而形成的忠诚，表现为长期关系的维持和重复购买，对企业产品的重点关注。

（2）顾客忠诚的衡量

① 客户重复购买率　考核期间，客户对某企业、某品牌或某一产品重复购买的次数越多，说明他对这个企业、这个品牌产品的忠诚度越高。

② 客户对企业产品和品牌的关心程度　一般来说，对企业的产品或品牌予以关注的程度越高，表明其忠诚度越高。

③ 客户需求满足率　客户需求满足率，是指一定时间内客户购买某产品的数量占其对该类产品或服务全部需求的比例。这个比例越高，表明客户的忠诚度越高。

④ 客户对产品价格的敏感程度　客户对产品价格的敏感程度越低，表明其忠诚度越高。

⑤ 客户对竞争产品的态度　客户对竞争者产品表现出越来越多的偏好，表明其忠诚度下降。

⑥ 客户对企业产品的认同度　如果客户经常向身边的人推荐企业产品，或在间接的评价中表示认同，则表明其忠诚度较高。

⑦ 客户购买时的挑选时间　客户在挑选产品的时候，时间越短，其忠诚度越高。

⑧ 客户对产品质量事故的承受力　客户忠诚度越高，对出现的质量事故也就越宽容。

案例10-2：在家电行业出尽风头的海信，为了寻找长期发展的途径，把劲使在了家用电脑上，它的海之梦——EZPLAY电脑，以其新颖别致的功能，如收看电视、聆听音乐、超常规快速上网等，受到消费者的青睐。然而，海信认为产品仅仅是一个方面，只有周到及时的服务才是品牌延续的关键。海信人把出售的每一台电脑都进行详细记载，并按照服务约定的相关程序进行顾客回访，倾听顾客对电脑运行情况的反映、顾客在使用电脑中一些零零碎碎的感想和意见以及对企业的建议，并将这些反映、意见和建议进行认真记录、汇总和分析，来改进、补充和完善自己的服务体系。如果接到电脑故障的信息，海信将及时派员工前往排除，做到随叫随到，不拖延不马虎。为了打造一支精干的服务队伍，海信建立了一套严格的培训机制，在对服务人员进行深度培训的基础上，制定了缜密规范的考核办法，管理体制层层连动，走出了一条服务队伍专业化、规范化和顾问化的差别化路子。

海信的一位服务人员说，他每天似乎都在与自己作战，努力寻找自己的弱点和不足，如果某一天过得很平静，很顺畅，反而认为那是一种危险。这种自危意识的差异化服务，使海信赢得了顾客的忠诚。

二、信息企业服务质量

（一）服务质量构成要素

服务质量，是指服务工作能够满足顾客需求的能力或指服务实绩符合顾客期望的程度。服务质量，一般来说是一个主观范畴，它取决于顾客把感受的服务与预期的服务（由过去的感受、口碑和服务企业的广告所形成的）进行比较。服务质量的构成要素包括：

（1）可靠性　可靠地、准确地履行服务承诺的能力。

（2）响应性　帮助顾客并迅速提供服务的意愿。

（3）保证性　员工所具有的知识、礼节以及表达出自信与可信的能力。

（4）移情性　让顾客感受到企业给予他们的照顾与关注。

（5）有形性　有形的设施、设备、人员和沟通材料的外表。

（二）服务质量差距的表现

服务质量差距，是指顾客感受的服务质量与其期望的服务质量的差距。服务质量差距的表现为：

1. 顾客的期望与管理者对顾客的期望的认知之间的差距

企业的管理者并非总能理解顾客需要什么样的服务，什么样的服务水平是必要的，以及顾客期望企业以什么样的途径提供服务等，这就产生了顾客的期望与管理者对顾客的期望的认知之间的差距。

2. 管理者对顾客期望的认知与服务质量标准之间的差距

由于资源有限、短期行为和管理失当等因素的影响，使管理者对顾客期望的认知无法充分落实到所制订的具体的服务质量标准上，从而引起管理者对顾客期望的认知和服务质量标准之间的差距。

3. 服务质量标准与实施传递服务之间的差距

在企业职员向顾客传递服务时，他所遵循的服务质量标准并不能完全体现在他所实际提供的服务上，由此产生了服务质量标准与实际传递服务的差距。

4. 实际传递服务与顾客感受之间的差距

顾客感受到的服务与员工实际提供的服务并不等同，这是因为顾客的感受受事先对服务所抱有的期望的影响，而顾客期望的形成与企业的广告宣传等外部沟通关系密切。由此引起了实际传递服务与顾客感受之间的差距。

5. 顾客期望与实际获得服务之间的差距

服务质量的高低取决于服务传达过程中自然产生的以上四种差距，这四种差距在服务传递过程中渐次产生并逐渐累加，最终体现在顾客期望与实际获得服务的差距，也就是服务质量的高低。

（三）服务质量的改进方法

（1）标准跟进　即向竞争者学习，是指企业将自己的产品、服务和市场营销过程等同市场上的竞争对手，尤其是最强的竞争对手的标准相比较，在比较和检验的过程中寻找自己的差距，从而提高自身服务的水平。

（2）蓝图技巧　蓝图，也称服务蓝图，是指详细描绘企业服务过程和服务系统的图片或示意图。蓝图技巧，是指企业借助流程图的方法分析服务流程的各个方面，鉴别顾客同服务人员的接触点，并从这些接触点出发来改进企业服务质量的方法。

另外，控制售后服务质量的最佳途径是在产品开发阶段就简化售后服务。设计出的新产品应模块化和标准化，既不过于复杂也不简单，以便最大程度减少售后服务的困难。例如，在信息产品开发时，通过模块设计，生产出模块化、标准化的产品，此时，售后服务人员就可以不必再对某个电路进行维修，而只需将故障集成块更换即可，这样将极大地提高售后服务的效率与质量水平。

三、信息企业合作营销

合作营销，是指信息技术企业之间通过建立长期稳定的合作关系，从而达到共同提高其收益，扩大市场占有率等营销目标的营销活动。

信息技术企业的合作主要包括与供应商合作、与分销商合作和与竞争者合作等。

1. 与供应商合作

信息技术企业与供应商之间密切合作，充分交流产品开发、质量等方面的信息，将更有利于双方营销目标的实现。要与供应商建立长期稳定的合作关系，企业应给予供应商合理的利润，以使供应商在产品设计、开发和制造等方面给予相当的支持与合作。

2. 与分销商合作

不同的分销商往往在产品特点、促销、交货方式、发货数量和商品陈列等方面，因商业习惯的不同而对信息技术企业提出不同的要求。为了适应不同分销商的要求，企业不能再用一种固有的业务模式去与不同的分销商打交道，而必须按照不同分销商的具体特点和要求制订具体的营销对策。

3．与竞争者合作

信息技术企业与竞争对手之间不仅存在着竞争，也存在着合作的可能性。当然，二者之间的竞争关系是主要的，但有时通过加强合作更有利于企业营销目标的实现。如合作开发新技术、新产品，合作开发新市场等。

第二节　信息企业客户服务管理

一、信息企业客户分类与分析

（一）信息企业客户分类

（1）按客户的性质分类，客户可分为政府机构、特殊公司、普通公司、顾客个人和交易伙伴等。

（2）按交易过程分类，客户可分为曾经有过交易业务、正在进行交易和即将进行交易的客户。

（3）按时间序列分类，客户可分为老客户、新客户和潜在客户。

（4）按交易数量和市场地位分类，客户可分为主力客户（交易时间长、交易量大的客户）、一般客户和零散客户。

（二）信息企业客户分析

（1）客户构成分析，主要是运用 ABC 分析法将客户分为三类。A 类占累计销售额的 80%左右，B 类占 15%左右，C 类占 5%左右。

（2）客户与本公司交易业绩分析，主要是分析客户与本公司交易情况，掌握各客户的月交易额和年交易额。

（3）客户信用调查分析，主要是调查了解客户的信用状况，根据其信用程度的高低来确定客户的信用限度，即信贷额度。

（4）不同商品的销售构成分析，主要是分析各种商品销售额的比例构成，以检查是否完成企业的商品销售任务和确定企业未来商品销售的重点。

（5）不同商品利润率分析，主要是分析企业各种商品的利润率，以确定企业未来产品开发的重点和发展方向。

（6）不同商品周转率分析，主要分析各种商品的周转率，以检查商品的周转状况，了解商品资金的回笼情况。

二、信息企业客户管理内容与原则

（一）信息企业客户管理内容

（1）基础资料　基础资料主要包括客户名称、地址和电话；所有者、经营管理者、法人代表以及他们的性格、兴趣、爱好、家庭、学历、年龄和能力；创业时间、与本公司交易时间；企业组织形式、资产等（见表10-1）。

（2）客户特征 客户特征主要包括服务区域、销售能力、发展潜力、经营观念、经营方向、经营政策、企业规模和经营特点等（见表10-2）。

表10-1 消费者个人或家庭资料卡

姓 名		性 别		住 址	
学 历		年 龄		婚 否	
工作单位		职 业		性 格	
购买商品		购买日期		付款方式	
备 注					

表10-2 客户或组织资料卡

组织名称		营业地址	
企业性质		经营规模	
联系电话		付款方式	
日销售额		营业状况	
订购商品		信用等级	
交易日期		信用额度	
备 注			

（3）业务状况 业务状况主要包括销售实绩、经营管理者和业务人员的素质、与其他竞争者的关系、与本公司的业务关系及合作态度等。

（4）交易现状 交易现状主要包括客户的销售活动现状、存在问题、保持优势、未来的对策、企业形象、声誉和信用状况等（见表10-3）。

表10-3 客户情况综合评价表

序 号	客户资料	评 语	存在问题	改进措施
1	客户的基本情况			
2	每次订购量			
3	订购频率			
4	占公司销售总额的比例			
5	销售费用水平			
6	货款回收情况			
7	客户对本公司的评价			
8	客户对销售业务的支持程度			
9	访问计划			
10	延迟的情况			

（二）信息企业客户管理原则

1）动态管理 要求客户资料应不断加以调整，及时补充新的资料，保持动态性。

2）突出重点 要求透过客户资料找出重点客户（包括现有客户和未来、潜在客户）。

3）灵活运用 要求应以灵活方式及时全面地将客户资料提供给销售人员及其他

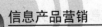

有关人员，提高客户管理的效率。

4）专人负责　要求客户管理应确定具体的规定和办法，由专人负责，严格客户情报资料的利用和借阅。

三、信息企业客户投诉处理

（一）信息企业客户投诉内容

（1）商品质量投诉　商品质量主要包括产品质量上有缺陷、产品规格不符、产品技术规格超过允许误差和产品故障等。

（2）购销合同投诉　购销合同投诉主要包括产品数量、等级、规格、交货时间、交货地点、结算方式、交易条件等与原购销合同规定不符。

（3）货物运输投诉　货物运输投诉主要包括货物在运输过程中发生损坏、丢失、变质，因包装或装卸不当造成损失等。

（4）顾客服务投诉　顾客服务投诉主要包括对企业各类人员的服务质量、服务态度、服务方式和服务技巧等提出的批评与抱怨。

（二）信息企业客户投诉处理原则

1．有章可循

企业要有专门的制度和人员来管理客户投诉的问题，且必须要做好各种预防工作，使客户投诉防患于未然。

2．及时处理

对于客户的投诉，各部门应通力合作，迅速做出反应，力争在最短的时间内全面解决问题，给客户一个圆满的结果。

3．分清责任

分清责任，不仅要分清造成客户投诉的责任部门和责任人，而且要明确处理投诉的各部门和各类人员的具体责任与权限以及客户投诉得不到圆满解决的责任。

4．留档分析

对每一起客户投诉及其处理都要做出详细记录，包括投诉内容、处理过程、处理结果和客户满意度等。

（三）信息企业客户投诉处理流程

1．记录投诉内容

利用客户投诉记录表详细地记录客户投诉的全部内容，如投诉客户名称、受理时间、投诉对象和客户要求等（见表10-4）。

表10-4　客户投诉登记表

投诉客户名称		地址		联系方式	
受理日期		受理编号			
投诉对象		客户要求			
受理单位意见	质量管理单位	受理单位		营业单位	其他单位

2．判定投诉是否成立

了解客户投诉的内容后，要判定客户投诉的理由是否充分，投诉要求是否合理。如投诉不成立，应以婉转的方式答复客户，取得客户的谅解，消除误会。

3．确定投诉处理责任部门

根据客户投诉的内容，确定相关的具体受理单位和受理负责人，如属于运输问题，交储运部门处理；属于质量问题，交质量管理部门处理等。

4．责任部门分析投诉原因

要查明客户投诉的具体原因及具体造成客户投诉的责任人。

5．提出处理方案

根据实际情况，参照客户投诉要求，提出解决投诉的具体方案，如退货、换货、维修、折价和赔偿等（见表10-5）。

表 10-5 客户投诉处理表

受 理 投 诉		投 诉 原 因	处 理 经 过	处 理 建 议	
编　号				对　　策	改　　进
内　容					

6．提交主管领导批示

对于客户投诉问题，领导应予以高度重视，主管领导应对投诉的处理方案一一过目，及时做出批示。

7．实施处理方案

处罚直接责任人，通知客户，并尽快地收集客户的反馈意见（见表10-6）。

表 10-6 客户投诉处理通知书

客户姓名或名称			
订单编号		问题发生单位	
订购日期		制造日期	
索赔数量		制单号码	
索赔金额		订购数量	
		处理期限	
发生原因及调查结果	客户要求 A 退货　B 维修　C 打折扣　D 更换　E 其他		
营业部观察结果			
处理及公司对策	公司对策实施要领		
	对策实施确认		

8．总结评价

对投诉处理过程进行总结与综合评价，吸取经验教训，提出改进对策，不断完善企业的经营管理和业务运作，以提高客户服务质量和服务水平，降低投诉率。

（四）信息企业客户投诉处理方法

1．倾听顾客解释投诉问题

在有机会倾诉他们的委屈和愤怒之后，顾客往往会感觉好多了。因此，销售人员应让顾客充分地解释问题而不要打断他们。

2．获得和判断事实真相

销售人员必须谨慎地确定有关的事实信息，获得全面、客观的事实，以便能找出令人满意的解决方法。

3．提出解决办法

在倾听顾客意见，并从顾客的立场出发考察每一种因素之后，销售人员有责任采取行动和提出公平合理的最终解决办法。销售人员有责任解决问题，但不可做任何对公司形象有消极影响的评论，如指责运输部门、安装人员或公司其他人员等。

4．公平解决索赔

公司应提出一个公平合理的解决办法，解决方案的形式包括：① 产品完全免费退换；② 产品完全退换，顾客只支付劳动力和运输费用；③ 产品完全退换，由顾客和公司共同承担相关费用；④ 产品完全退换，由顾客按折扣价格支付；⑤ 产品送往公司的工厂再作决定；⑥ 顾客承担维修费用；⑦ 顾客向第三方索赔。

5．建议推销

建议推销，是指建议顾客购买与主要产品相关的其他产品或服务的过程。只有当销售人员感到附加产品项目能够增强顾客的满意水平时，才进行建议推销。

6．建立商誉

商誉，是顾客对销售人员、企业以及它的产品的一种积极的感情和态度。推销过程中的最终推动力，尤其是售后服务，应该是以良好的商誉为导向。

技能训练

信息产品三包协议书写作技能训练

案例背景：

广东省联华计算机有限公司电脑产品三包服务的有关规定：

1）退换货服务。自售出之日起七日内出现故障免费退货；八至十五日内出现故障免费修理或更换；整机一年内，经两次维修之后仍不能正常使用可免费更换。

2）零部件保修服务。联华电脑实行全国联保，三年有限保修。顾客在全国任何一家联华公司授权服务机构都可以获得公司提供的优质服务。

主机主要部件、主板自购机之日起三年内提供送修服务；CPU、内存、显示屏、硬盘驱动器、键盘和电源适配器自购机之日起两年内提供送修服务；光驱、软驱、数码驱动器、鼠标、手写板、UPS 电源、调制解调器和光盘刻录机自购机之日起一年内提供送修服务；预装软件自购买之日起一年内提供送修服务；随机软件自购买之日起三个月内提供送修服务。（注：主要部件是指电脑主板及与主板不可分割的部件）

3）服务监督方式。为了向顾客提供更周到、更令人满意的服务，联华公司欢迎顾客的监督和批评。公司将主动回访以及时了解顾客的意见，迅速改变服务的不足之处。同时公司还设立了由专人负责的服务监督电话及信箱。顾客有三种方式与公司联系：

服务热线电话：0755-62686861/62686862;

电子信箱 service@ lhcomputer.com.cn

或来信寄至：广东省深圳市深南大道1002号，广东联华计算机有限公司客户服务部；邮编：518046。

试根据以上背景资料，为广东省联华计算机有限公司的电脑产品设计一份三包服务协议书。

目的和要求：

1）能认识并实现组织分工与团队合作。
2）能撰写出符合格式要求的信息产品三包协议书。
3）能整理总结出信息产品三包协议书写作课题分析报告。
4）能清晰地口头表达出信息产品三包协议书写作实训心得。

训练指导：

1）组建实训课题小组：将教学班学生按每小组6～8人划分成若干课题小组，每个小组指定或推选出一名小组长。

2）确定实训小组课题：每个小组根据信息产品三包协议书写作背景资料的要求，完成一份信息产品三包协议书的写作。

3）实施写作课题研究：各小组长根据信息产品三包协议书写作的计划，调配资源，明确各组员的任务，并督促大家有效地完成任务，包括：信息产品三包协议书的草拟、修改和定稿，信息产品三包协议书写作课题分析报告的撰写、打印以及小组的发言等。

4）撰写实训课题报告：每个小组完成一份信息产品三包协议书写作的课题分析报告。报告格式见表10-7。

5）陈述实训心得：由各个小组推荐的发言人或小组长代表本小组陈述本小组实训课题分析报告和实训心得。

表10-7　信息产品三包协议书写作课题分析报告

第___10___次实训

班级_____　　学号_____　　姓名_____　　实训评分_____

实训时间_____　实训名称 信息产品三包协议书写作技能训练

一、实训操作背景

二、实训目标要求

三、实训操作内容

四、实训心得体会

五、实训评价（指导老师填写）

附　　录

附录 A　信息产业科技发展"十一五"规划和
2020 年中长期规划纲要（摘录）

前言

21 世纪的前 20 年是我国在科学技术领域赶超世界先进水平的关键时期，信息技术作为科学技术领域发展最快的门类之一，其重要作用已受到国内外的广泛重视，并成为维护国家安全、增强综合国力的关键所在。党的"十六大"明确指出："优先发展信息产业，在经济和社会领域广泛应用信息技术。"这是在新的历史条件和时代进步背景下，加快我国信息技术发展的重大战略部署。

根据党的"十六大"全面建设小康社会的战略目标，以提高自主创新能力为中心，结合建设电子强国、电信强国的目标，在认真贯彻落实科学发展观、坚持发展是第一要务的基础上，特编制信息产业科技发展"十一五"规划和 2020 年中长期规划纲要。

一、总体思路与发展目标

（一）指导思想

我国信息产业的科技发展要以邓小平理论和"三个代表"重要思想为指导，以科学发展观统领全局，紧密围绕国家经济发展、和谐社会建设与产业由大到强的战略需求，以提高自主创新能力为中心，坚持服务国家目标、引领产业发展、市场技术互动、统筹规划协同的指导思想，持续突破核心技术，全面掌握关键技术，以点带面，逐步实现信息产业科技的整体性突破和跨越式发展。

1．服务国家目标

党和国家提出了"'十一五'时期要实现国民经济持续、快速、协调、健康发展和社会全面进步，取得全面建设小康社会的重要阶段性进展"的发展目标和"本世纪头 20 年'进入创新型国家行列'"的战略目标。信息产业科技发展必须贯彻"以信息化带动工业化、以工业化促进信息化"的战略决策，充分利用信息技术改造、优化传统产业，促进产业升级；利用信息技术促进服务业的创新和升级，带动产业结构的调整与优化。通过信息技术和网络的应用，促进城乡协调发展。贯彻以人为本的发展理念，使信息技术与网络惠及全民，激发人的创造活力，促进和谐社会建设与人的全面发展。通过关键信息技术的突破，解决信息网络与系统的自主可控问题，保障国家安全。

2．引领产业发展

将提升自主创新能力作为提高信息技术水平、推进信息产业结构调整与优化的中心环节，将掌握信息产业核心技术作为提升产业竞争力的突破口，提高科技进步对产业发展的贡献率，建立创新型的发展模式，促进信息产业增长方式的转变，引领产业协调发展，推动信息服务大行业的持续快速成长，促进产业由大到强。

3．市场技术互动

全面把握市场牵引与技术驱动的关系。充分发挥市场需求在中短期内对技术发展的牵引作用，以重大应用带动技术发展；高度重视新技术在长远发展中对新市场需求的催生作用，加快部署战略性新技术的研发。

大力推动技术创新与业务创新的互动，以业务创新带动技术的创新与突破，以技术的突破为业务创新创造良好条件，并催生新的市场。

4．统筹规划协同

针对制约我国信息产业科技发展的战略性基础瓶颈和薄弱环节，统筹规划，进一步加强政策支持，加大研发投入，集全国之力实现重点突破。

面向重大应用，从产业层面对重大技术的发展做好整体布局；把握技术发展方向，制定产业技术政策；打造完整产业链，形成产业群体；创建技术与产业联盟，实现各方协同。

（二）发展思路

我国信息产业科技发展的总体思路是"一体双翼"，即围绕一个战略主体，选择两大发展方向，逐步实现我国信息产业科技的整体突破和跨越式发展。

1．一个战略主体：自主创新，增强核心竞争力

以提升信息技术自主创新能力为目标，通过持久不懈的努力，持续突破核心技术，掌握关键技术，增强信息产业核心竞争力，引领产业由大到强。

——打造以企业为主体、市场为导向、应用为主线、"政产学研资"相结合的技术创新体系；

——建立和完善信息产业技术创新所必需的法律、法规等制度环境，提供自主创新的制度保障；

——重视基础与前沿技术研究，加强原始性创新，努力获得更多的技术发明；

——以应用为导向，加快集成创新，大力促进以网络与系统为中心的多种相关技术的有机结合，形成有竞争力的产品或者产业；

——在引进消化吸收的基础上进行再创新，促进技术水平的不断提高。

2．两大发展方向：面向发展瓶颈和重大应用两大方向实现技术突破

——紧贴战略需求，突破制约发展的瓶颈紧贴国家战略需求，集全国之力攻关制约我国信息产业发展的集成电路、软件和关键电子元器件等重大战略性基础科技，超前谋划，以应用为导向，将研发和设计融入网络、装备、整机和系统的建设中，通过持续努力，逐步提高核心技术能力，最终突破发展瓶颈。

——面向重大应用，实现重点领域的技术突破根据数字化、网络化、智能化总体趋势，面向宽带通信网、数字电视网、下一代互联网等信息基础设施建设和信息资源开发利用等国家信息化建设与重大应用，推进"三网融合"，在数字化音视频、新一代移动通信、高性能计算机及网络设备等领域，实现核心技术与关键产品的突破。

（三）发展目标

1．"十一五"发展目标

初步建立以企业为主体，市场为导向，应用为主线，"政产学研资"有机结合的信息产业技术创新体系。

在集成电路、软件和关键元器件、电子专用设备仪器和电子材料的研发和生产方面取得阶段性突破，掌握一批关键技术，拥有一批核心专利与标准。集成电路自给率显著提高，在信息安全和国防安全领域达到70%以上，通信和数字家电领域达到30%以上；具有自主知识产权的软件比重明显提高，形成全球市场5%的产业规模和自主可持续的发展能力；初步形成门类齐全的电子元器件科研生产体系，电子元器件技术达到21世纪初的世界水平，基本满足电子整机发展的要求。

面向信息化建设和重大应用，进行业务和技术创新，带动核心技术与产品的研发，在下一代网络、宽带无线移动通信、数字电视、家庭网络、智能终端、汽车计算平台、无线射频识别（RFID）和传感网络、网络与信息安全、信息技术应用与数字内容等重点领域实现突破，形成一批具有自主知识产权的核心技术和创新产品，基本满足国内应用对技术与产品需求，形成较为完整的产业链。

通过自主创新，显著提升信息产业科技的整体水平，初步建立科技引领的产业发展模式，掌握关键技术，形成重点技术领域的突破，力争在国际竞争中掌握更多的主动权。

2．2020年发展目标

到2020年，建立较为完善的科技创新体系。在"十一五"重点突破的基础上，力争基本实现信息产业科技的整体性突破和跨越式发展，在重要的信息科技领域拥有大量自主知识产权的核心技术，实现关键产品的基本自给，初步进入信息产业科技先进国家行列，确立科技引领的产业发展模式。

二、发展重点

根据信息产业技术发展趋势、战略需求和发展思路，提出未来5～15年以下15个领

域发展的重点技术。

（一）集成电路

技术重点发展通用的、新结构的 CPU、DSP、数/模、模/数转换器、存储器、可编程器件等核心关键芯片；结合 SoC 技术的全球发展趋势，重点发展对未来整机发展有重大影响的 SoC 芯片产品；围绕应用于计算机、网络和通信、数字音视频等 SoC 的发展，重点部署一批关键 IP 核产品和 EDA 产品的开发。

（二）软件技术

优先研制可信网络计算平台，加快发展嵌入式软件、中文信息处理、数字媒体与内容管理软件，以及软件服务，加强软件资源库体系建设。

（三）新型元器件技术

重点围绕计算机、网络和通信、数字化家电、汽车电子、环保节能设备及改造传统产业等的需求，发展相关的片式电子元器件、机电元件、印制电路板、敏感元件和传感器、频率器件、新型绿色电池、光电线缆、新型微特电机、电声器件、半导体功率器件、电力电子器件和真空电子器件。

（四）电子材料技术

重点发展与元器件性能密切相关的半导体材料、光电子材料、压电与声光材料、电子功能陶瓷材料、磁性材料、电池材料和传感器材料等；在电子装备及元器件中用于支撑、装联和封装等使用的金属材料、非金属材料、高分子材料及各种复合材料等；在生产工艺与加工过程中使用的光刻胶、化学试剂、特种气体、各种焊料、助焊剂等。

（五）网络和通信技术

围绕宽带多媒体、新一代移动通信、数字内容应用、农村通信、智能信息处理与智能通信等业务，重点开发下一代网络产品、新一代移动通信设备、宽带无线接入/数字集群设备、家庭网关、智能终端、智能信息处理和无处不在的通信网络设备、宽带多媒体网络设备和数字内容产品。

（六）计算机技术

重点开发高性能计算、网格计算、面向微处理器的计算机体系结构、嵌入式计算和高可信计算等相应产品；开发普适计算、信息打印输出和智能计算等相应产品。同时，开展对量子计算、光计算和生物计算等非经典计算技术的前瞻性研究。

（七）存储技术

重点发展小尺寸硬盘盘片和硬盘驱动器，能适应播放和下载高清晰度视频节目的高密度光盘及光盘机，适应消费和移动应用的各种存储卡，低功耗、小型便携式磁盘阵列系统和高安全性、智能化网络存储系统。

（八）数字音视频技术

重点发展数字音视频编解码设备、数字电视、宽带数据广播设备、数字音频广播设备、数字光盘等。

（九）网络和信息安全技术

重点发展安全处理芯片和系统级芯片、安全操作系统、安全数据库、信息隐藏、身份认证、安全隔离、信息内容安全、入侵检测、网络容灾、病毒防范等产品。

（十）光电子技术

重点发展激光器、光电探测器、光传输和光传感设备、微光机电系统、半导体照明等产品。

（十一）显示技术

重点发展液晶、等离子、有机电致发光和投影等显示器件。

（十二）测量仪器技术

重点发展高端、通用和市场急需的通用电子测量仪器及电子计量仪器；集成电路测试系统、电路板功能测试系统、光电转换器件、平板显示器件等电子元器件和电路板测试仪器；下一代移动通信、下一代互联网和高速光纤通信所需的通信测量仪器；信号源、波形和图像质量测试仪器、音视频码流发生与监视分析仪器等数字电视测量仪器。

（十三）电子专用设备制造技术

重点发展半导体和集成电路关键设备、新兴电子元器件关键设备、新型显示器件关键设备、电子整机装联关键设备。

（十四）信息技术应用

面向国民经济与社会信息化服务，以电子政务、电子商务、农业信息化、企业信息化、城市信息化及服务业信息化为对象，以利用信息技术促进政府管理、服务和应急能力的提高、制造业企业竞争力的提高、农业信息网络体系的建设、服务个性化和智能化为目标，带动国内自主知识产权的信息技术与信息产品的发展。

（十五）导航、遥测、遥控、遥感技术

重点发展卫星导航地面系统及接收机、用户终端，航空、航天测控系统，TDRSS 测控网及民用终端，导航、测控基础性电子产品系列。

附录 B 电子信息产业调整和振兴规划

信息技术是当今世界经济社会发展的重要驱动力，电子信息产业是国民经济的战略性、基础性和先导性支柱产业，对于促进社会就业、拉动经济增长、调整产业结构、转变发展方式和维护国家安全具有十分重要的作用。为应对国际金融危机的影响，落实党中央、国务院保增长、扩内需、调结构的总体要求，确保电子信息产业稳定发展，加快结构调整，推动产业升级，特制定本规划，作为电子信息产业综合性应对措施的行动方案。规划期为 2009～2011 年。《规划》的主要内容是：

一、电子信息产业现状及面临的形势

改革开放以来，我国电子信息产业实现了持续快速发展，特别是进入 21 世纪以来，产业规模、产业结构、技术水平得到大幅提升。2001～2007 年销售收入年均增长 28%，2008 年实现销售收入约 6.3 万亿元，工业增加值约 1.5 万亿元，占 GDP 比重约 5%，对当年 GDP 增长的贡献超过 0.8 个百分点，出口额达 5218 亿美元，占全国外贸出口总额的36.5%。我国已成为全球最大的电子信息产品制造基地，在通信、高性能计算机、数字电视等领域也取得一系列重大技术突破。但是，受国际金融危机影响，2008 年下半年以来，电子信息产品出口增速不断下滑，销售收入增速大幅下降，重点领域和骨干企业经营出现困难，利用外资额明显减少，电子信息产业发展面临严峻挑战。同时，我国电子信息产业深层次问题仍很突出。必须采取有效措施，加快产业结构调整，推动产业优化升级，加强技术创新，促进电子信息产业持续稳定发展，为经济平稳较快发展做出贡献。

二、指导思想、基本原则和目标

（一）指导思想

全面贯彻落实党的十七大精神，以邓小平理论和"三个代表"重要思想为指导，深入贯彻落实科学发展观，围绕保增长、扩内需、调结构的主线，坚持改革开放，强化自主创新，加快信息化与工业化融合，以优化环境巩固规模优势，以重大工程带动技术突破，以新的应用推动产业发展。稳定出口，拓展内需，满足人民群众的消费需求，保持电子信息产业平稳较快增长；集聚资源，重点突破，提高关键技术和核心产业的自主发展能力；以用促业、融合发展，加快培育新的增长点；在发展中保稳定，在稳定中谋转型，加快调整电子信息产业组织结构、产品结构和区域结构，实现产业持续健康发展。

（二）基本原则

坚持立足当前与谋划长远相结合。针对当前外部市场需求急剧下降、全球电子信息产业深度调整的形势，采取积极措施，保持产业的稳定增长。同时，着眼长远发展，集中优势资源，在重点领域取得突破，促进产业结构调整，加快发展模式向质量效益型转变。

坚持市场运作与政府引导相结合。充分发挥市场配置资源的基础性作用，加快完善体制机制，改善投融资环境，培育骨干企业，扶持中小创新型企业，促进产业持续健康发展。同时，国家加大财税、金融政策支持力度，增强集成电路、新型显示器件、软件等核心产业的自主发展能力。

坚持自主创新与国际合作相结合。加快自主创新步伐，以系统应用为牵引，加速技术自主开发。同时，继续加大力度吸引国际电子信息制造业和服务业向我国转移，提高利用外资水平，拓展企业海外发展空间，提高电子信息产业在国际分工中的地位。

（三）规划目标

促增长、保稳定取得显著成效。未来三年，电子信息产业销售收入保持稳定增长，产业发展对 GDP 增长的贡献不低于 0.7 个百分点，三年新增就业岗位超过 150 万个，其中新增吸纳大学生就业近 100 万人。保持外贸出口稳定。新型电子信息产品和相关服务培育成为消费热点，信息技术应用有效带动传统产业改造，信息化与工业化进一步融合。

调结构、谋转型取得明显进展。骨干企业国际竞争力显著增强，自主品牌市场影响力大幅提高。软件和信息服务收入在电子信息产业中的比重从 12% 提高到 15%。稳步推进电子信息加工贸易转型升级，鼓励加工贸易企业延长产业链，促进国内产业升级。形成一批具有国际影响力、特色鲜明的产业聚集区。产业创新体系进一步完善。核心技术有所突破，新一代移动通信、下一代互联网、数字广播电视等领域的应用创新带动形成一批新的增长点，产业发展模式转型取得明显进展。

三、产业调整和振兴的主要任务

今后三年，电子信息产业要围绕九个重点领域，完成确保骨干产业稳定增长、战略性核心产业实现突破、通过新应用带动新增长三大任务。

（一）确保计算机、电子元器件、视听产品等骨干产业稳定增长

完善产业体系，保持出口稳定，拓展城乡市场，提高利用外资水平，发挥产业集聚优势，实现计算机、电子元器件、视听产品等骨干产业平稳发展。

增强计算机产业竞争力。加快提高产品研发和工业设计能力，积极发展笔记本电脑、高端服务器、大容量存储设备、工业控制计算机等重点产品，构建以设计为核心、以制造为基础，关键部件配套能力较强的计算机产业体系。大力开拓个人计算机消费市场，积极拓展行业应用市场，推广基于自主设计 CPU 的低成本计算机和具有自主知识产权的打印机、税控收款机等产品。支持骨干企业"走出去"，进一步开拓全球特别是新兴国家和发展中国家市场。

加快电子元器件产品升级。充分发挥整机需求的导向作用，围绕国内整机配套调整元器件产品结构，提高片式元器件、新型电力电子器件、高频频率器件、半导体照明、混合集成电路、新型锂离子电池、薄膜太阳能电池和新型印刷电路板等产品的研发生产能力，初步形成完整配套、相互支撑的电子元器件产业体系。加快发展无污染、环保型基础元器件和关键材料，提高产品性能和可靠性，提高电子元器件和基础材料的回收利用水平，降低物流和管理成本，进一步提高出口产品竞争力，保持国际市场份额。

推进视听产业数字化转型。支持彩电企业与芯片设计、显示模组企业的纵向整合，

促进整机企业的强强联合，加大创新投入，提高国际竞争力。加快 4C（计算机、通信、消费电子、内容）融合，促进数字家庭产品和新型消费电子产品大发展。推进体制机制创新，加快模拟电视向数字电视过渡，推动全国有线、地面、卫星互为补充的数字化广播电视网络建设，丰富数字节目资源，推动高清节目播出，促进数字电视普及，带动数字演播室设备、发射设备、卫星接收设备的升级换代，加快电影数字化进程，实现视听产业链的整体升级。

（二）突破集成电路、新型显示器件、软件等核心产业的关键技术

抓住全球产业竞争格局加快调整的机遇，立足自主创新，强化国际合作，统筹资源、环保、市场、技术、人才等各种要素，合理布局重大项目建设，实现集成电路、新型显示器件、软件等核心产业关键技术的突破。

完善集成电路产业体系。支持骨干制造企业整合优势资源，加大创新投入，推进工艺升级。继续引导和支持国际芯片制造企业加大在我国投资力度，增设生产基地和研发中心。完善集成电路设计支撑服务体系，促进产业集聚。引导芯片设计企业与整机制造企业加强合作，依靠整机升级扩大国内有效需求。支持设计企业间的兼并重组，培育具有国际竞争力的大企业。支持集成电路重大项目建设与科技重大专项攻关相结合，推动高端通用芯片的设计开发和产业化，实现部分专用设备的产业化应用，形成较为先进完整的集成电路产业链。

突破新型显示产业发展瓶颈。统筹规划、合理布局，以面板生产为重点，完善新型显示产业体系。国家安排引导资金和企业资本市场筹资相结合，拓宽融资渠道，增强企业创新发展能力。成熟技术的产业化与前瞻性技术研究开发并举，逐步掌握显示产业发展主动权。充分利用全球产业资源，重点加强海峡两岸产业合作，努力在新型显示面板生产、整机模组一体化设计、玻璃基板制造等领域实现关键技术突破。

提高软件产业自主发展能力。依托国家科技重大专项，着力提高国产基础软件的自主创新能力。支持中文处理软件（含少数民族语言软件）、信息安全软件、工业软件等重要应用软件和嵌入式软件技术、产品研发，实现关键领域重要软件的自主可控，促进基础软件与 CPU 的互动发展。加强国产软件和行业解决方案的推广应用，推动软件产业与传统产业的融合发展。鼓励大型骨干企业整合优势资源，增强企业实力和国际竞争力。引导中小软件企业向产业基地集聚和联合发展，提高软件行业国际合作水平。

（三）在通信设备、信息服务、信息技术应用等领域培育新的增长点

加速信息基础设施建设，大力推动业务创新和服务模式创新，强化信息技术在经济社会领域的运用，积极采用信息技术改造传统产业，以新应用带动新增长。

加速通信设备制造业大发展。以新一代网络建设为契机，加强设备制造企业与电信运营商的互动，推进产品和服务的融合创新，以规模应用促进通信设备制造业发展。加快第三代移动通信网络、下一代互联网和宽带光纤接入网建设，开发适应新一代移动通信网络特点和移动互联网需求的新业务、新应用，带动系统和终端产品的升级换代。支持 IPTV（网络电视）、手机电视等新兴服务业发展。建立内容、终端、传输、运营企业相互促进、共赢发展的新体系。

加快培育信息服务新模式新业态。把握软件服务化趋势，促进信息服务业务和模式创新，综合利用公共信息资源，进一步开发适应我国经济社会发展需求的信息服务业务。积极承接全球离岸服务外包业务，引导公共服务部门和企事业单位外包数据处理、信息技术运行维护等非核心业务，建立基于信息技术和网络的服务外包体系。提高信息服务业支撑服务能力，初步形成功能完善、布局合理、结构优化、满足产业国际化发展要求的公共服务体系。

加强信息技术融合应用。以研发设计、流程控制、企业管理、市场营销等关键环节为突破口，推进信息技术与传统工业结合，提高工业自动化、智能化和管理现代化水平。加速行业解决方案的开发和推广，组织开展行业应用试点示范工程，支持 RFID（电子标签）、汽车电子、机床电子、医疗电子、工业控制及检测等产品和系统的开发和标准制定。支持信息技术企业与传统工业企业开展多层次的合作，进一步促进信息化与工业化融合。结合国家改善民生相关工程的实施，加强信息技术在教育、医疗、社保、交通等领域应用。提高信息技术服务"三农"水平，加速推进农业和农村信息化，发展壮大涉农电子产品和信息服务产业。

四、政策措施

（一）落实扩大内需措施

结合国民经济和社会信息化建设以及家电下乡、其他重点产业调整和振兴规划的实施，进一步拓展电子信息产业的发展空间，引导推进第三代移动通信网络、下一代互联网、数字广播电视网络、宽带光纤接入网络和数字化影院建设，拉动国内相关产业发展。完善普遍服务机制，推进农村信息化建设，加强农村电信和广播电视覆盖，加速实现"村村通"。支持国内光伏发电市场发展和 LED（发光二极管）节能照明产品推广。建立国家资金支持的重大工程配套保障协调机制，带动电子信息产品以及相关服务发展，引导国内企业互相配套。

（二）加大国家投入

国家新增投资向电子信息产业倾斜，加大引导资金投入，实施集成电路升级、新型显示和彩电工业转型、TD-SCDMA 第三代移动通信产业新跨越、数字电视电影推广、计算机提升和下一代互联网应用、软件及信息服务培育等六项重大工程，支持自主创新和技术改造项目建设。鼓励地方对专项支持的关键领域和重点项目给予资金支持，引导社会资源投向电子信息产业领域。加大信息技术改造传统产业的投入。

（三）加强政策扶持

继续实施《国务院关于印发鼓励软件产业和集成电路产业发展若干政策的通知》（国发〔2000〕18 号）明确的政策，抓紧研究进一步支持软件产业和集成电路产业发展的政策措施。进一步完善并适当延长液晶等新型显示器件优惠政策。落实数字电视产业政策，推进"三网融合"。在高新技术企业认定工作中，根据电子信息产业发展状况适时调整认定目录和标准。研究出台光伏发电和半导体照明推广应用的鼓励政策。

（四）完善投融资环境

落实金融促进经济发展的有关政策措施，加大对电子信息产业的信贷支持。引导地方政府加大投入，有效发挥信用担保体系功能，支持金融机构为中小电子信息企业提供更多融资服务。依托产业基地、企业孵化器等产业集聚区，扩大电子信息中小企业集合发债试点。对符合条件的电子信息企业引进先进技术和产品更新换代的外汇资金需求，通过进出口银行提供优惠利率进口信贷方式给予支持。积极发展风险创业投资，大力支持海外归国人才在国内创业发展。落实优惠条件，降低商检和物流费用，支持国外企业稳定在我国的生产规模，扩大投资。加强产业基地公共基础设施和支撑服务体系建设，优化产业集聚区发展环境。发挥海关特殊监管区域的政策和功能优势，加大打击走私力度，促进电子信息产品研发、维修、配送及服务外包业务的发展。

（五）支持优势企业并购重组

在集成电路、软件、通信、新型显示器件等重点领域，鼓励优势企业整合国内资源，支持企业"走出去"兼并或参股信息技术企业，提高管理水平，增强国际竞争力。鼓励金融机构对电子信息企业重组给予支持。

（六）进一步开拓国际市场

继续保持并适当加大部分电子信息产品出口退税力度，发挥出口信用保险支持电子信息产品出口的积极作用，强化出口信贷对中小电子信息企业的支持。落实科技兴贸规划。采取综合措施为企业拓展新兴市场创造条件，支持企业"走出去"设立研发、生产基地，建立境外营销网络。拓展与国外政府、企业间的合作，大力推动 TD-SCDMA 等标准技术在海外市场的拓展和商用。落实促进离岸服务外包产业发展的扶持政策，推动软件外包企业加快发展。

（七）强化自主创新能力建设

加快实施国家科技重大专项，推动产业创新发展。加强移动通信、笔记本电脑、软件、新型显示器件等领域创新能力建设，完善公共技术服务平台。支持电子元器件、系统整机、软件和信息服务企业组成各种形式的产业联盟，促进联合协同创新。大力推进 TD-SCDMA、地面数字电视、手机电视、数字音视频编解码、中文办公文档格式、WAPI（无线局域网安全标准）、数字设备信息资源共享等标准产业化进程，加强 RFID、数字版权管理、数字家庭产品等关键标准的制定和推广工作，加快制定工业软件、信息安全、信息技术服务标准和规范。加强对电子信息产品和服务的知识产权保护。将集成电路升级等六项重大工程所需高端人才引进列入国家引进高层次海外人才的相关计划，提高国内研发水平。

五、规划实施

各地区要按照《规划》确定的目标、任务和政策措施，结合当地实际抓紧制定具体落实方案，确保取得实效。具体工作方案和实施过程中出现的新情况、新问题要及时报送发展改革委、工业和信息化部等有关部门。

附录 C　广东省中等职业技术学校计算机及应用专业教学指导方案（摘录）

广东省中职计算机及应用专业课程改革研究小组

一、方案的提出

根据《中共广东省委 广东省人民政府关于大力发展职业技术教育的决定》、"广东省职业技术教育骨干专业建设计划"、"广东省职业技术教育课程改革行动计划"，省教育厅职成处于 2006 年月 10 月组织部分中等职业学校教师组成"中等职业技术学校专业教学改革指导方案研究与起草小组"，研究、起草并编制广东省中等职业技术学校计算机及应用专业教学指导方案。

二、方案编制思路

广东省中等职业技术学校计算机及应用专业教学指导方案以教育部等六部委颁发的《中等职业学校计算机应用与软件技术专业领域技能型紧缺人才培养培训指导方案》为基础，根据广东省各行业对计算机应用人才需求的实际情况，结合计算机应用新技术、新趋势和中等职业技术学校计算机及应用专业的教育特点而编制的。

1．指导思想

以就业为导向，以社会需求为基本依据。

以能力为本位，努力满足岗位实际需要。

按照技能型人才培养需要，合理安排课程。

以学生为主体，提升职业能力。

实行产教结合，推行订单培养模式等新型的校企合作机制。

实行学历教育与职业培训相结合。

人格培养是中等职业教育的灵魂。

2．职业范围

序　号	专业方向	职业范围	职业资格证书	备　注
1	信息管理	1．计算机组装与维护 2．IT 产品营销 3．办公事务处理 4．办公设备维护	1．办公软件应用（高级）（高新技术） 2．计算机安装调试员（高新技术） 3．图像处理制作员（高新技术） 4．网页制作操作员（高新技术）	

（续）

序　号	专业方向	职业范围	职业资格证书	备　注
2	系统维护	1. 计算机系统维护 2. IT 产品营销 3. 网络系统安装与维护 4. 系统安全与防范	1. 办公软件应用（高新技术） 2. 计算机安装调试员（高新技术） 3. 图像处理制作员（高新技术） 4. 网页制作操作员（高新技术） 5. 网络管理员	表中所列的相关专业的职业资格证书仅作参考，建议学校确定其中一个为必考证书，其他的作为选考，也可以根据学校的实际需要选考表中没有列出的资格证书
3	多媒体制作	1. 计算机组装与维护 2. IT 产品营销 3. 多媒体信息采集、处理 4. 多媒体网页制作 5. 动画制作	1. 办公软件应用（高新技术） 2. 图形图像制作员（高新技术） 3. 多媒体软件制作操作员（高新技术） 4. 网页制作操作员（高新技术） 5. 视频编辑操作员（高新技术）	
4	软件技术	1. 计算机组装与维护 2. IT 产品营销 3. 界面设计与文档管理 4. 动态网页制作	1. 办公软件应用（高新技术） 2. 应用编程技术操作员（高新技术） 3. 数据库应用操作员（高新技术） 4. 软件技术员	

3. 专门化方向

信息管理

系统维护

多媒体制作

软件技术

4. 课程体系结构——模块式课程结构

模块式课程结构：每个课程模块由若干个小模块课程构成，各小模块之间是并列关系。包括有以下五个模块：

基础模块

文化素养课程模块

专业通用课程模块

专门化方向模块

拓展模块

5. 专业培养模式

开展专业技能的综合应用实训，并与职业资格考证结合起来

方案提供 2.5＋0.5 和 2＋1 两种模式

学年制与学分制兼容

三、培养目标与规格

1. 基本能力与素养

（1）通过不同途径获取信息的能力；

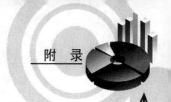

（2）熟练的计算机录入能力，每分钟录入 60 个汉字以上；

（3）熟练的办公软件、常用软件操作能力；

（4）网页制作能力；

（5）计算机使用、组装与维护的能力；

（6）网站组建与维护能力；

（7）熟练使用计算机常用外设的能力；

（8）良好的人际关系、职业道德和吃苦耐劳的工作态度，具有团队协作能力。

2．专业能力

专业方向	技能要求
信息管理	熟悉计算机常用软件的应用范畴；能根据任务的目标要求熟练使用相应的软件；掌握信息的采集、加工、输出的基本技能；具备任务分析、处理及规范完成的能力；具备使用与管理数据库的能力；具备文档管理的能力，了解计算机病毒防治方法；能熟练使用和维护各种办公设备
系统维护	掌握计算机系统故障的判断、系统维护的方法以及常用系统维护软件的使用，具备计算机软、硬件的组装调试与维护，外围设备的使用与维护能力；熟悉网络架构，具备网络安装与维护能力；具备系统安全与防范能力
多媒体制作	具备多媒体文档的管理能力；熟练掌握多媒体设备的使用，掌握多媒体产品制作的基本方法，具备多媒体素材采集、加工与合成能力；具备多媒体产品制作、发布及应用能力
软件技术	了解软件项目开发的流程，掌握一种流行的程序设计语言，具备用户界面制作，源代码编写、调试、功能模块测试、文档管理等能力；掌握网络数据库的基本知识，具备网络数据库的简单维护能力

四、课程设置与教学安排

本方案提供"2.5＋0.5"和"2＋1"两种模式。

1．"2.5＋0.5"模式的课程设置与教学安排

"2.5＋0.5"模式课程结构表

课程类别	必修课			限选课	任选课	
	文化课（人文素养）	专业通用课	专业实践课	专业专门化课	拓展模块	
					专业拓展课	人文素养课
课时数	624	516	850	936	128	
比例（%）	20.4	16.9	27.9	30.6	4.2	

课程	文化课（人文素养）	专业课（一体化教学）	校内集中实训	企业实践
课时数	624	1 580	280	570
比例（%）	20.4	51.7	9.2	18.7

"2.5+0.5"模式教学活动周数分配表

学期	入学教育与军训	课堂教学	专业实训 文字录入系列	专业专门化方向实训 信息管理 网站建设与维护	系统维护 网站建设与维护	多媒体 影视短片制作	软件技术 案例分析与实践	职业技能综合实训	企业实践	毕业教育	机动	复习考核	寒暑假	合计
一	1	16	2								1	1	4	25
二		18									1	1	6	26
三		18									1	1	4	24
四		18									1	1	6	26
五		10		2				6			1	1	4	24
六									19	1			6	26
合计	1	80	10						19	1	5	5	30	151

说明：(1) 每学期可安排20～21周，现按20周计算，每学期必须有1周机动；(2) 第一学期第1周为入学教育及军训，第六学期最后1周为毕业教育；(3) 第六学期安排企业实践，不设考试周。

"2.5+0.5"模式教学计划安排表

基础模块

课程分类		课程 序号	名称	总课时	学分	第一学年 一 课堂 16周	一 实训 2周	二 18周	第二学年 三 18周	四 18周	第三学年 五 课堂 10周	五 实训 8周	六 19周	课程类型
基础课	文化课	1	德育	160	10	2		2	2	2	2			必修课
		2	体育与健康	160	10	2		2	2	2	2			
		3	语文	136	8	4		4						
		4	数学	68	4	2		2						
		5	英语	100	6	2		2						
			小计（占总学时20.4%）	624	38	14		12	4	4	4			
	专业通用课	6	文字录入	88	4	2	2周							
		7	计算机应用基础	168	10	6		4						
		8	计算机组装与维护	64	4	4								
		9	程序设计语言	180	10			6	4					
		10	信息产品营销	72	4			4						
			小计（占总学时18.7%）	572	32	12		14	4					

专业专门化模块—信息管理方向、系统维护方向

模块	方向	类别	序号	课程名称	学时	学分					备注
专业专门化模块	信息管理方向	办公事务	11	办公软件高级应用	144	8	4	4			限选课
			12	办公设备使用与维护	36	2	2				
			13	信息检索技术	72	4	4				
			14	图形图像处理	144	8	4	4			
			15	文档管理	72	4	4				
		综合信息	16	数据库应用	152	9		4	8		
			17	网页制作	152	9		4	8		
			18	电子商务实务	108	6		6			
			19	网站建设与维护	112	6			6	2周	
		小计（占总学时 32.5%）			992	56	18	22	22		
	系统维护方向	计算机系统	11	操作系统应用	72	4	4				限选课
			12	常用工具软件使用	72	4	4				
			13	数据恢复与维护	108	6	6				
			14	数据库应用	144	8	4	4			
		网站	15	信息安全	72	4		4			
			16	图形图像处理	152	9		4	8		
			17	网页制作	152	9		4	8		
			18	网络技术	108	6		6			
			19	网站建设与维护	112	6			6	2周	
		小计（占总学时 32.5%）			992	56	18	22	22		

专业专门化模块—多媒体制作方向、软件技术方向

模块	方向	类别	序号	课程名称	学时	学分					备注
专业专门化模块	多媒体制作方向	素材采集与加工	11	信息采集与加工	72	4	4				限选课
			12	计算机美术	144	8	8				
			13	音/视频处理制作	180	10	6	4			
			14	动画制作	224	13		8	8		
			15	特效制作	108	6		6			
		信息发布	16	网页制作	152	9		4	8		
			17	影视短片制作	112	6			6	2周	
		小计（占总学时 32.5%）			992	56	18	22	22		
	软件技术方向	网络编程	11	界面设计与制作	108	6	6				限选课
			12	网页制作	180	10	6	4			
			13	SQL 数据库	180	10	6	4			
			14	网站建设与维护	152	9		4	8		
		应用程序	15	网络编程语言	188	11		6	8		
			16	项目管理	72	4		4			
			17	案例分析与实践	112	6			5	2周	
		小计（占总学时 32.5%）			992	56	18	22	22		

实践课、拓展模块

实践课	专业综合实训	168	6					6周	19周	必修课
	企业岗位实习	570	28						
	技能考证		2						
	小计（占总学时28.4%）	866	36						
拓展模块（各学校自定）	专业拓展课									任选
	人文素养课								
	小计（占总学时　%）	128	10	2		2	2	2	2
各学期课堂教学周课时数				28		28	28	28	28
合　　计		3 054	172						

说明：所列的专业拓展课供学校参考，各学校可根据自身实际情况从中选择或自定；人文拓展课由学校自定，原则上每周不宜超过2节。

2．"2+1"模式的课程设置与教学安排

"2+1"课程模式课程结构表

课程类别	必　修　课			限　选　课	任　选　课	
	文化课（人文素养）	专业通用课	专业实践课	专业专门化课	拓展模块	
					专业拓展课	人文素养课
课时数	576	516	1 252	676	124	
比例（%）	18.3	16.4	39.9	21.5	3.9	
课程	文化课（人文素养）	专业课（一体化教学）		校内集中实训	企业实践	
课时数	576	1 316		112	1 140	
比例（%）	18.3	41.8		3.6	36.3	

"2+1"课程模式教学活动周数分配表

内容／周数／学期	入学教育与军训	课堂教学	文字录入训练	专业实训				企业实践	毕业教育	机动	复习考核	寒暑假	合计
				专业专门化方向实训									
				信息管理	系统维护	多媒体	软件技术						
				网站建设与维护	网站建设与维护	影视短片制作	案例分析与实践						
一	1	16	2							1	1	4	25
二		18								1	1	6	26
三		18								1	1	4	24
四		16		2						1	1	6	26
五								19		1		4	24
六								19	1			6	26
合　计	1	68		4				38	1	5	4	30	151

说明：（1）每学期可安排20～21周，现按20周计算，每学期必须有1周机动；（2）第一学期第1周为入学教育及军训，第六学期最后1周为毕业教育；（3）第5、6学期安排企业实践，不设考试周。

"2＋1"课程模式教学计划安排表

基础模块

课程分类		序号	名称	总课时	学分	第一学年 一 课堂 16周	第一学年 一 实训 2周	第一学年 二 18周	第二学年 三 18周	第二学年 四 课堂 16周	第二学年 四 实训 10周	第三学年 五 19周	第三学年 六 19周	课程类型
基础课	文化课	1	德育	136	8	2		2	2	2				必修课
		2	体育与健康	136	8	2		2	2	2				
		3	语文	136	8	4		4						
		4	数学	68	4	2		2						
		5	英语	100	6	4		2						
		小计（占总学时 18.3%)		576	34	14		12	4	4				
	专业通用课	6	文字录入	88	4	2	2周							
		7	计算机应用基础	168	10	6		4						
		8	计算机组装与维护	64	4	4								
		9	程序设计语言	180	10				6	4				
		10	信息产品营销	72	4				4					
		小计（占总学时 18.2%)		572	32	12		14	4					

专业专门化模块—信息管理方向、系统维护方向

课程分类			序号	名称	总课时	学分	一 课堂	一 实训	二	三	四 课堂	四 实训	五	六	课程类型
专业专门化模块	信息管理方向	办公事务	11	办公软件高级应用	108	6				6					限选课
			12	办公设备使用与维护	36	2				2					
			13	图形图像处理	108	6				6					
			14	文档管理	72	4				4					
		综合信息	15	数据库应用	64	4					4				
			16	网页制作	96	6					6				
			17	电子商务实务	96	6					6				
			18	网站建设与维护	148	8					6	2周			
		小计（占总学时 23.2%)			728	42				18	22				
	系统维护方向	计算机系统	11	操作系统应用	72	4				4					限选课
			12	常用工具软件使用	72	4				4					
			13	数据恢复与维护	108	6				6					
			14	数据库应用	72	4				4					
		网站	15	图形图像处理	64	4					4				
			16	网页制作	96	6					6				
			17	网页技术	96	6					6				
			18	网站建设与维护	148	8					6	2周			
		小计（占总学时 23.2%)			728	42				18	22				

专业专门化模块—多媒体制作方向、软件技术方向

专业专门化模块	多媒体制作方向	素材采集与加工	11	信息采集与加工	72	4			4			限选课
			12	计算机美术	108	6			6			
			13	音/视频处理制作	72	4			4			
			14	动画制作	200	12			4	8		
		信息发布	15	网页制作	96	6				6		
			16	影视短片制作	180	10			18	8	2 周	
		小计（占总学时 23.2%）			728	42			6	22		
	软件技术方向	网络编程	11	界面设计与制件	108	6			6			限选课
			12	网页制作	108	6			6			
			13	SQL 数据库	108	6			6			
			14	网站建设与维护	96	6				6		
		应用程序	15	网络编程语言	96	6				6		
			16	项目管理	64	4				4		
			17	案例分析与实践	148	8				6	2 周	
		小计（占总学时 23.2%）			728	42			18	22		

实践课、拓展模块

实践课	企业岗位实习	1 140	56					19 周	19 周	必修
	技能考证		2							
	小计（占总学时 36.3%）	1 140	58							
拓展模块（各学校自定）	专业拓展课									任选
	人文素养课									
	小计（占总学时 4%）	124	8	2		2	2	2		
各学期课堂教学周课时数				28		28	28	28		
合 计		3 140	174							

说明：所列的专业拓展课供学校参考，各学校可根据自身实际情况从中选择或自定；人文拓展课由学校自定，原则上每周不宜超过 2 节。

参 考 文 献

[1] 罗绍明. 市场营销实训[M]. 北京：机械工业出版社，2009.

[2] 张德斌，关敏. 高新技术企业营销策略[M]. 北京：中国国际广播出版社，2002.

[3] 周三多. 管理学[M]. 北京：高等教育出版社，2005.

[4] 黄津孚. 现代企业管理原理[M]. 5 版. 北京：首都经济贸易大学出版社，2007.

[5] 单凤儒. 管理学基础[M]. 北京：高等教育出版社，2004.

[6] 张卫东. 网络营销理论与实务[M]. 2 版. 北京：电子工业出版社，2005.

[7] 闫国庆. 国际市场营销学[M]. 2 版. 北京：清华大学出版社，2007.

[8] 吕巍，周颖. 战略营销[M]. 北京：机械工业出版社，2007.

[9] 刘汀. 网络经济环境下的数字化信息产品营销定价策略研究[D]. 成都：四川大学，2004.

[10] 邓毅. 知识经济时代信息产品的市场营销[D]. 杭州：浙江大学，2001.

[11] 中华人民共和国中央人民政府门户网站 http://www.gov.cn

[12] 工业和信息化部网站 http://www.miit.gov.cn

[13] 成功营销网 http://www.vmarketing.cn

[14] MBA 智库 http://www.mbalib.com

[15] 家电下乡网 http://www.jdxx.gov.cn

[16] 北青网 http://www.ynet.com

[17] 中关村在线 http://www.zol.com.cn

[18] 太平洋电脑网 http://www.pconline.com.cn

[19] 电脑商情在线 http://www.cbinews.com

[20] 联想阳光在线 http://www.lenovo.net

[21] 王如晨. 联想下移 Think Pad 品牌定位 拓展中小企业市场[N]. 第一财经日报，2008-07-04.